JN112917

愛の手紙

文学者の様々な
愛のかたち

日本近代文学館〔編〕

青土社

愛の手紙　目次

第1部　愛する人へ

第2部　妻へ

第3部　家族へ

愛の手紙

文学者の様々な愛のかたち

〈愛の手紙〉について

小説であれ詩歌であれその他の文芸作品であれ、およそ文芸作品は本来公表を予期し、未知の読者、多数の読者に宛てて、書かれるものであるのに対し、手紙は公表を予期することなしに、特定の名宛人に宛てて書かれるものである。このため、手紙は文学者のプライヴァシーに属する事柄にふれている場合が多く、作品の執筆動機をはじめ作品の理解の鍵となる貴重な事実が記述されているものも多く、貴重な文学資料の一である。

ただ、文学者の手紙の場合、公表を予期することなく、特定の名宛人に宛てられて書かれているので、文学者の肉声を聞くかの如き興趣がある。いわば文学者の私的な生活を覗き見し、文学者とじかに向き合うかのような感を与えるのである。文は人なり、といわれるが、文学者の人柄、人格が作品よりも手紙からより鮮明に窺われることは決して稀でない。すぐれた文学者は、多くの場合、書簡文学ともいうべき、すぐれた手紙の筆者なのである。

この事実は、ここに掲出されているような、文学者の「愛の手紙」についてことに顕著である。第一部の「愛する人へ」、第二部の「妻へ」、第三部の「家族へ」という三部に構成したこれらの手紙から、愛する人に対する、あるいは高揚した、あるいは苦悩にみちた、あるいは情熱的な、さまざまな愛のかたち、妻に対する、あるいは優しく、あるいは心遣いのこまやかな、あるいは葛藤をともなった心情のすがた、また、肉親に宛てられたものでしかみられないような、機微にふれ、赤裸々に事実をあきらかにし、あるいは血肉のつながりの強さを教えられる、さまざまな感情の表現を読みとることとなろう。

日本近代文学館収蔵の資料の中から選んだ、これらのすぐれた文学者の手になる愛の手紙によって、多様な愛情の在り方、その表現と筆者の人柄、人格を感じとって頂きたいと切望している。

中村稔

公益法人　日本近代文学館名誉館長

第1部　愛する人へ

北村透谷から石坂ミナへ

自由民権運動に共鳴した北村透谷（一八六八〜九四）は、同志の大矢正夫を通じて八王子在川口村の老政客秋山国三郎を知った。彼はそこで自由党神奈川支部長・石坂昌孝の長男公歴（きみつぐ）らと親しみ、「故郷」に帰ったような安らぎを感じたが、明治十八（一八八五）年、自由党左派の大井憲太郎が計画した朝鮮革命（いわゆる大阪事件）への参加を大矢から求められ、それを断わって運動を離れた。失望と放浪の生活を送った後、彼は公歴の姉で三歳年上の石坂ミナと激しい恋に落ちた。ミナは横浜の共立女学校を卒業し、すでに許婚もあった。

この書簡はその渦中で書かれたもので、後半は伝わっていないが、従来の色恋とは異なる透谷の恋愛観、実生活上の結婚よりも精神の協同を望み、しかも結婚によらなければ愛を語れない苦しみが示されている。「恋愛」と「実生活」の間で懊悩を繰り返しつつ二人は翌年結婚、透谷はやがて「厭世詩家と女性」で「恋愛」の意義を強く主張するに至る。

（十川信介）

石坂ミナ

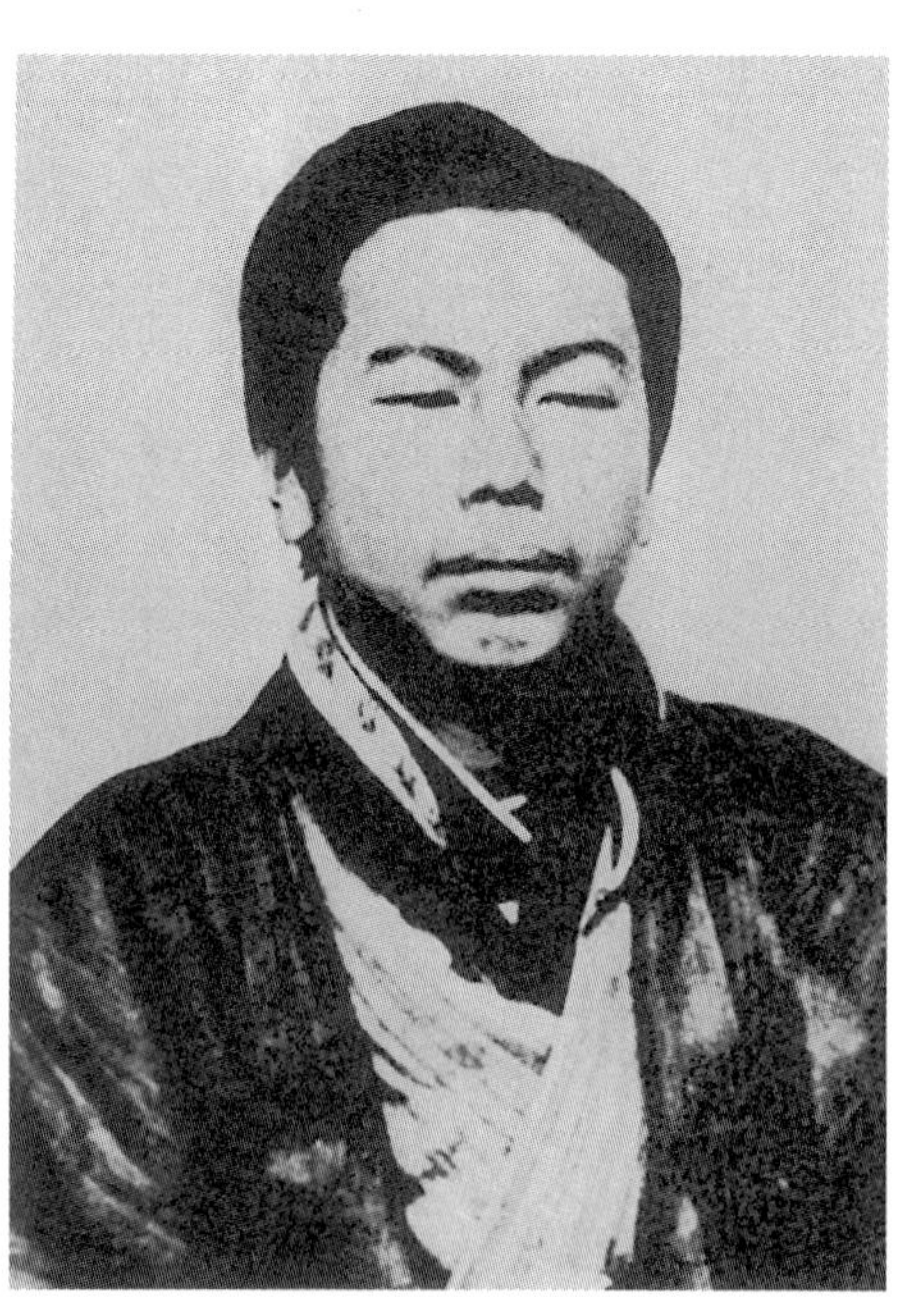

北村透谷（1868—94）

My Dearest.

3/9/87

小生は貴嬢と、最も親密なる交際を結ばん事かねてより、のぞみ居りける所にてありし、然しながらMutual loveに陥らんとは夢にだも想はざりし、其を如何にと尋ぬるに、生は此世の人とは信実につき合ひ難し　笑ひ興じて世を渡らん、世の人々は生の心を知らざる可し、世の人々は生を親しまぬならんと思ひ居りければ、交際は唯外面にのみ止まりて　真底打明けて話す事はなかりしも一度び貴嬢の風采を慕ひしより、願はくは此レデイを以て欝（うさ）をなぐさむる真の友となさまほし、折々尋ね行きては、心の曇りを解（ほど）きもし、世の荒れすさりたる浪風に漂ふひまには優美なる音楽の声（ね）をも此レデイの手より借らんと、ゆくりなく考ひ〔へ〕始めたり、

然れども生はかねてより、吾が夫よ吾が婦よなどゝおもしろそふに生活する男女の関係を冷笑する者なり、日本人の夫妻は実にあわれなる有様にて契れり、生は此の如き野暮な事はなすまじと思ひ居けり、今ま吾が慕ふ所の一貴女も（You）、若し我が妻よ、我は夫よと云ふ日になれば、余り風流でもないと考へ居けり、是れ則ち生が、抑も貴女をラブせざりし時の想像にてありき、

左は左りながら彼の一貴女は（You）終身独立にて暮す人なるべきか、否々、数多の有為の男児は彼をラブするなるべし　左すれば、彼も亦人なり、小野の小町でもあるまい、漸次に己れ

をラブする男児をラブするに至りて遂には一個のミッセスとなるべし、彼れ既にミッセスとなりて、其夫の為めに心を費すに暇なくんば我れ如き一奇癖一愚人に物云ふさへもいまわしくなるべし、然る時は彼一貴女（You）と交際するを得るはまことに短かき月日なるなめ、彼れは何時頃、如何なる人と結婚するやらん、彼れと結婚する人は果して我をも親しみて、折々は彼を訪ひ行き対話するを得せしむ可きや、否々我国の教風はミッセスを尋ねて行く朋友を禁ぜり、左すれば彼れが結婚すると同時に　我は最早彼を見る事能はず、アナ悲しやな、如何せば可ならん、ト独り熟く思ひめぐらしつゝ、あけてもくれても、脳中にあるは此事のみ、此に至りて思ら〔は〕ず知らず　我はアンハッピイに生れたり、と長大息するに至りけり、斯くの如く最も惨憺たる心苦にて、夜も安く眠る事なく昼も愉快に遊び得ず一二週間を経る内に心神益乱れて、不幸の極点とも覚しき地獄の境界に陥りたり

此に至りて生は会はぬ昔を思ひ出し、会ひての後を悔みつゝ、日頃の決断力と勇気とは何所にあるやと己れと己れを鼓舞しつゝ断然、もはや訪ひ行かぬ可しと思ひ定め、せめてもの事にモウ一度ユックリ話しをして見たいと云ふテムテイションに誘はれて貴嬢を訪ひ行きしは厚生館の前々日の事にてありけり、此夜は最も生を苦しめたる記憶す可き時なりけり、生は既に貴嬢の生をラブする事を覚りしも、此夜ほど貴嬢の挙動の余を引くこと甚しきはなかりし、生は此夜を以て一生のいとまごひをなさんと心がまへしてければ、貴嬢が生をラブする挙動ある毎に、最も感覚の鋭どき生の胸部にハッシと立つ矢の痛みはいとゞ堪へ難く七転八倒の苦しみなりし、既にして貴嬢に別れて寝に就きて後も憂愁の度は時辰機の鳴る音と共に増加して、殆んど眠りに就かで夜を明かし、朝に至りてやゝ心落ち居、胸も静まるに及んでとろ〳〵といねしかと思へばおそろしき夢に驚され再び地獄のかまに飛び入るが如き日中とこそなりにける、

My Dearest.　　明治二十年　9/9/87

小生ハ、嬢と、最も親密なる交際を結びてより、の若干有りたる所こそ有りし、然しながら
Michael Lane ニ陥らんとハ、曾だも想はざりし、其を如何にと尋ぬるに、生ハ此世の人とハ信実に
つき合ひ難く、笑ひ楽しで世を渡らん、世の人には生の心を知らさず、世の人とハ生を親しく
すむまじと思ひ居りしが、交際ハ唯外面にのみ止まりて真意打明けて語る事はあらざりし
も一度び嬢の風采を慕ひしより、願はくハ此レデイを以て我をなぐさむる真の友となさ
すのみ、折に尋ね行きては、心の曇りを解きもし、世の荒れ果てたる浪風に漂ひたる
ゝハ、優美なる音楽の声をも此レデイの手より借らんと、ゆくりなく思ひ始めたり、
然れども生ハ初めてより、君が夫よ君が婦よなどと共に生活する男女の関係を
冷笑したる者なり、日本人の夫婦ハ実に斯くなれる有様にて契れり、生ハ此の如き野暮な
る事ハなさまじと思ひ居たり、今は君が慕はしき一美女なり(you)、若し我が妻とせば、我ハ夫として
云ふ日なれど、飾り風流でもあれと考へ居たり、是れ別に生が、如何に美女をラブせざりし
志的に覚悟してありき、
左ハ左りながら、彼の一美女ハ(you)終身独立にて暮したる人なきの、各て、数多の有為の男児ハ彼を
ラブしたるべし、左あれど、彼も亦人なり、小野の小町ならねば、漸次にラブせる男児をラブして
にも遂に一個のサクセスとするべし、彼れ既にサクセスとなりて、其夫の為めに心を豊かにして
我れ知る一奇癖一愚人に物云ふさへも心苦しとするべし、然る時ハ彼一美女(you)と交際する事を
得るハ、ほとんど短かき月日なるため、彼れハ何時頃、如何なる人と結婚するやらん、彼れと結婚

あるに至りたり、斯くの如く最も惨憺たる心苦ありて、夜も安く眠る事なく、晝も愉快に遊び得ず一二週日を経る内に心神益乱れて、不幸の極点とも覚しき地獄の境界に陥りたり、此に至りて生は曾ての昔を思ひ出だし、曾ての後を悔みつゝ、日頃の決断力と勇気とは何所なきやと己れと己れを鼓舞なし、断然、もはや訪ひ行かるべしと思ひ定め、せめてもの事にもう一度ミツクリ話しをなして見たいと云ふテムプテイシヨンに誘はれて、先嬢を訪ひ行きしは夏季休暇の前七日にてありたりけり、此夜は最も生を苦しめたる記憶すべき時なりたり、生は既に先嬢の生をラブするの事を責めたるも、此夜ほど先嬢の挙動の余を引きたる甚しきはあらざりき、生は此夜を以て一生の又とあらずの時をなさんと心づくにて居れば、先嬢が生をラブする挙動をなす毎に、最も感覚に鋭どき生の胸部にハツシと立つ矢の痛みは又とない堪へ難く七転八倒の苦しみなりたる、既にして先嬢に別れて寝室に就きて後も憂愁は度々時辰機の鳴る音と共に増加なして、殆んど眠りに就かずして夜を明かしたる、朝に至りてや、心落ち居、胸も静まるに及んで、せめてもと思へど如何ろしき夢に驚かされ再び地獄に飛び入るの如き日中とはなりたりける。

透谷から
石坂ミナへ
（1887年9月3日）

北村透谷から石坂ミナへ、明治20年9月3日（現代語訳）

八七年九月三日

最も親愛な人へ

私は貴女と最も親密な関係を結ぼうということは、以前から希望していたことでした。しかし、互いに愛しあう関係になろうとは夢にも思っていませんでした。それは何故かと考えてみますと、私はこの世の人々とは信実を持って交際するのは難しい、笑い興じて世を渡る世の人々は私の心を知らないに違いない、世の人々は私を親しく思うことはないだろう、と思っておりましたから、交際するさいもただうわべだけで、真底うちあけて話すことはなかったのですが、一度、貴女のお姿をお慕いしてからは、願わくは、この淑女を私の憂鬱を慰める真の友としたい、時々お訪ねして心の曇りを払いもし、世間の荒れすさんだ波風に漂う暇には、優美な音楽の音をこの淑女に奏でて頂きたい、と突然考え始めたのです。

しかし、私は、わが夫よ、わが妻よ、などと面白そうに生活する男女の関係を冷笑しているものです。日本人の夫婦はじつに哀れな有り様で結婚します。私はこのような野暮なことはしまいと思っておりました。今、私が慕う貴女も、もし私の妻だ、私が夫だ、という日になれば、あまり風流でもないと考えていました。これが私がそもそも貴女を愛していなかった時の想像だったのです。

そうはいっても、あの一人の女性（つまり貴女のこと）は終生独身で過ごす人でしょうか。いえいえ、多くの将来性のある男性が彼女を愛するでしょう。そうすれば、彼女も人間です。小野小町でもないでしょう。しだいに自分を愛する男性を愛するようになって、しまいには一人のミセスとなるでしょう。彼女がいったんミセスとなってその夫のために心を費やす暇がなければ、私のような変人、愚者にものを言うのさえいまわしくなるでしょう。そうなった時はあの一人の女性（貴女）と交際することができるのは、まことに短い月日となるでしょう。あの女性は何時ごろどんな人と結婚するだろうか、あの女性と結婚する人は私までも親しみをもって、折々はお訪ねして対話するのを許すことがありえるだろうか、いやいや、わが国の教育、風俗ではミセスを尋ねていく友人を禁じています。ですから、彼女が結婚すれば、私はもう彼女を見ることはできない、ああ悲しいことだ、どうしたら良かろう、とひとり熱く思いをめぐらして、明けても暮れても、頭の中にあるのはこのことばかり。ここまできて思わず知らず、自分は不幸に生まれた、と長いため息をつくことになったのです。このような最も惨憺たる苦労で、夜もゆっくり眠ることなく、昼も愉快に遊ぶことができず、一二週間経つうちに心がますます乱れて、不幸の極点とも思われるような地獄の境界に陥ったのです。

ここで私は貴女にお会いしない前の昔を思い出し、お会いしてから後を悔やみながら、日頃の決断力と勇気とは何処にあるかと自分で自分を鼓舞しながら、断然、もうお訪ねしてはならないと決心し、せめてものことに、もう一度だけゆっくりお話しをしてみたいという誘惑に誘われて、貴女をお訪ねしたのは厚生館の前々日のことでした。その夜は最も私を苦しめた記憶すべき時間でした。私はもう貴女が私を愛することを覚りましたが、この夜ほど激しく貴女の挙動が私を騒がすことはありませんでした。私はその夜を一生の暇乞いをしようという心構えでおりましたから、貴女が私を愛する挙動があるたびに、最も感覚の鋭い私の胸にハッシと打ち込まれる矢の痛みはいっそう耐えがたく、七転八倒の苦しみでした。やがて貴方と別れて寝床についても、憂愁の度合いは時計の音が鳴るたびに増し、ほとんど眠ることもできずに夜を明かし、明け方になってすこしこころも落ち着き、胸も静まるようになって、とろとろと眠ったかとおもえば、恐ろしい夢に驚かされ、再び地獄の釜に飛びいるような日中となったのでした。

島崎藤村著『春』(明治41年10月)口絵(和田英作画)
青木(透谷)と岸本(藤村)、国府津の岸辺のシーン

半井桃水から樋口一葉へ

父亡き後の家計を支えるため、一葉が小説家を志したのは明治二十四（一八九一）年のことだった。中島歌子の萩の舎で和歌を学んでいた彼女は、塾の先輩・田辺龍子（三宅花圃）が『藪の鶯』で成功したことに刺激され、小説の師を求めた。

妹の友人・野々宮きく子に紹介された半井桃水（なからい）（本名洌、一八六〇〜一九二六）は、長崎の対馬出身で、東京朝日新聞の小説記者だった。一葉は許婚の背信によって男性不信に陥っていたが、初対面から彼の偉丈夫ぶりと打解けた応接に心ときめいた。桃水は文学よりも大陸問題に関心があったが、雑誌『武蔵野』を創刊して小説家一葉への道を開いた。妻の死後、独身を続けていた彼に一葉の想いは深まったが、二人の仲が萩の舎で噂になり、彼の素行を中傷する者もあった。彼が自分を妻と公言していると聞いた一葉は、歌子の忠告に従い、婉曲ながら別れの言葉を送った。この書簡はそれに対する返書で、自分の潔白を主張している。「兄妹」の感情は以後も二人に残った。

（十川信介）

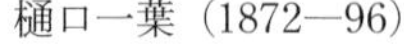

樋口一葉（1872—96）

半井桃水（1860—1926）

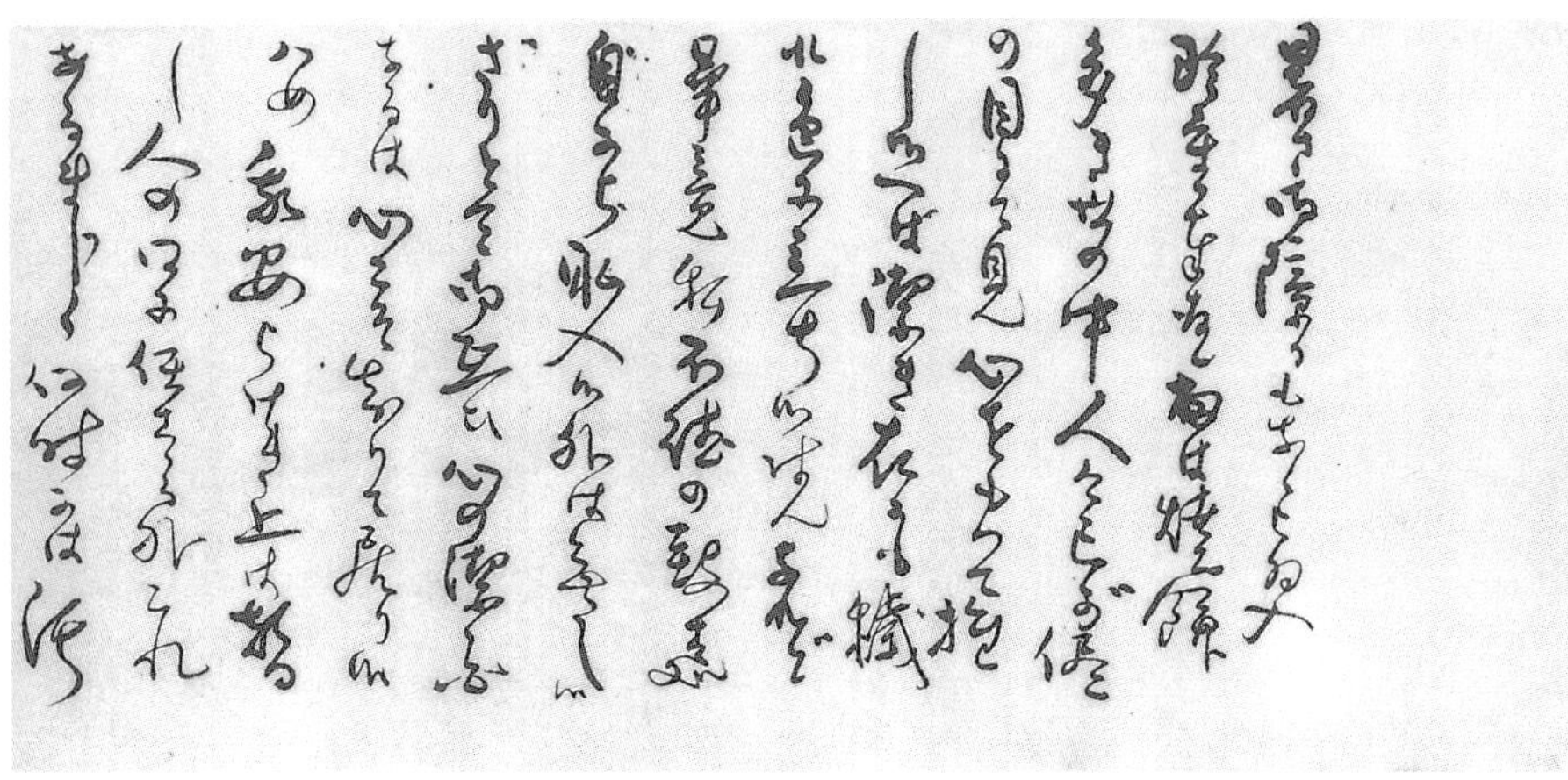

半井桃水から樋口一葉へ（明治25年 8 月 3 日）

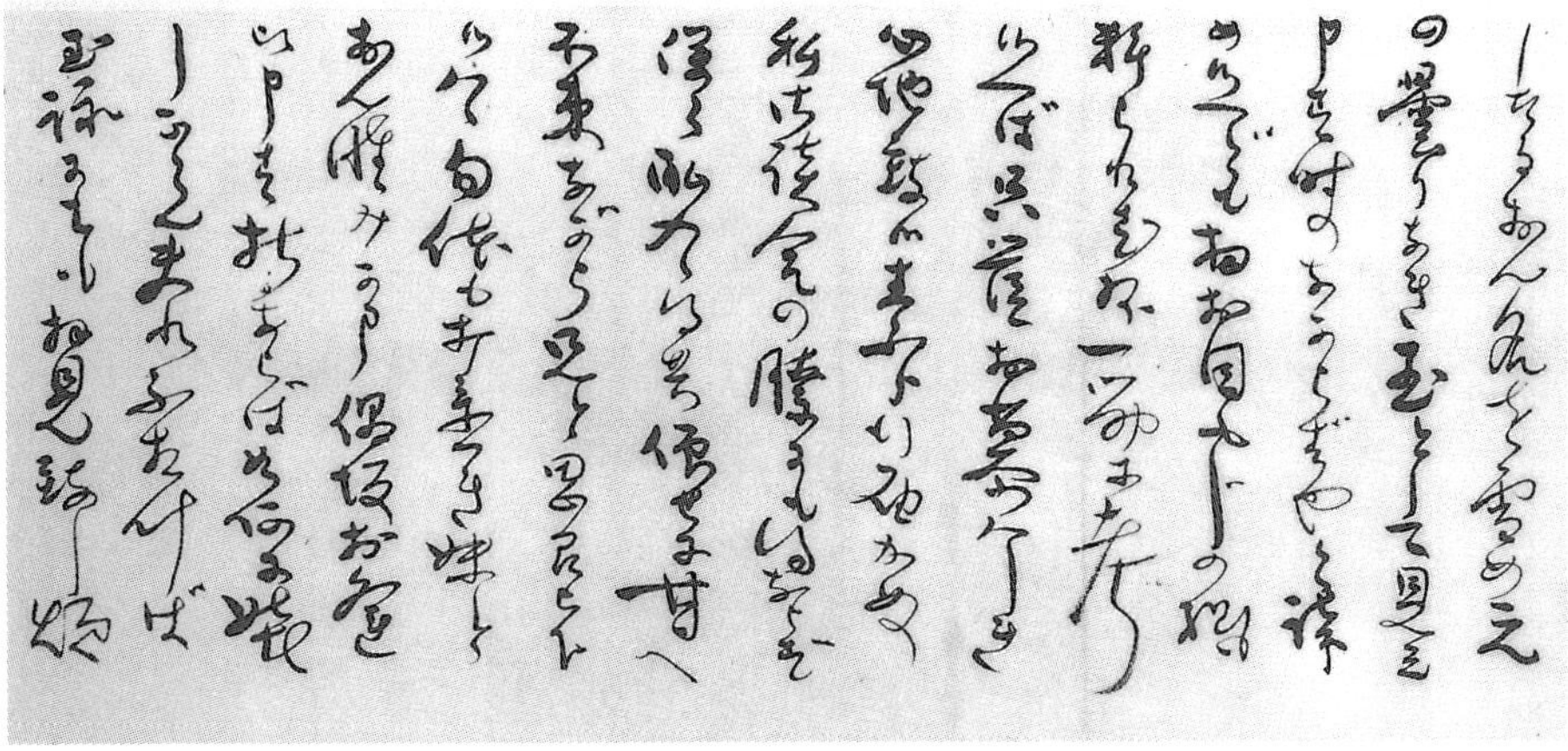

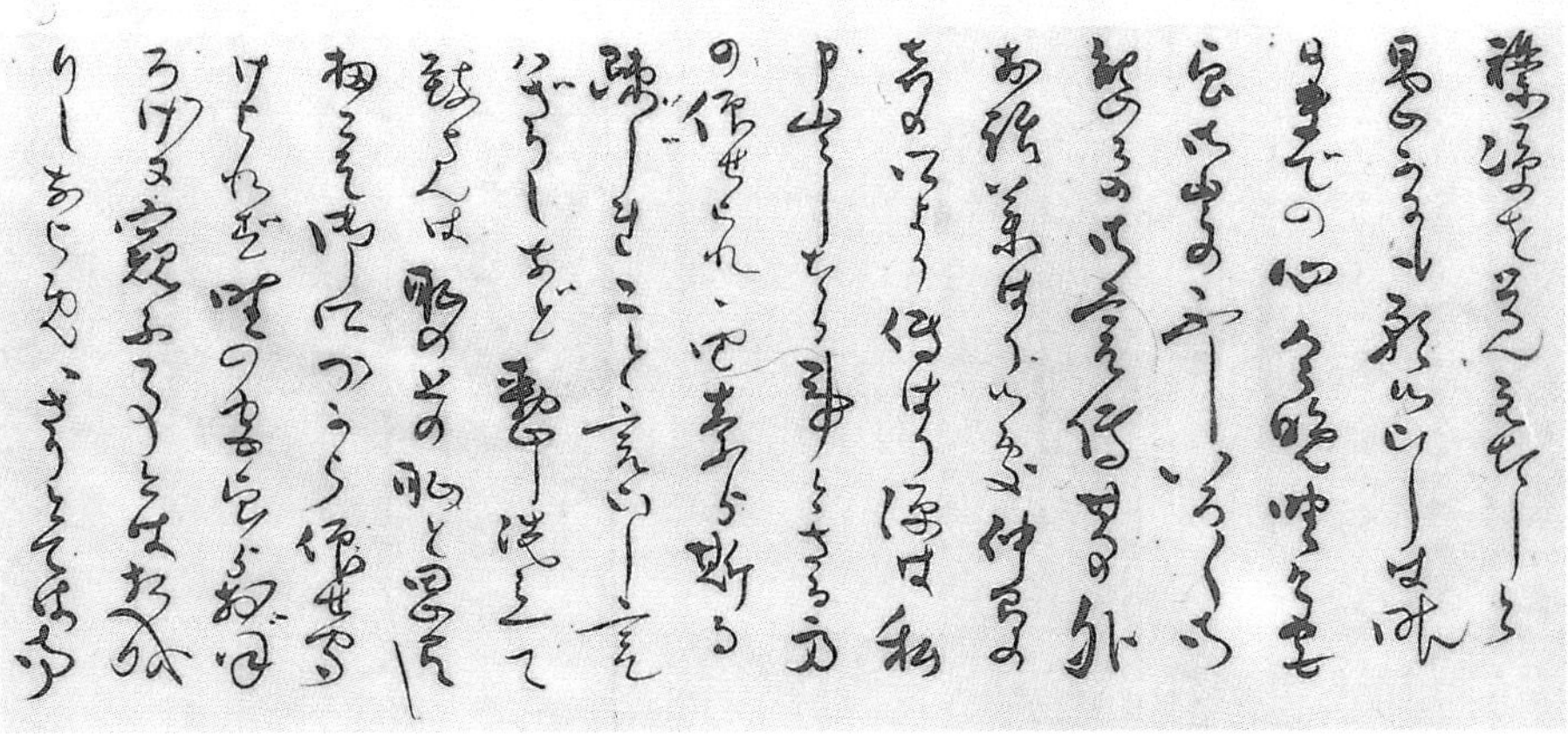

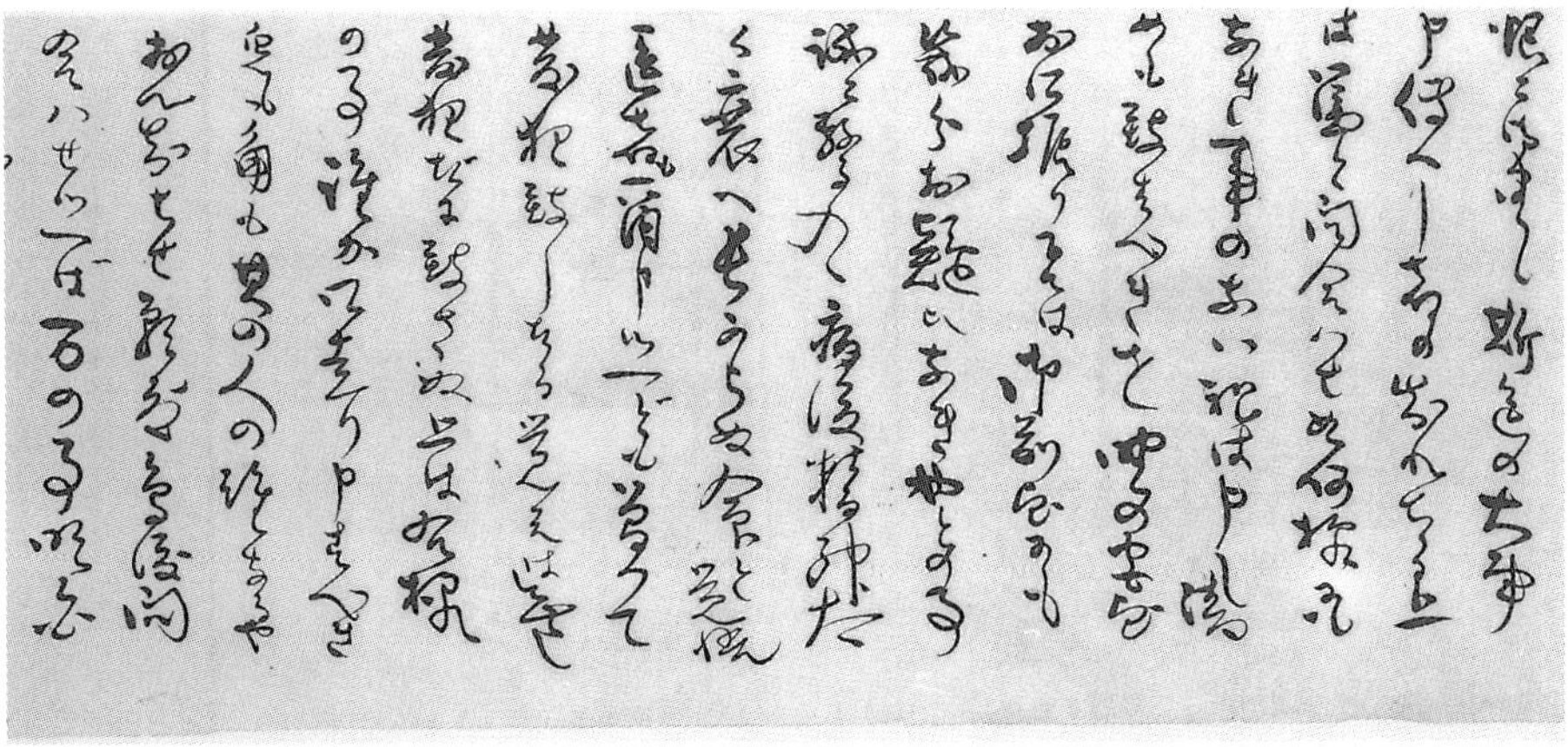

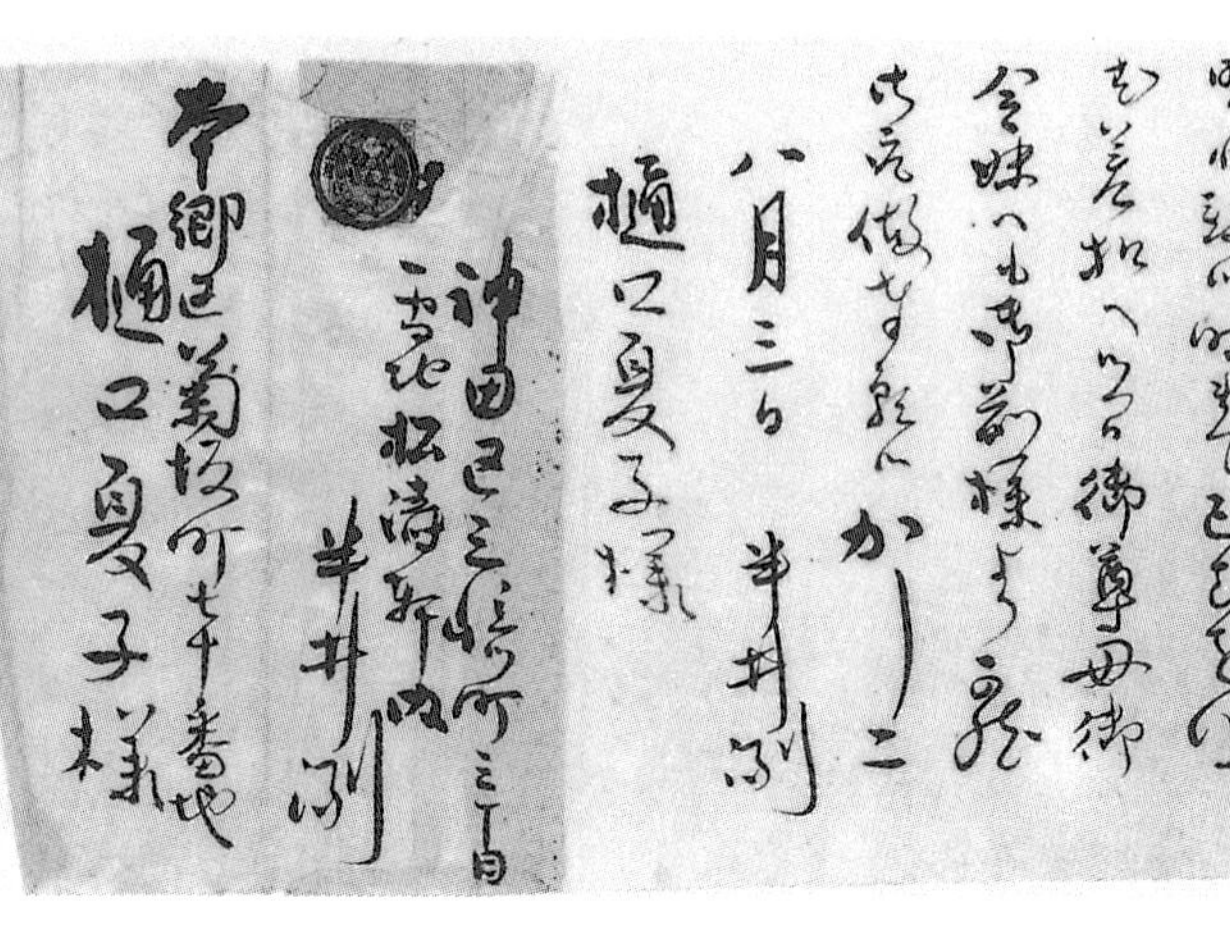
八月三日　半井冽
樋口夏子様

神田区三崎町三丁目
一番地松涛軒内
半井冽

本郷区菊坂町七十番地
樋口夏子様

暑さ御障りもなく被為入珍重奉存候扨(さて)は焼餅多き世の中人々己(おの)が儘の目にて見心をもつて推し候へば潔(きよ)き衣にも穢れ色に立ち候はんなれど畢竟(ひやっきゃう)　私不徳の致す処自から恥入候外は無之候さりとて御互ひ心の潔白なるは心こそ知りて居り候はめ我安らけき上は暫し人の口に任する外これあるまじく何時かは汚したるおん名を雪(きよ)め元の曇りなき玉として見え申す時のなからずやと諦め候へども扨お目もじの程も料(はか)られず抔(など)一筋に考候へば只管(ひたすら)お慕はしき心地致候素より行届かぬ私御談合の膝にも得ならず深く恥入候得共仰せに甘へ

不束(ふつつか)ながら兄と思召被下候はゝ勿体も打置き妹とおん睦(むつ)み可申偶坂(たまさか)お逢ひ申す折あらば如何に嬉しからん夫れ不相叶ば玉詠にても拝見致し煩(はん)襟(きん)涼を覚えたしと愚かにも願候ひしは昨日までの心今晩野々宮様御出のふしいろ〱御懇(ねんご)ろの御言伝(ことづて) 其の外お話承はり候処仲間の者の口より伝はり源は私申出したる事とさる方の仰せられ候由素より斯る疎(うとま)しきこと言ひし言はざりしなど愁(なまじ)し 洗立て致さんは恥の上の恥と思召し扨(さて)こそ御口づから仰せ聞けられず野の宮様よりおぼろげに窺ふ事とは相成りしならめ、さりとては御恨に御坐候斯迄の大事申伝へし者の知れたる上は篤(とく)と問合はせ如何様にもなき事のない程は申し清めも致すべきを野の宮様お口振りにては御前様にも幾分お疑ひなきやとの事誠に驚入候病後精神太(いた)く衰へ長からぬ命と覚悟医者も爾(しか)申候へども曽(かつ)つて発狂致したる覚えは無之発狂だに致さぬ上は右様の事誰か口走り申すべき兎も角も其の人の誰なるやおん知らせ願度鳥渡(ちょっと)問合はせ候へば万の事明白と相成り御互ひ身晴れ可仕候筆よりも口と存候へど思憚り書中右申上候病中御 懇(ねんご)ろに御見舞被下御厚情忘れ難く参上御礼申上度存候折避けられぬ用事起り旅行漸(やっ)と一日に帰京久々にて社に狩出され思ひなから御無沙汰物弁(わきま)へぬ男と皆様思召され候はんが右の成行にては身晴れ致候時まで已(や)むを得ず差扣(ひか)へ候間御尊母御令妹へも御前様より可然御取做(とりなし)奉願候　かしこ

八月三日　半井　冽

樋口夏子様

半井桃水から樋口一葉へ、明治25年8月3日（現代語訳）

暑さのため健康をそこねることもなくおいでのことおめでたく存じます。さて、焼き餅多い世の中の人々が自分のままの目で見、心でもって推し量るのですから、清い衣服にも汚れが目につくことでしょうが、結局、私の不徳の致すところで、自ら恥じ入るほかはございません。さりとて、お互い、心が潔白なことは心こそが知っていることでございましょう。自分が心安らかにしていれば、しばらく人の口に任せるほかはありますまい。何時の日かは、汚れたお名前を清め、元の曇りない玉と見える時もあるまいかと諦めておりますけれど、さてお目にかかる時も分からないなどと一筋に考えておりますと、ひたすらお慕わしい心地がいたします。もともと行き届かぬ私のことですから、はかばかしい御相談相手にもなれず、深く恥じ入っておりますが、お言葉に甘え、不束かながら、兄とお考え下さいますなら、体裁は置いて、妹として親しくさせて頂き、たまにお会いする折がありましたら、どんなにか嬉しいことでしょう。それが不可能であれば、お詠みになった和歌でも拝見し、煩わしい着物の襟に涼しい気分を覚えたいと愚かにも思ったのは、昨日までの心でした。今晩、野々宮様がおいでのさい、いろいろお懇ろなお言づけやその他のお話を承りましたところ、仲間の口から伝わった源は私が申しましたことだと、ある方の仰る

一葉の硯（上）と水差し

とのこと、もとより、このような疎ましいことを言った、言わなかったなどとなまじ洗い立てますことは恥の上塗りとお考えになり、だからこそご自分で仰らず、野々宮様からおぼろげにお聞きすることになったのでございましょう。それでは恨めしく存じます。これほどの大事は申し伝えました人が知れた以上は、じっくりお問い合わせになれば、ないことはないと申し開きもできますのに、野々宮様のお口ぶりでは貴女様もいくらかお疑いではないかとのこと、まことに驚きました。病後、精神がひどく衰え、長くはない命と覚悟しており、医者もそう申しておりますが、発狂した覚えはなく、発狂さえしなければ誰がそのようなことを口走りましょうか。とにかく、その人が誰であるか、お知らせ願いたく、ちょっと問い合わせいたしましたら、すべての事が明白になり、お互いの身の潔白が明らかになるはずだと存じます。筆よりも口で、と考えましたが、思いなおし、手紙で以上申し上げます。私の病気中懇ろなお見舞いを下され、ご厚情忘れがたく、参上してお礼を申し上げたく思っておりましたが、避けられぬ用事ができ、旅行し、やっと一日に帰京し、久しぶりに社に狩り出され、気がかりにしながら、御無沙汰いたしました。物事をわきまえぬ男と皆様がお考えでしょうが、以上のような成行ではわが身の潔白が明らかになる時までは、やむを得ず、差し控えておりますので、お母上様、お妹様へも貴女様からしかるべくおとりなし下さいますようお願い申し上げます。かしこ。

八月三日　半井　冽

樋口夏子様

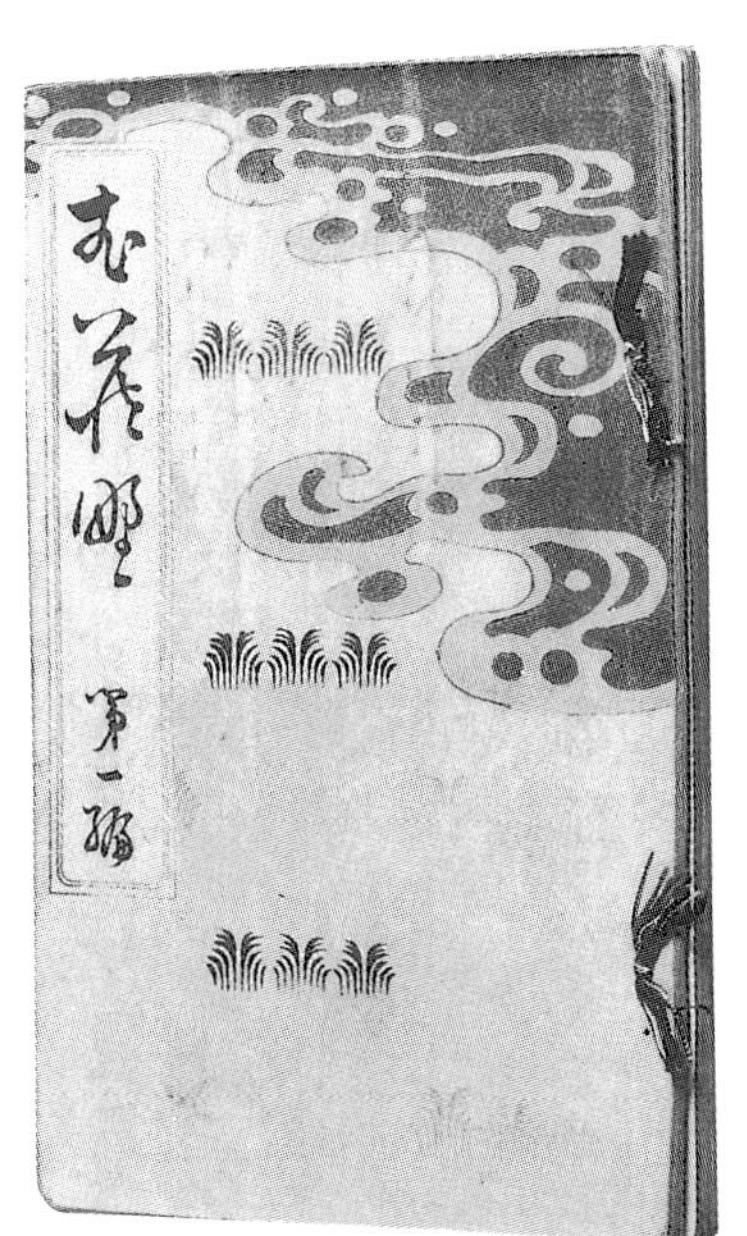

闇櫻

闇櫻（上）　一葉女史

隔ては中垣の建仁寺にゆづりて汲かはす庭井の水の交はりの底き
よく深く軒端に咲く梅一木に兩家の春を見せて薰りも分ち合ふ中
村園田と呼ぶ宿あり園田の主人は一昨年なくなりて相續は良之助
廿二の若者何某學校の通學生とかや中村のかたには娘只一人男子
もありたれど早世しての一粒ものとて寵愛はいとゞ手のうちの玉
かざしの花に吹かぬ風まづいとひて願ふはあし田鶴の齢ながゝれ
とにや千代となづけし親心にぞ見ゆらんものよ栴檀の二葉三ツ四
ツより行末さぞと世の人のほめものにせし姿の花は雨さそふ彌生
の山ほころび初めしつぼみに眺めそはりて盛りはいつとまつの葉

闇櫻　一

雑誌「武蔵野」　明治25年3月、創刊号（「闇桜」を掲載）

田村俊子から岡田八千代へ

明治四十五（大正元）年、大正二年の田村俊子の活躍は、目を見張るものがあった。師の幸田露伴から離れ、一時女優としても活躍したが、明治四十二年同門の作家田村松魚と結婚、懸賞当選小説『あきらめ』でデビューしてからは、女の本能と心理を巧みに描く短篇を続々と発表したのである。雑誌「青鞜」（明治四十四年九月創刊）に「社員」として参加したのも、新時代の女性としての意識のあらわれであった。そこで「賛助員」として参加していた、一歳年上の岡田八千代（小山内薫の妹、画家岡田三郎助の妻）と知り合う。ひかえ目な八千代と違い、俊子は自由な表現の中に自己の思いを投入する。女友だちへの手紙にしては、まるで小説の中の関係に似たものすら浮かび上がる。「拝啓」など形式ばった挨拶を一切排した直截な語り口からは、手紙による同性へのささやきに一人酔っているような俊子の心情が読み取れる。名作を書き続けていた時期の、俊子の感情のほとばしりの、これまた一つのあらわれであろう。

（中島国彦）

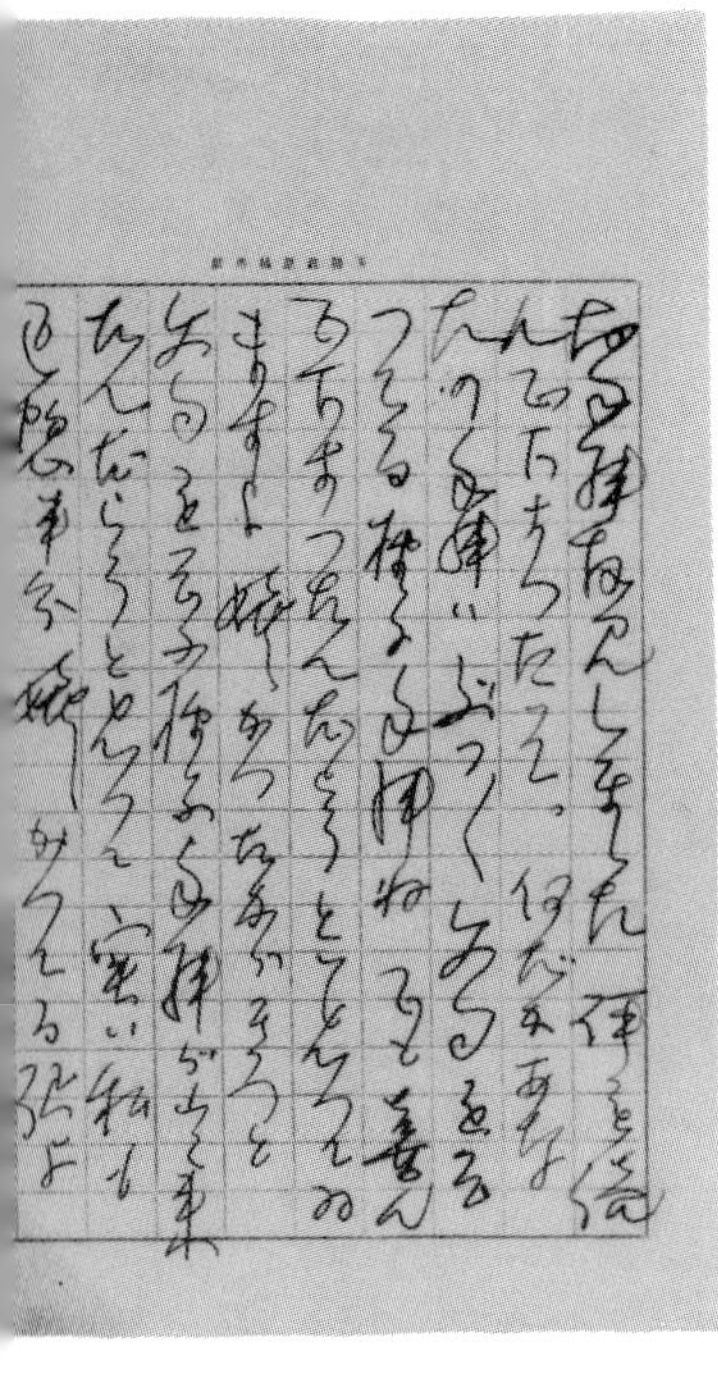

田村俊子（1884—1945）

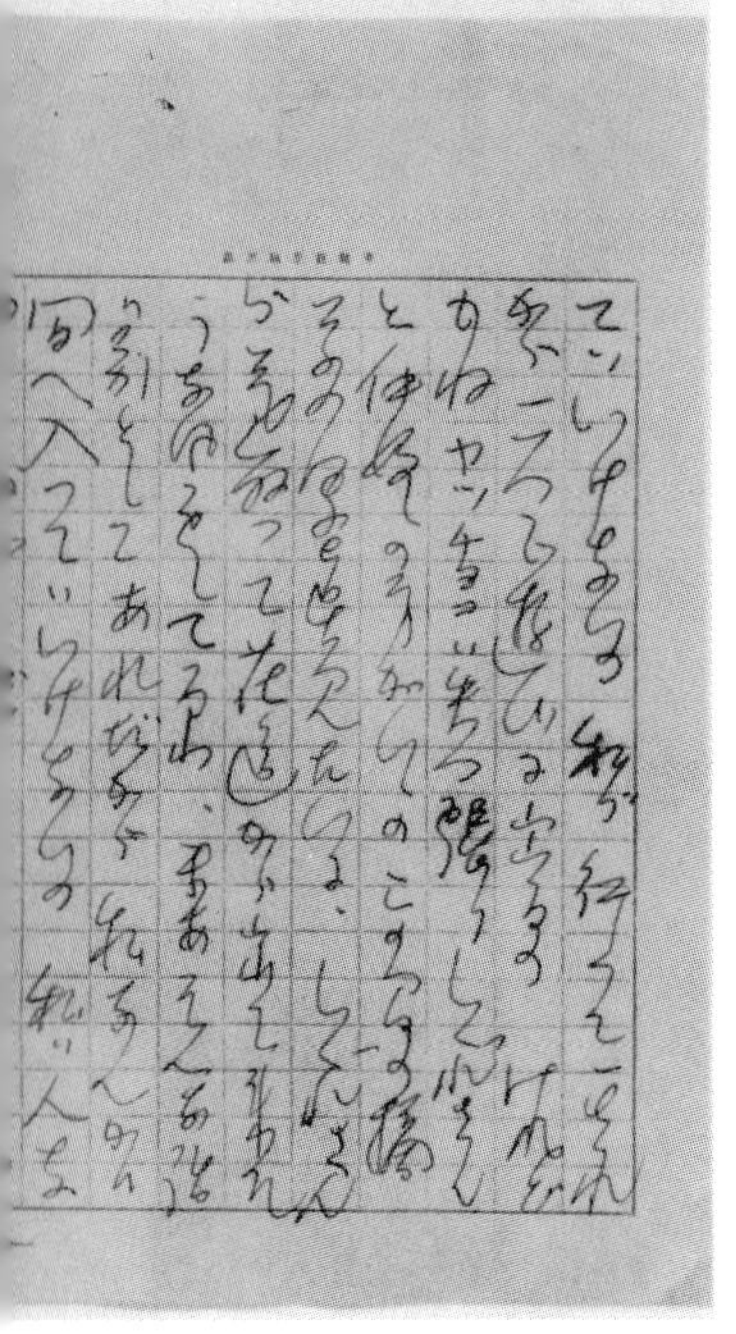

岡田八千代（1883—1962）

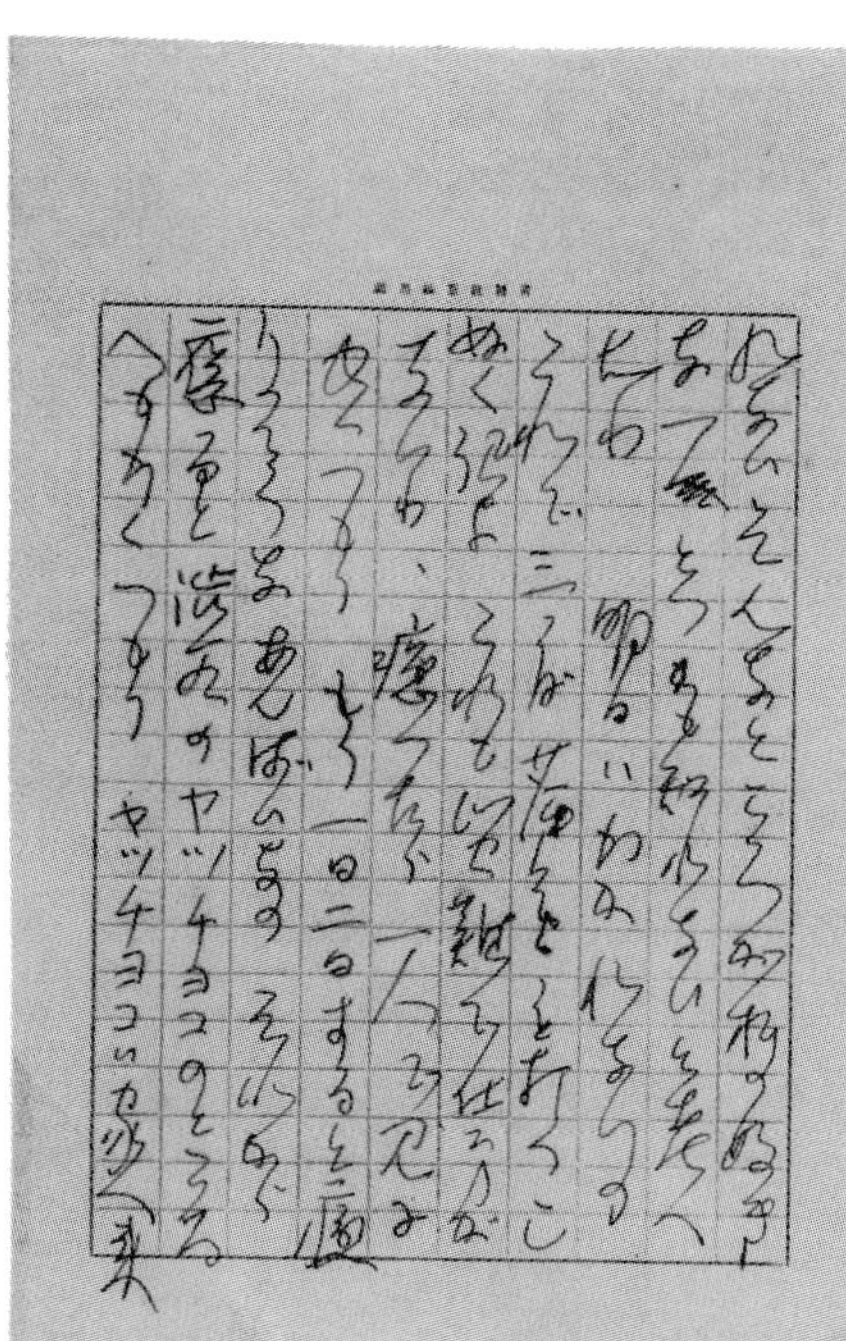

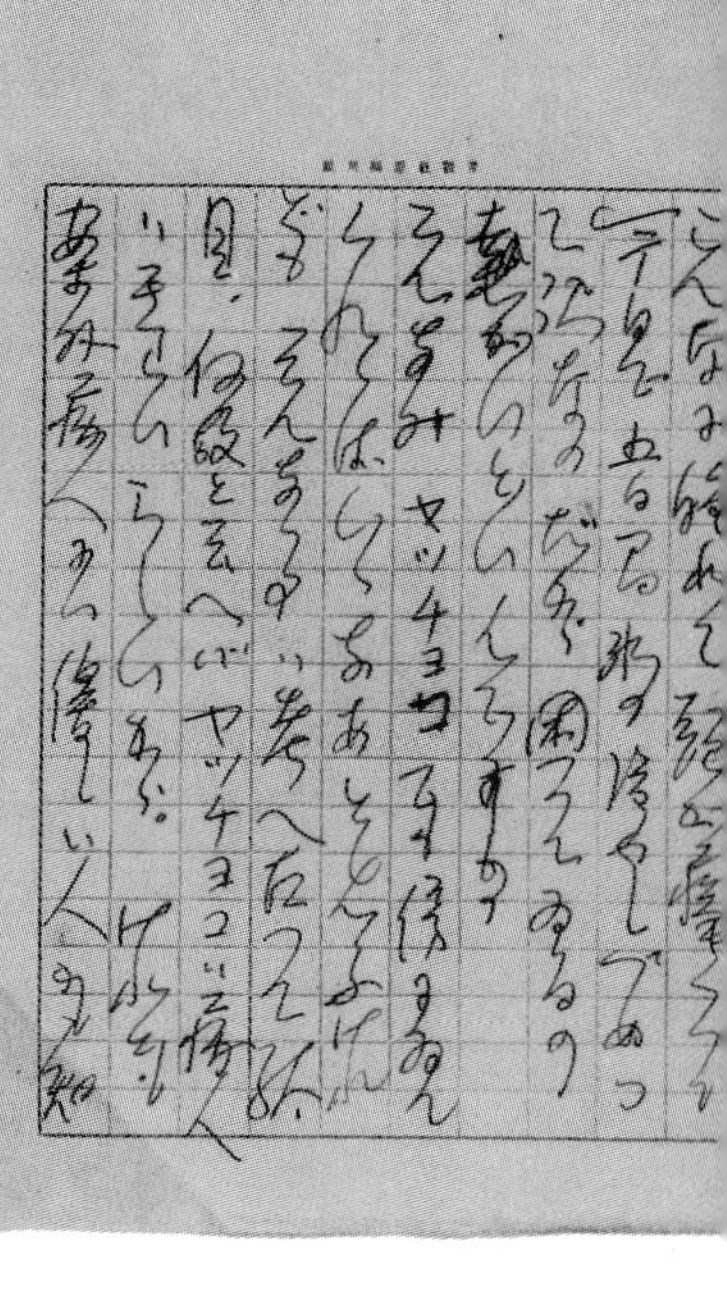

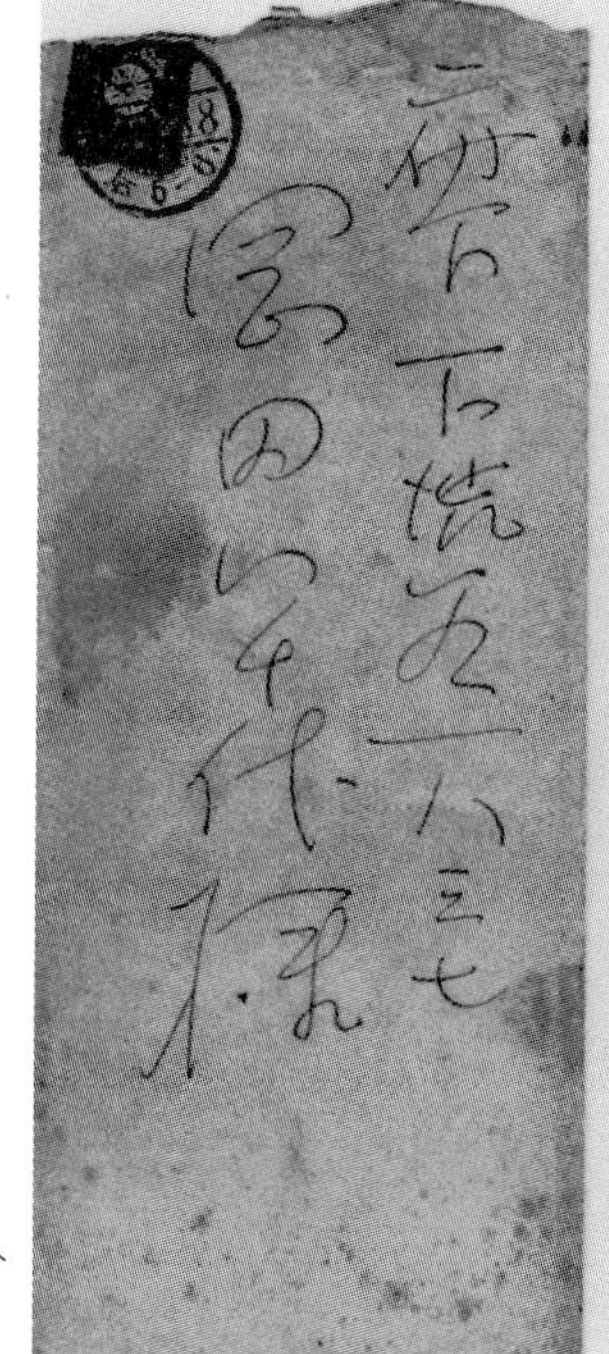

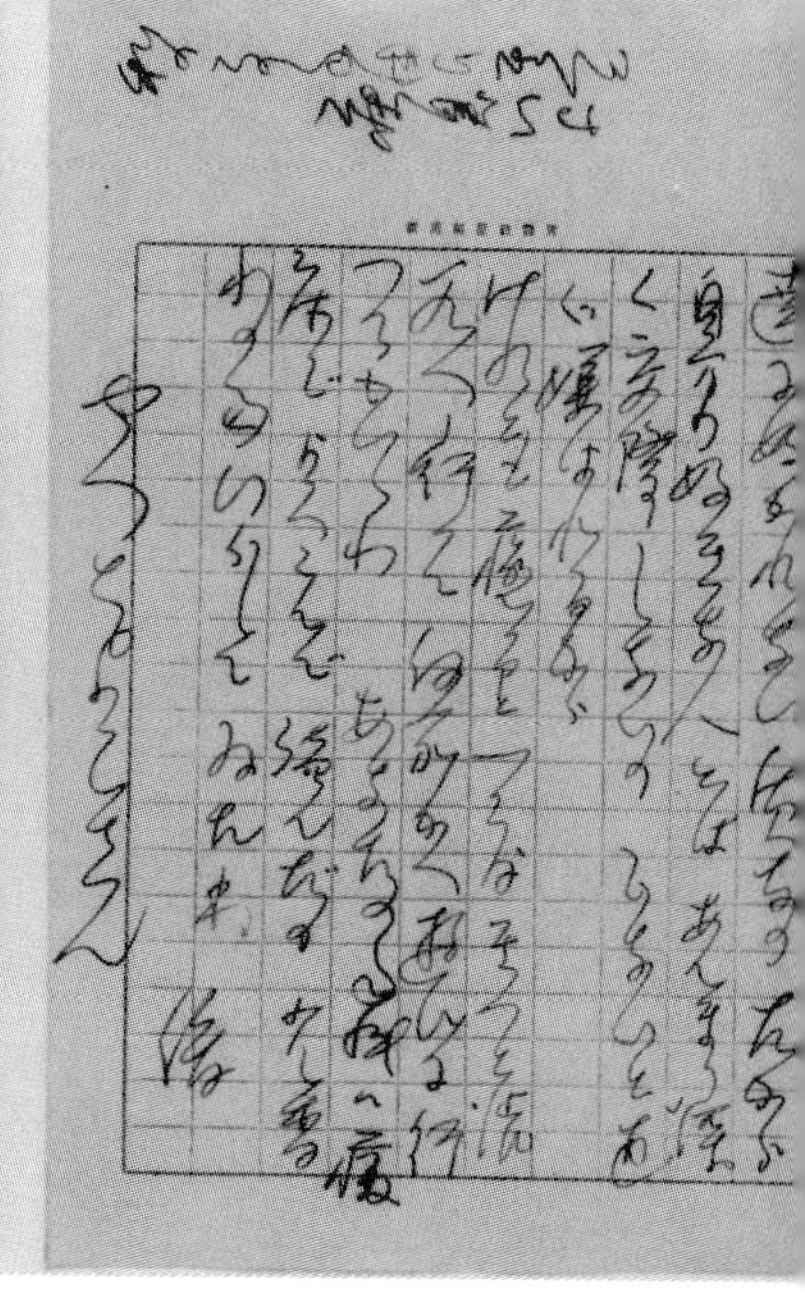

田村俊子から岡田八千代へ
（大正2年3月18日）

お手紙拝見しました　評を読んで下すつたつて。何だかあなたの手紙はぶつ〳〵文句を云つてる様な手紙ねでも喜んで下すつたんだらうと思つてゐますよ　嬉しかつたからきつと文句を云ふ様な手紙が出来たんだらうと思つて実は私も己惚半分嬉しがつてる訳よ　私は今病気なの　咽喉がね　こんなに腫れて頭が痛くつて今日で五日間氷の冷やしづめつて訳なのだから困つてゐるの　熱がひどいんですもの

こんな時　ヤツチヨコでも傍にゐてくれゝばいゝなあと思ふけれども　そんな事は考へたつて駄目。何故と云へばヤツチヨコは病人はきらいらしいから。けれども案外病人には優しい人かも知れないそんなところが私の好きな一とつかも知れないと考へたわ　明日は行かれないの　これで三度萍会を打つこぬく訳よ　これも災難で仕方がないわ、癒つたら一人で見にゆくつもり　もう一日二日すると癒りそうなあんばいなの　それから癒ると渋谷のヤツチヨコのところへも行くつもり　ヤツチヨコは家へ来てはいけないの　私が行つて其れから二人で遊びに出るの　けれどもねヤツチヨコは矢つ張りしぐれさんと仲好しの方がいゝの　この間の摘草の写真見たいに、しぐれさんが気取つて花道から出て来そうな風をしてるわ、まあそんな話は別とし

田村俊子から岡田八千代へ（大正2年11月5日）

俊子と夫の田村松魚（明治44年頃）

てあれだから私なんかは間へ入つてはいけないの　私は人なつつこい人間だけれども　どうも友達に好かれない質なのだから自分の好きな人とはあんまり深く交際しないの　でないと直ぐ嫌はれるから

けれども癒ると一度きつと渋谷へ行つて何所かへ遊びに行つてもいゝわ　あなたの手紙は病床でよろこんで読んだの　少し香水の匂いがしてゐたわ

俊

やつちよこさん

＊欄外に「私のこの手紙はきつと寝臭いよ」とある。

お手紙ありがたう。長い手紙でしたね。今のところ、私には、あゝした手紙は嬉しくもなんともない――然しこれは仕方がないでせう。私はあなたを真実の友にはしてゐないのかも知れない――堪忍して下さい　私はかう云ふ人間です。

だが、私はあなたの事ばかり思つてゐます。今日も、一瞬の間も、今のところはあなたの事で埋まつてゐます。あなたの事ばかり考へてゐます。あなたの眼の事ばかり考へてゐます。では、あした逢ひませうね。そうしてなつかしい思ひに浸りたいものですね

八千代と夫の洋画家岡田三郎助（大正５年頃）

すきな八千代様

俊

萩原朔太郎から馬場ナカへ

萩原葉子の『蕁麻の家』の出版が機縁となって、昭和五十三（一九七八）年に朔太郎手書きのこの歌集が出現した。『ソライロノハナ』の存在は「習作集　第八巻」に「写真に添へて歌集「空いろの花」の序に」という詩があるので知られてはいた。それが六十年以上経って突然現われたのである。世を驚ろかせるに十分であった。

朔太郎のすぐの妹にワカ（広瀬）がいる。ワカの女学校の同級生に馬場（佐藤）ナカがいて親しかった。朔太郎は中学時代からこの女性を愛し続けた。大正二年二月、東京放浪の生活を切り上げて前橋に帰り、本格的に文学をと考えていた。そんなとき、近くに住む妹ユキに鎌倉七里が浜で療養生活を送るナカから絵葉書が届いた。そこには「ばあやと二人きりで淋しうございます」と書かれていた。これを機に編まれたのが、この愛のメッセージ『ソライロノハナ』（大正二年四月成る）であったと考えられる。

（久保忠夫）

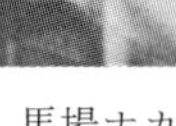

馬場ナカ

萩原朔太郎（1886—1942）

萩原朔太郎自筆本
『ソライロノハナ』表紙
（大正2年頃）

空いろの花

たはかれどきの薄らあかりと
空いろの花のわれの想ひを
たれ一人知るひともありやなしや
廃園の石垣にもたれて
われぱかりものを思へば
まだ春あさき草のあはひに
蛇いちごの実の赤く
かくばかり咲き光る哀しさ

一九一三、三

序詩「空いろの花」

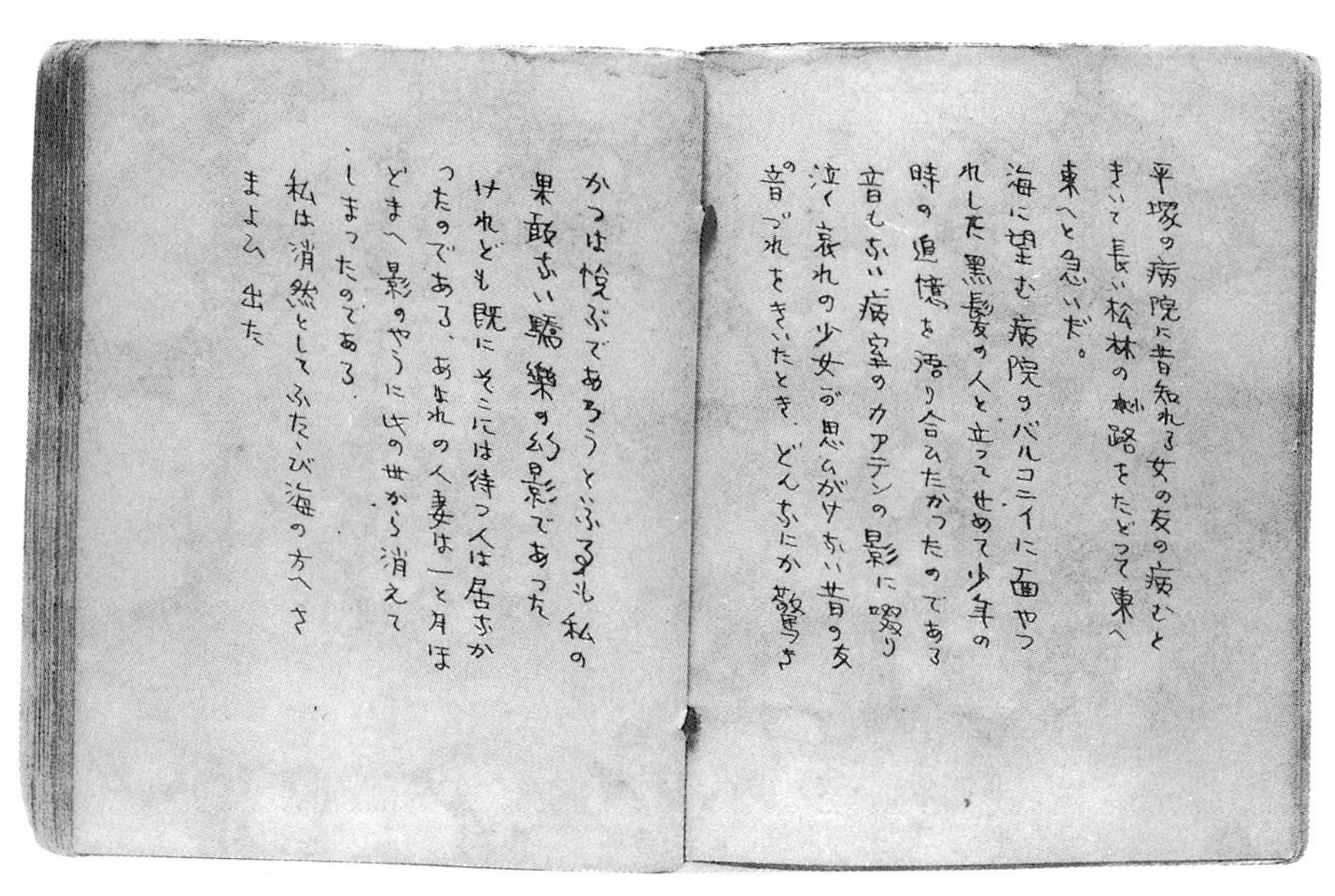

平塚の病院に昔知れる女の友の病むと
きいて長い松林の松路をたどつて東へ
東へと急いだ。
海に望む病院のバルコニイに面やつ
れした黒髪の人と立つてせめて少年の
時の追憶を語り合ひたかつたのである
音もない病室のカアテンの影に啜り
泣く哀れの少女の思ひがけない昔の友
の音づれをきいたとき、どんなにか驚き

かつは悦ぶであろうとふるも私の
果敢ない驕楽の幻影であつた
けれども既にそこには待つ人は居なか
つたのである。あはれの人妻は一と月ほ
どまへ影のやうに此の世から消えて
しまつたのである。
私は消然としてふたゝび海の方へさ
まよひ出た

最初の章「自叙伝」から

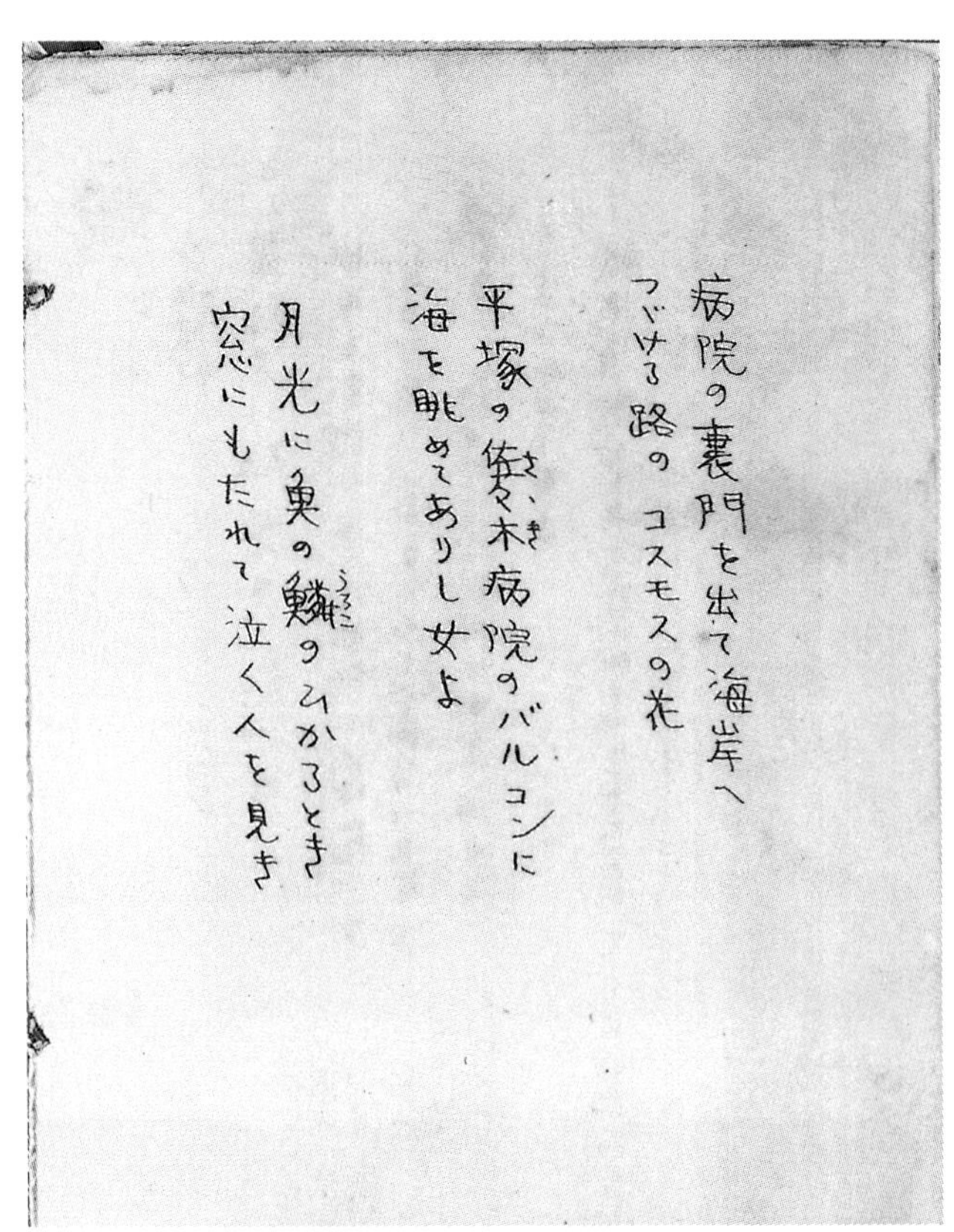

病院の裏門を出て海岸へ
つゞける路のコスモスの花

平塚の佐々木（さゝき）病院のバルコンに
海を眺めてありし女よ

月光に魚の鱗（うろこ）のひかるとき
窓にもたれて泣く人を見き

「自叙伝」から

島木赤彦から今井邦子へ

「アララギ」の歌人島木赤彦（本名久保田俊彦）には、二〇〇通近い今井邦子宛の手紙が残されている。邦子の姉の息女岩波香代子氏の寄贈によるものだが、邦子への親しみの心情に満ちた手紙が多い。『馬鈴薯の花』（大正二年）『切火』（四年）と歌集を編む赤彦だが、「アララギ」の中心となったその赤彦のもとに、大正二年に今井邦子が訪れ、師事するようになる。諏訪高女を卒業、上京して文学の世界で活躍した邦子だが、明治四十四年に今井健彦と結婚、次第に作風を変化させていた。赤彦はこの十四歳年下のうら若き歌人に対し、「無遠慮に生意気致し」と言えるような思い入れを示している。妻子をまだ故郷の信州に残したままであったためもあろうが、赤彦は東京での一人住いの中、ささやかな感情のほとばしりを邦子に向けていると言ってもよいだろう。手紙本文では「赤彦」とするが、封筒では本名である。邦子の歌を添削しながら、その筆の流れは感情の動きを見事に示している。

（中島国彦）

島木赤彦（1876—1926）

今井邦子（1890—1948）

島木赤彦（久保田俊彦）から今井（山田）邦子へ（大正５年５月11日）

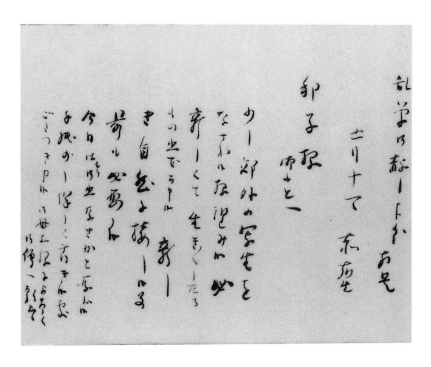

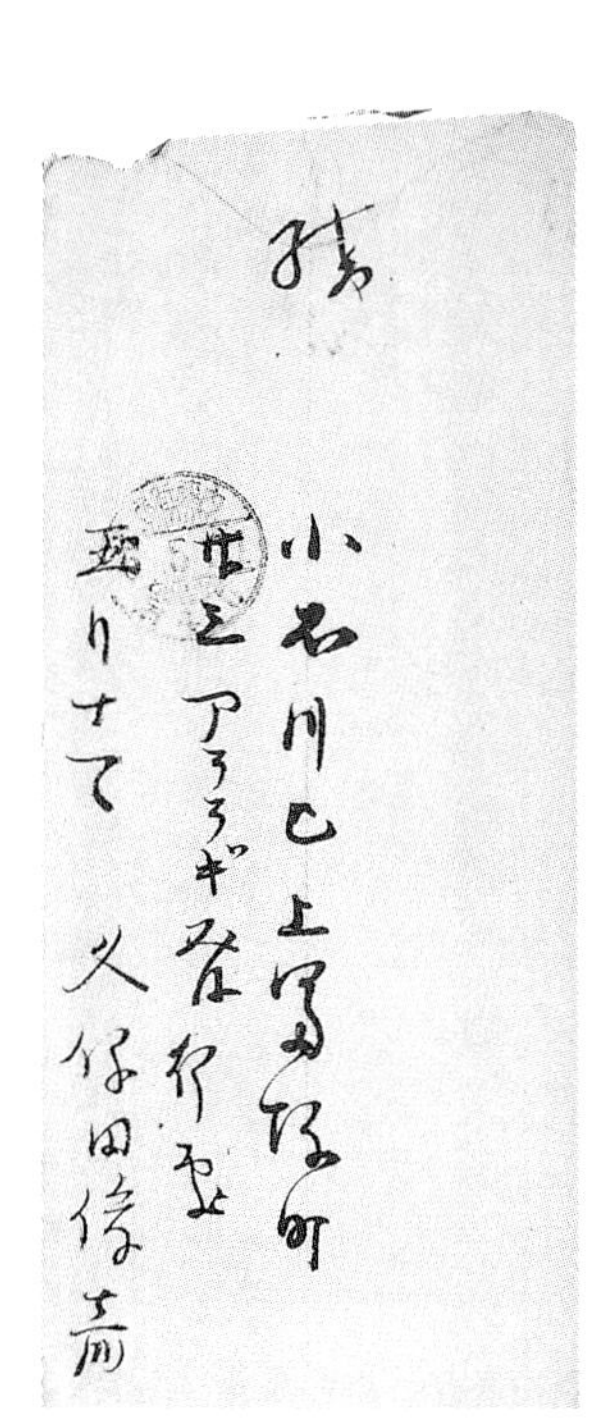

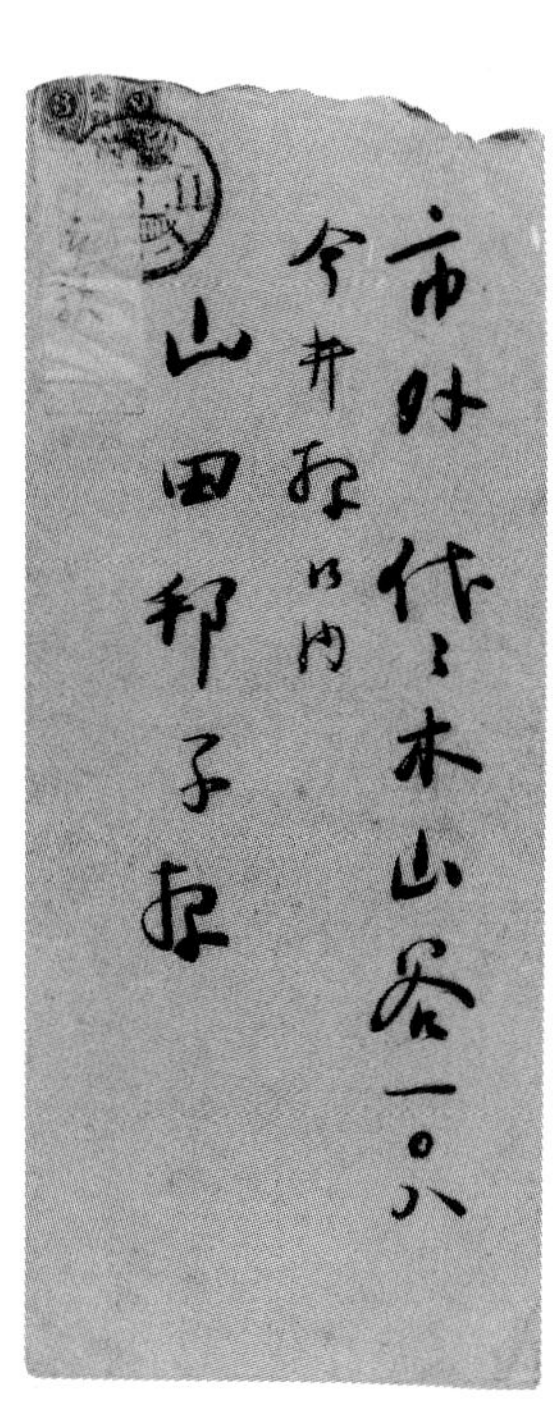

すっきりと菖蒲かほれる湯の光起き出でて吾が体(からだ)をひたす

ほのぐ\と黒髪ぬれて菖蒲湯の匂へる門を出でにけるかも

五月(さつき)の光あふるゝ野辺をうたひつゝ小学の子ら行きにけるかも

五月（さつき）真昼光のなかを烏一羽餌をくはへてとびゆくあはれ

鴉一羽餌をくはへて昼明（あか）き都の空をとび過ぐる見ゆ

鴉一羽餌をくはへて飛ぶ久しまひるの人ら目をあげず歩む

うつそみの人動きやまぬ地（つち）の上にかゝはり
も｛なし飛び行く鴉
　｛なし空を飛ぶ鴉

空の中に餌をくはへてとび過ぐる烏一羽をまさに見にけり

空のま中にいよ〱高く輝ける鴉一羽を見てゐる我は

例により無遠慮に生意気致し候へ共今少し考へねば落付かず候

天神様の御歌一首は少し小生に分らず御逢ひしてお聞き申すべく候　小生訂正致し候は主として歌の調子を張らせ度と思ひしなり　原作と御比べにて御意見御遠慮なく御申聞かせ被下度考へを申合ひ候方益になり可申候　終りの歌は内容殆ど前よりの歌と同じに候へば少し中味をかへてはと存じ高く舞ひ上る処にして見候へ共落付かず候　終りより第二首「空を飛ぶ鴉」の方字余りにて重く響くかとも存じ候　今二三日して見ればよく分ると存じ候

夫れから今少し御作りにて来月号へ一頁御出しなさる間敷候哉　歌集御出しの前なれば少し賑き方宜しきかと存じ候　二十二三日迄にて宜しく候　御奮発を望み候　夫れから他の雑誌へも少し粒揃ひを御出し下され度　然らされば　此後に悪しと存候　いつそ　アララギへ　二頁位御出しにて振つて見せるも宜しかるべく候　来月号は第二短歌号に致し度と存じ候　部数も少し殖し可申候　潮音会へ出さねば義理悪しく候はゞ前記のを御送有之候ても宜しく候　あと四五十首も御作りならばアララギへも沢山頂き得べく候　前記八首は皆よしと存じ候　今一つ

　野の面（も）には日影うら〱みちければ遠足の子らうたひ出で居り

もよろしと存じ候　これらへ少し足せば潮音一頁になり可申候　併し　大奮発なされ候て全部アララギへ御出し下されば尤も結構に候

日曜の朝六時帰京可仕候

御来車御待申上候　取急ぎ乱筆御赦し被下度　　拝具

五月十一日　　赤彦生

邦子様御もとへ

少し郊外の写生をなされ候様望み候　必新しくて生き〱したるもの出で可申候　新しき自然に接し候事最も必要に候

今日はもう御出なきかと存じ候

手紙少し詳しく書き候処ごたつき申し候　御母上様によろしく御伝へ願上候

島木赤彦から今井邦子へ、大正5年5月11日（現代語訳）

（短歌は省略）

例により無遠慮に生意気をいたしましたが、もう少し考えなければ落ち着きません。天神様の歌はすこし私には分かりませんので、お会いしてお聞きしたいと存じます。私が訂正いたしましたのは、主として、歌の調子に張りをもたせたいと思ったのです。原作とお比べになってご意見をご遠慮なくお聞かせ下さい。考えを話し合う方が為になると申せましょう。終わりの歌は内容がほとんど前の歌と同じですから、すこし中身を変えてみたらどうかと考え、高く舞い上がる処にして見ますと落ち着きません。

終わりから第二首「空を飛ぶ鴉」の方が字余りで重く響くかとも存じます。もう二三日してから見るとよく分かると存じます。それからもう少し作品をお作りになって来月号に一頁お出しになるのはどうでしょうか。歌集をお出しの前ですから、少し賑やかなのが良いかと存じます。

二十二、三日まででよろしうございます。ご奮発を希望いたします。それから他の雑誌へももうすこし粒ぞろいの作品をお出し下さい。さもないと、将来のために悪いと存じます。いっそ「アララギ」に二頁くらいお出しになって奮って見せるのも良いかもしれないでしょう。来月号は第二短歌号といたしたいと存じます。部数も少し増やすはずです。潮音会へお出しにならなければ義理が悪いのでしたら、前記の作品をお送りになってもよろしうございます。あと四五十首もお作りになるなら「アララギ」へも沢山頂くことができるでしょう。前記の八首はみな良いと存じます。もう一つ

野の面には日影うらうらみちければ遠足の子らうたひ出て居り

もよいと存じます。これらに少し足せば潮音一頁になるはずです。しかし大奮発なさって全部「アララギ」にお出しになれば最も結構です。

日曜の朝六時に帰京いたすはずです。

おいでをお待ち申し上げます。取り急ぎ、乱筆お許し下さい。

拝具

五月十一日　赤彦生

邦子さま御もとへ

すこし郊外の写生をなさるよう希望いたします。必ず新しくて、生き生きしたものが出てくるはずです。新しい自然に接することが最も必要です。今日はもうおいでにならないかと存じます。この手紙はすこし詳しく書きましたので、ごたつきました。お母上様によろしくお伝えお願い申し上げます。

深尾須磨子から平戸廉吉へ

大正十（一九二一）年八月、亡夫深尾贇之丞の遺稿詩集『天の鍵』（アルス刊）に自作詩五十四篇を収めることから詩人として出発した深尾須磨子が、『炬火』『日本詩人』などを舞台にわが国の先駆的な未来派詩人として活躍していた平戸廉吉に宛てた情熱的な手紙のうち、大正十一年一月二十六日付の一通。平戸廉吉は前年の十月から十二月にかけて「日本未来派宣言運動」のビラを詩壇や日比谷街頭で撒いて本格的な運動に乗り出し、詩集の出版も考えていたが、十一年四月に肺結核の病が募り、七月二十日に二十九歳の若さで没した。一月七日から廉吉の死の十九日前の七月一日までの計十七通の須磨子書簡は、六歳年上の須磨子と最晩年の廉吉が、おたがいの作品に注目し合い、詩人として人間としての親密感を急速に深め、燃焼し合った様子を如実にうかがわせる。一通目の一月七日の手紙に「わが胸に咲く火の薔薇（うばら）より」と書き、二通目の十三日付に「水は水水はおなじき水ながら／これは炎にいりまじる水」とだけ記した後の三通目の手紙。

（曾根博義）

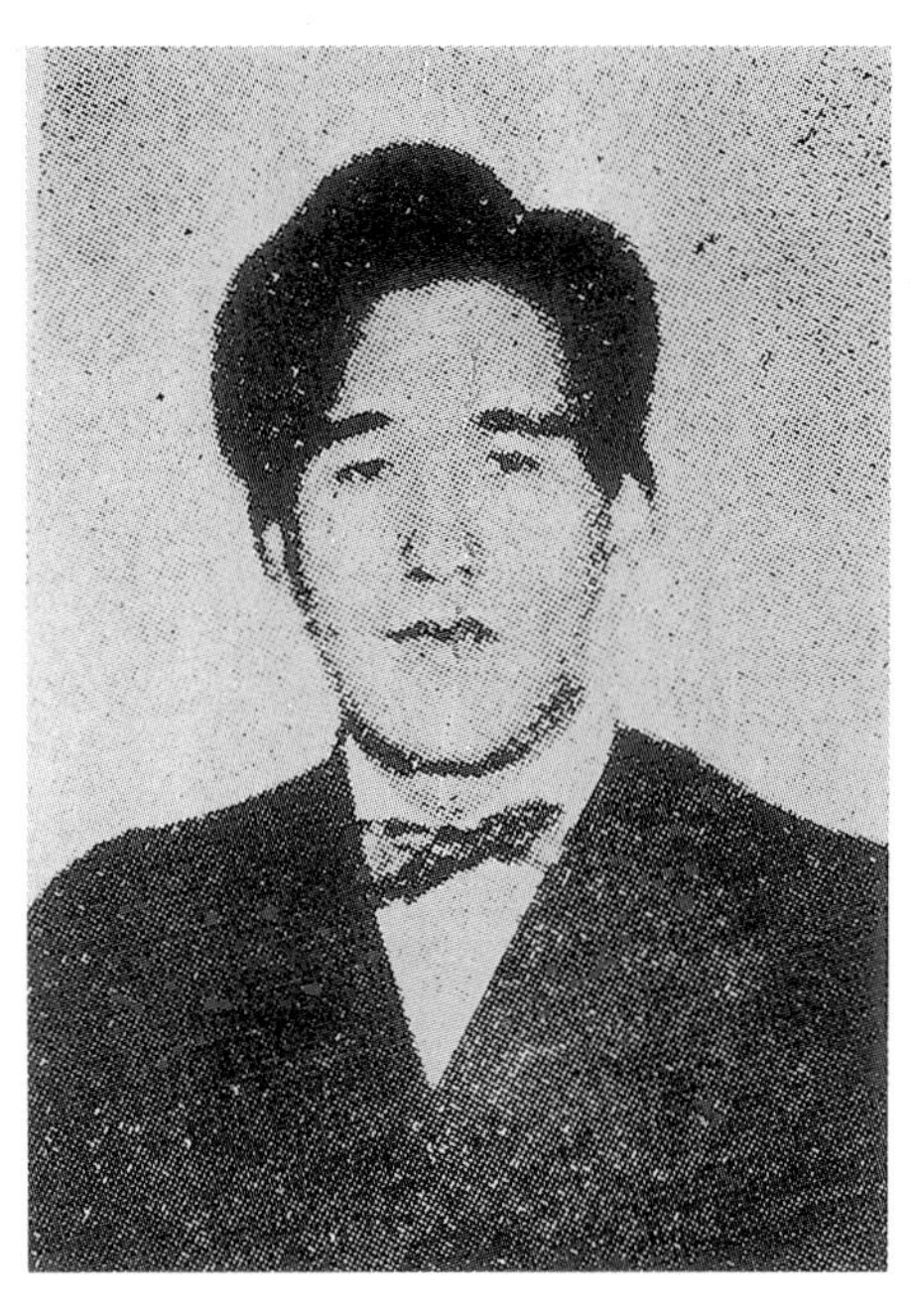

平戸廉吉（1894—1922）

深尾須磨子（1888—1974）

平戸廉吉様

御手紙と御詩とをありがたく存じあげます。

お心からのおはげましに対してたゞ一心に精進の道をたどり度く存じます。どうぞこの後ともお導き下さいまし。

書いて下すつた御詩は私の生命をどん底から戦かしました。それを申しあげる事をお許し下さいまし。年末から鵠沼へまゐり今日帰京してお便りを拝見、とりあへず。またいつかおめにあたりまして色々お話をうかゞふのを楽しんで居ります。

まゐらせむものは持たなくおのづから
わが胸に咲く火の薔薇（うばら）より

二二、一、七、　須磨子

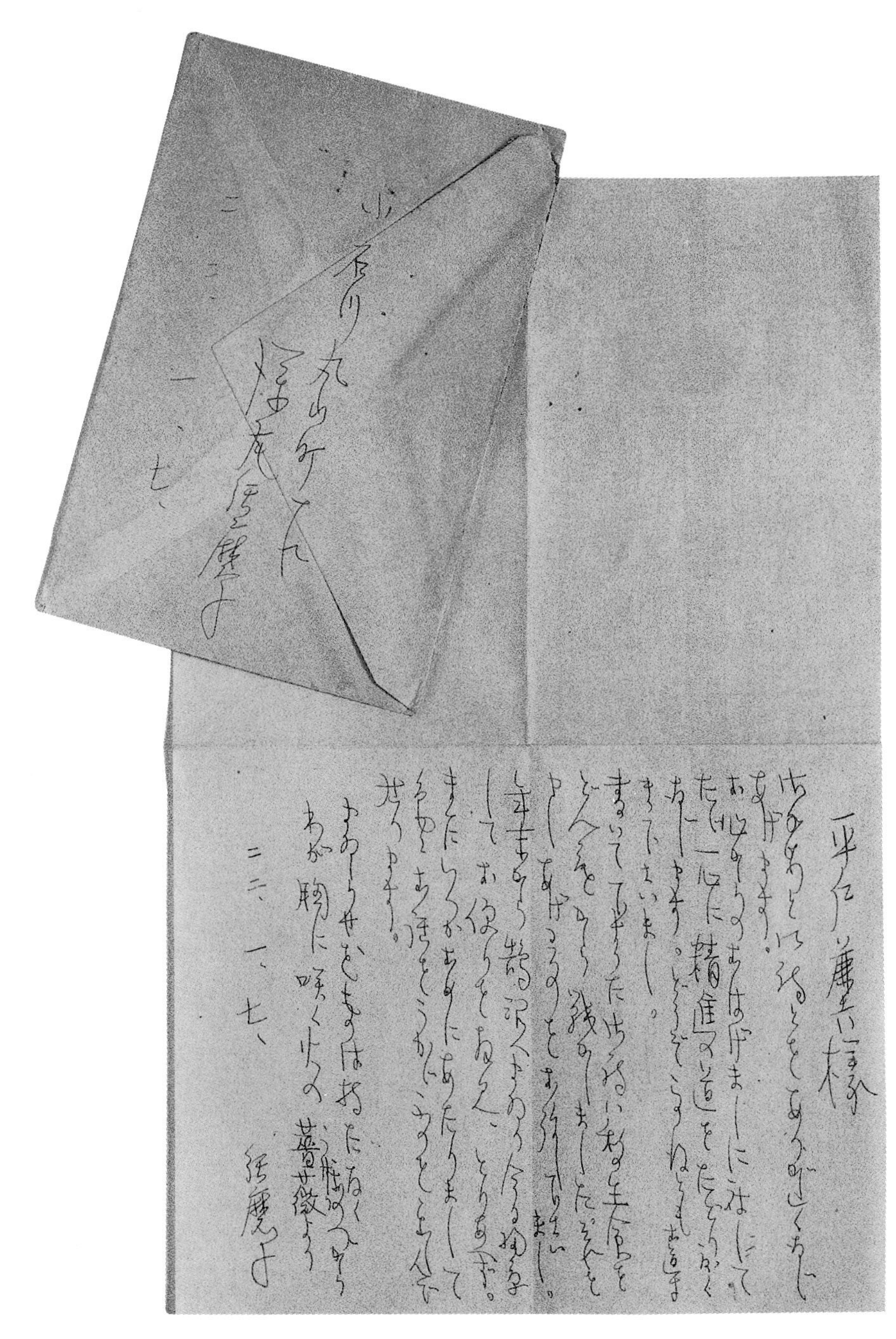
平戸廉吉様

二二、一、七、　須磨子

深尾須磨子から平戸廉吉へ（大正11年1月7日）

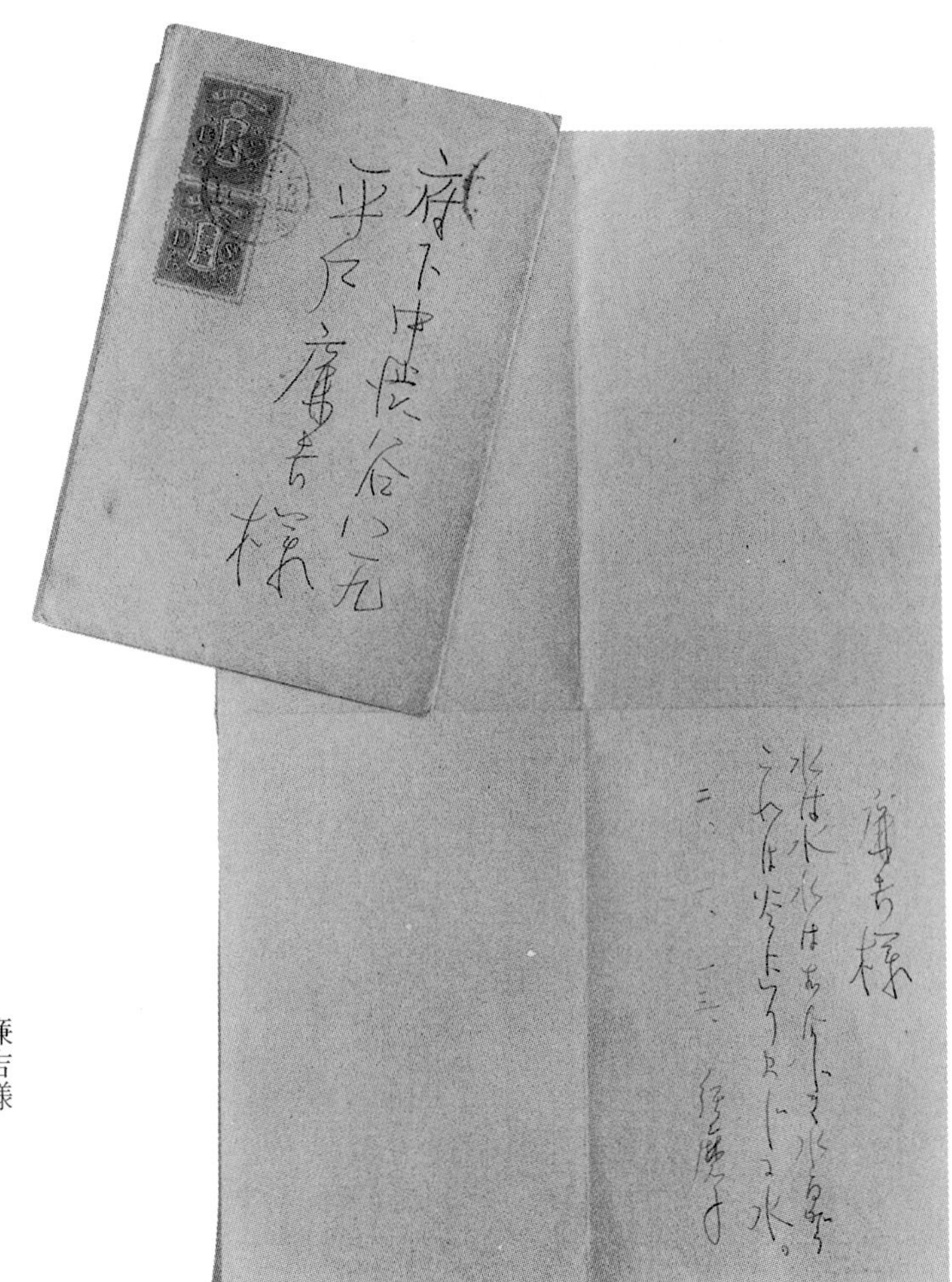

須磨子から平戸廉吉へ（大正11年1月13日）

廉吉様

水は水水はおなじき水ながら

これは炎にいりまじる水。

二、一、一三　　須磨子

須磨子から平戸廉吉へ（大正11年1月26日）

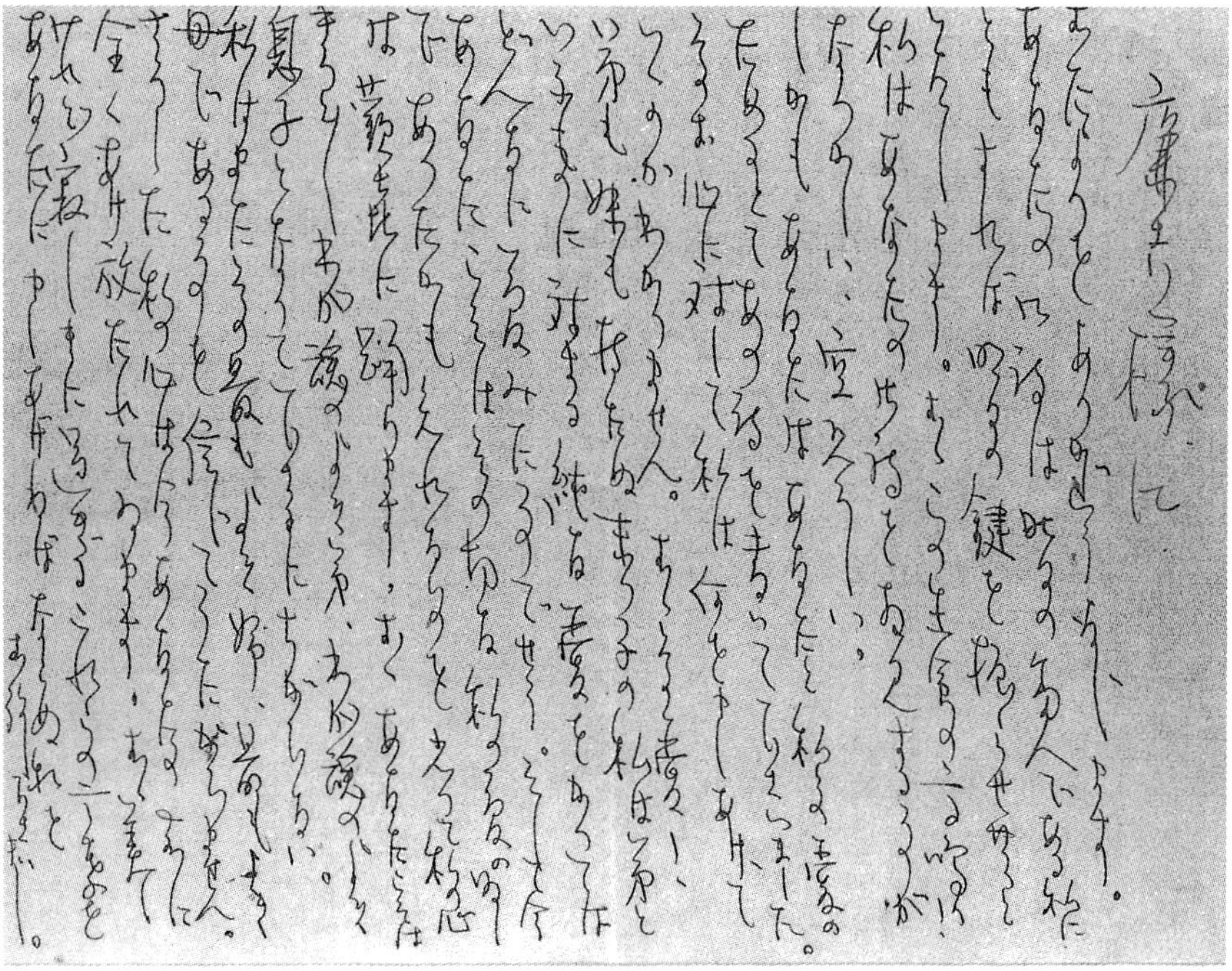

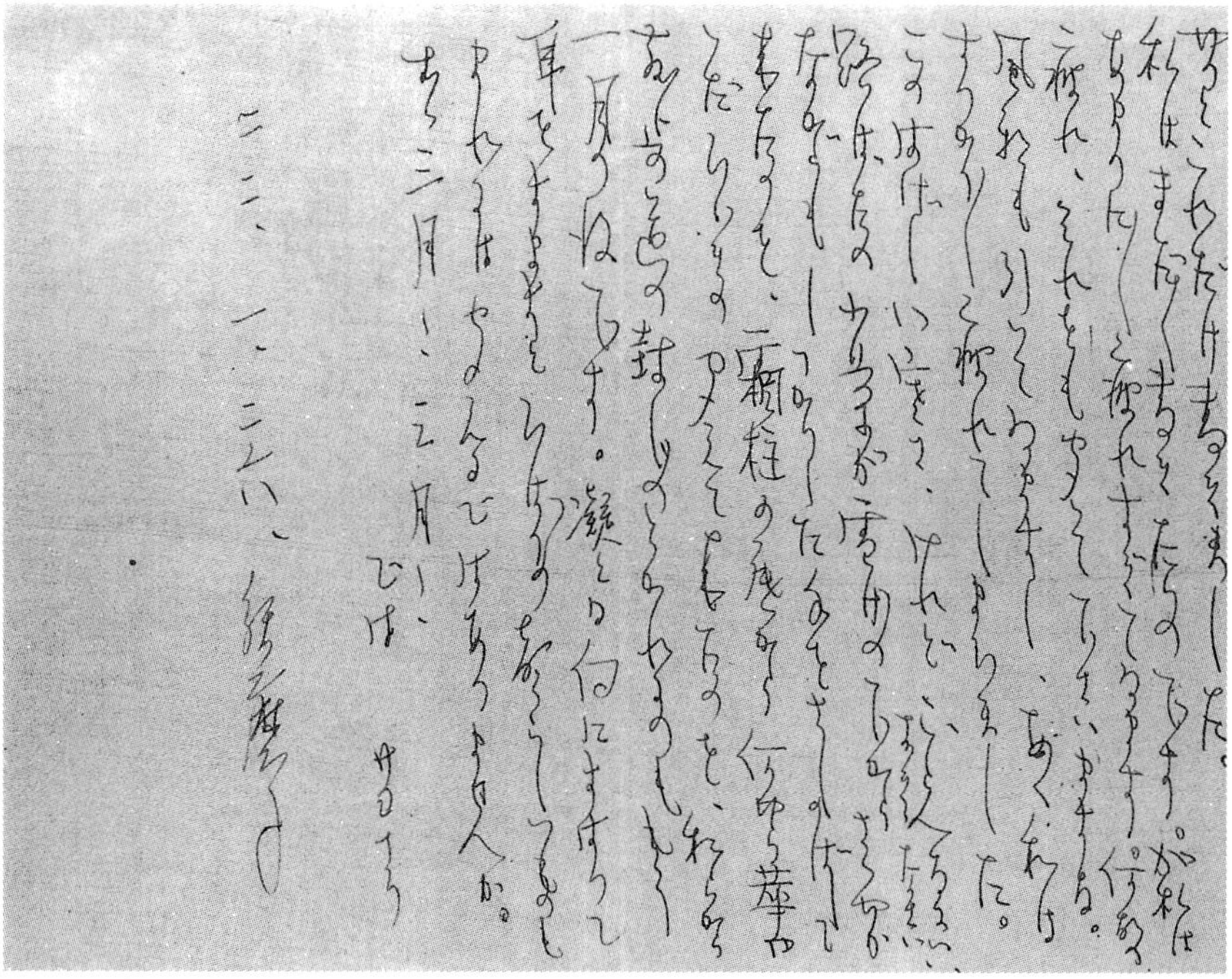

廉吉様に

おたよりをありがとう存じます。あなたの御詩は昨日の番人である私にともすれば明日の鍵を握らせやうといたします。おゝこの生命の高鳴り！　私はあなたの御詩を拝見する事がなつかしい、空恐ろしい。

しかもあなたはあなたと私との愛のためにとてあの詩を書いて下さいました。そのお心に対して私は何を申しあげていゝのかわかりません。おゝその愛！　弟も妹も持たぬ末つ子の私は弟といふものに対する純な愛をかつてはどんなに夢みた事でせう。そして今あなたこそはその切な私の夢の明しであつたかも知れないのを思つて私の心は歓喜に踊ります。おゝあなたこそはきつと〳〵わが魂のよき弟、わが魂のよき息子となつて下さるにちがひない。

私はまたその最もよき姉、最もよき母である事を信じてうたがひません。さうした私の心は今あなたの前に全くあけ放たれてゐます。おゝ美しけれど寂しきに過ぎるこれらの言葉をあなたに申しあげねばならぬ私をお許し下さいまし。

やつとこれだけ書きました。

私はまだ〳〵書きたいのです。が私はあまりに〳〵疲れすぎてゐます。何故の疲れ、それをも聞いて下さいますな。風邪も引いてゐますし、あゝ私はすつかり〳〵疲れてしまひました。このはげしい寒さ、けれどごらんなさい、おきゝなさい、路ばたの小草が雪げの下からさゝやかながらもしつかりした手をさしのばして来たのを、霜柱の底から何やら華やいだひゞきの聞えて来たのを、私らから散歩道の封じのとかれるのももう一月の後です。凝と日向にすはつて耳をすますと　ひばりの声らしいものもまれには聞えるではありませんか。

おゝ三月！　三月！

では　サヨナラ

二二、一、二六、　須磨子

深尾贇之丞の遺稿詩集
『天の鍵』（大正10年）表紙

『平戸廉吉詩集』
（昭和6年）表紙

島崎藤村から加藤静子へ

大正十三（一九二四）年春、五十三歳の藤村は「第二の春」の期待を抱いて加藤静子に求婚した。最初の妻・冬子を失って以来、彼は再婚話にも耳を貸さず著作に励んだが、姪と過失を犯し、パリで三年の謹慎生活を送った。帰国後『新生』でその経緯を告白し、男手で四人の子を育てていた彼に転機が訪れたのは、女性の自覚を促すべく雑誌『処女地』を創刊（大正十一年）したころである。静子はその編集助手の一人だった。彼女は東京生れ（一八九六〜一九七三）、津田英学塾卒。川越の医師加藤大一郎の妹である。出会いから長い時間をかけ、子供たちの成長を待っての求婚だった。師と仰ぐ藤村の求婚に対して、静子は二十四歳の年齢差や、藤村の過去の事情、自分の健康問題などを考えて躊躇したが、藤村の情熱はそれを上まわり、静子の心を得た。掲出書簡は静子の内諾の手紙を受け取った日のもので、二人は静かな愛を育てて昭和三年に結婚し、藤村は『夜明け前』執筆に向けてスタートした。

（十川信介）

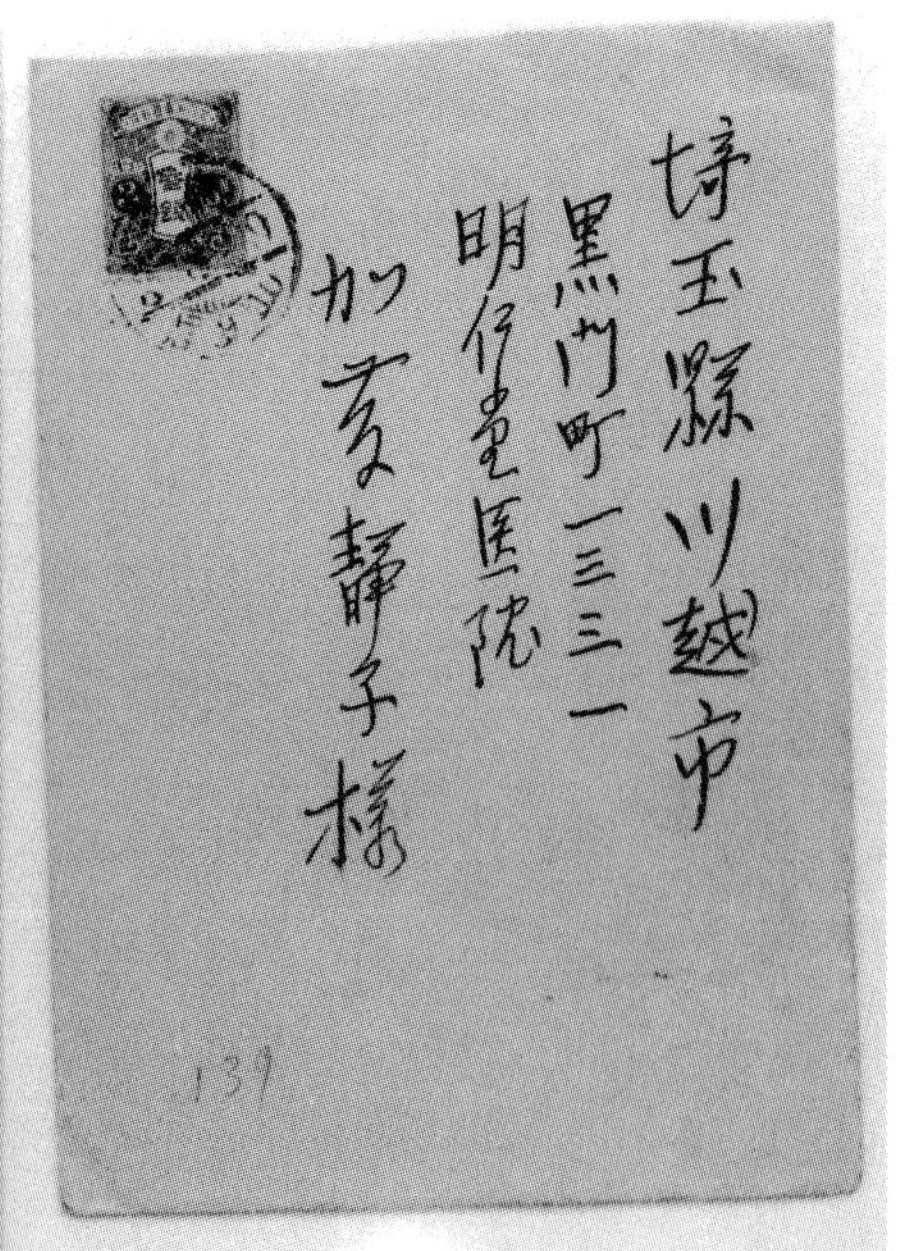

島崎藤村から加藤静子へ
（昭和３年５月29日）

島崎藤村（1872―1943）

加藤静子

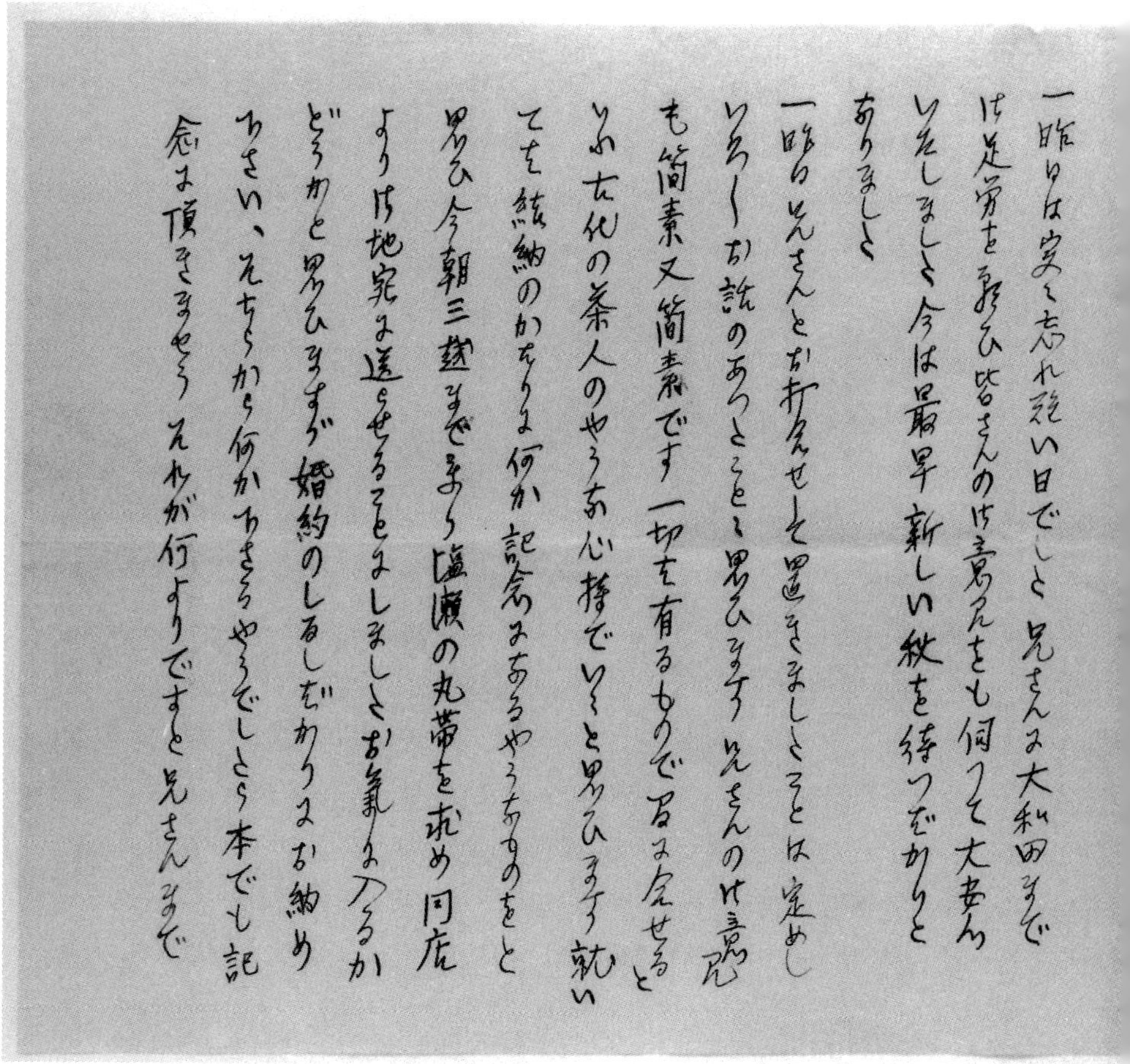
一昨日は実に忘れ難い日でした 兄さんに大和田まで
御足労を願ひ皆さんの御意見をも伺つて大安心
いたしました今は最早新しい秋を待つばかりと
なりました
一昨日兄さんとお打合せして置きましたことは定めし
いろ〳〵お話のあつたことゝ思ひます 兄さんの御意見
も簡素又簡素です 一切は有るもので間に合せると
いふ古代の茶人のやうな心持でいゝと思ひます 就い
ては結納のかはりに何か記念になるやうなものをと
思ひ今朝三越まで参り塩瀬の丸帯を求め同店
より御地宛に送らせることにしましたお気に入るか
どうかと思ひますが婚約のしるしばかりにお納め
下さい、そちらから何か下さるやうでしたら本でも記
念に頂きませう それが何よりですと兄さんまで

一昨日は実に忘れ難い日でした　兄さんに大和田まで御足労を願ひ皆さんの御意見をも伺つて大安心いたしました　今は最早新しい秋を待つばかりとなりました
一昨日兄さんとお打合せして置きましたことは定めしいろ〳〵お話のあつたことゝ思ひます　兄さんの御意見も簡素又簡素です　一切は有るもので間に合せるといふ古代の茶人のやうな心持でいゝと思ひます　就いては結納のかはりに何か記念になるやうなものをと思ひ今朝三越まで参り塩瀬の丸帯を求め同店より御地宛に送らせることにしました　お気に入るかどうかと思ひますが婚約のしるしばかりにお納め下さい、そちらから何か下さるやうでしたら本でも記念に頂きませう　それが何よりですと兄さんまで申上げて置きました（辞林のやうな字書の類でしたら殊にありがたいと思ひます）
式の当日は皆さんにも略服で来て頂くことにし紋付等は一切無用といふことに兄さんとも御相談しました　今日お送りす

る帯地もそんなつもりで見立てたものですが御役に立つかどうかとかなり気がゝりです
一昨日は兄さんにいろ〳〵と御相談して頂くことが出来うれしく思ひました　お父さんにももしこの秋あたり東京に御滞在でしたら式の当日にはお出を願ひ其節おめに懸りたいと思ひます
Strange existance!　実に無造作にこんなお便りを書く日の来たといふことすら私には不思議なくらゐです

五月二十九日夜

春樹

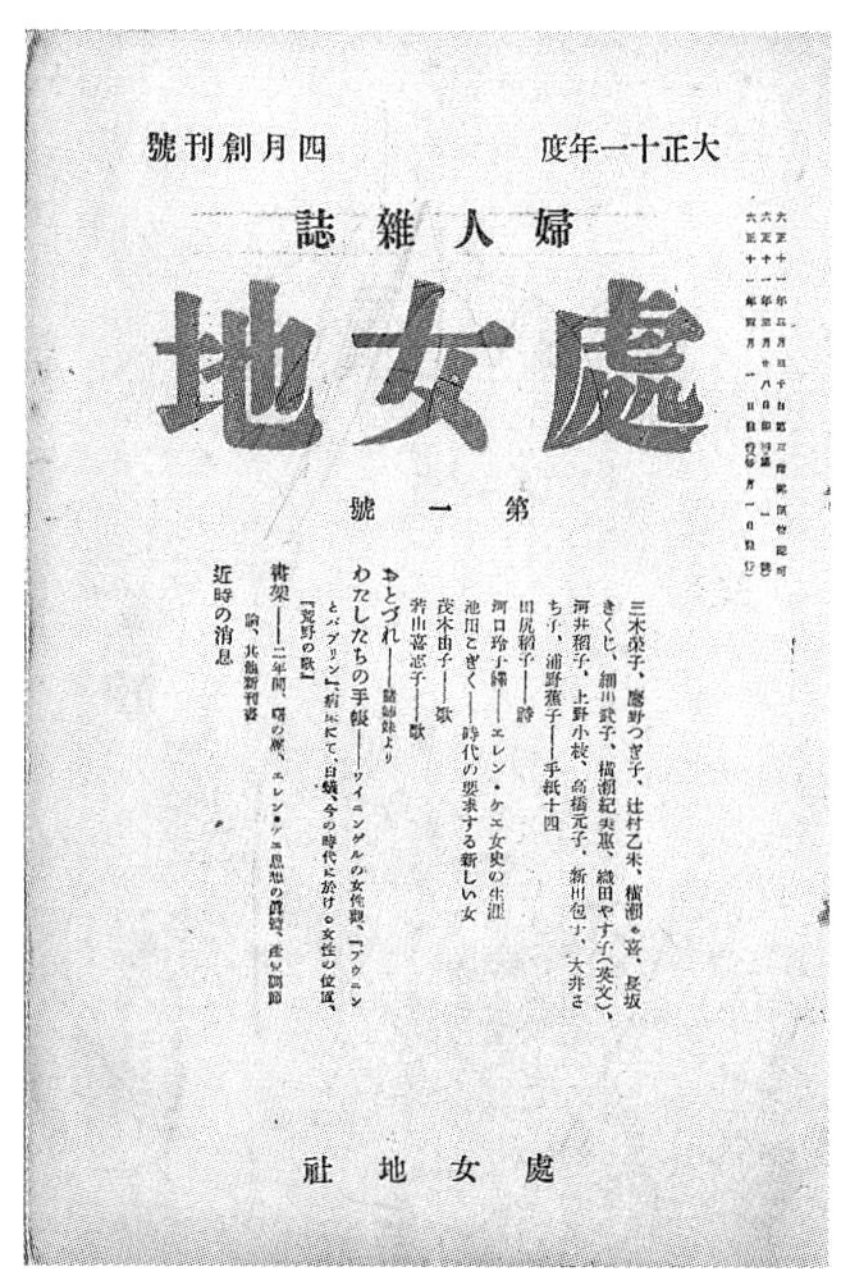

大正十一年度　四月創刊號

婦人雜誌

處女地

第一號

三木榮子、鷹野つぎ子、辻村乙未、横瀬〻音、長坂きくじ、細川武子、横瀬紀美惠、織田やす子（英文）、河井稻子、上野小枝、高橋元子、新川包子、大井さち子、浦野蕉子——手紙十四

田尻稻子——詩

河口玲子譯——エレン・ケエ女史の生涯

池田こぎく——時代の要求する新しい女

茂木由子——歌

若山喜志子——歌

おとづれ——諸姉妹より

わたしたちの手帳——ツイニンゲルの女性觀、「ブウニンとバブリン」、病床にて、白蟻、今の時代に於ける女性の位置、「荒野の歌」

書架——二年間、時の緑、エレン・ケエ思想の眞髓、產兒調節論、其他新刊書

近時の消息

處女地社

雑誌「処女地」大正11年4月、創刊号
加藤静子の翻訳を掲載

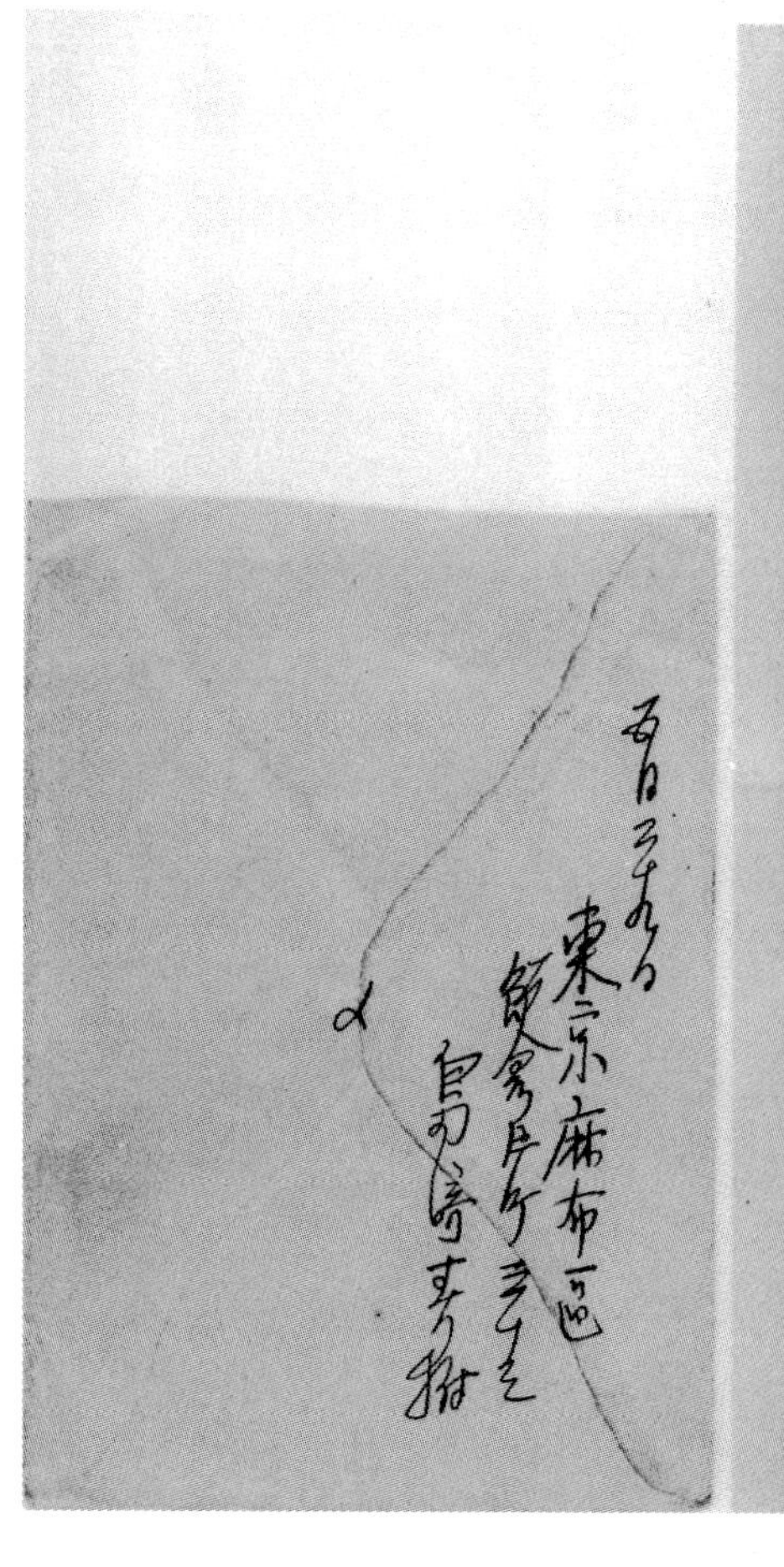

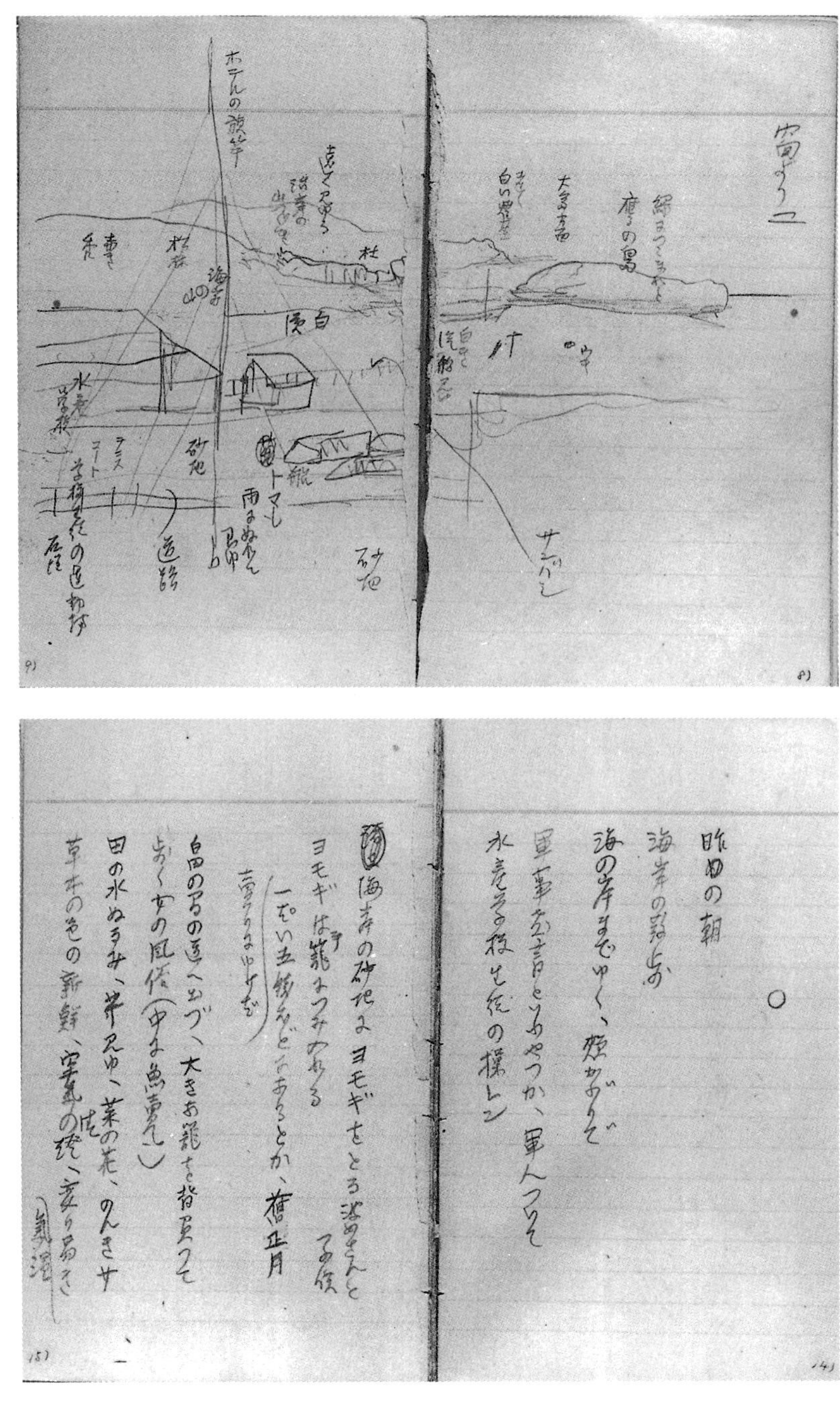

藤村「夜明け前」創作ノートから

谷崎潤一郎から根津松子へ

毛筆で書かれた潤一郎書簡は、どれ一つとっても美しく、狂いがない。この手紙は、金策のため一時上京した潤一郎が、当時思慕をつのらせていた根津松子に宛てたもので、既婚者同士の距離感がある一方、その文体の背後に潜む綿々とした感情の流露も見逃せない。のち、松子は森田姓に復帰、潤一郎も丁未子(とみこ)夫人と別れ、昭和十年には結婚することとなる。そこに至る二年ほどの間の恋文は、受け取った松子の心を奥底から動かすものであった。相手を「御寮人様」（人の夫人への敬称）と呼びつつ、自分の署名はちょうどこの頃、「潤一郎」から「順市」へと変化する。受け取る側の心情をうかがうような、心にくい表現である。潤一郎歿後、当時を回想した松子夫人の『湘竹居追想』（昭和五十八年刊）には、結婚に至るまでの何通もの書簡がちりばめられ、自家製の雁皮の原稿用紙の、「行間も、小さい枡目の空間にしても、いさゝかの汚れがなく、清らか」で「情味がたゞよふてゐる」と記されている。

（中島国彦）

根津松子

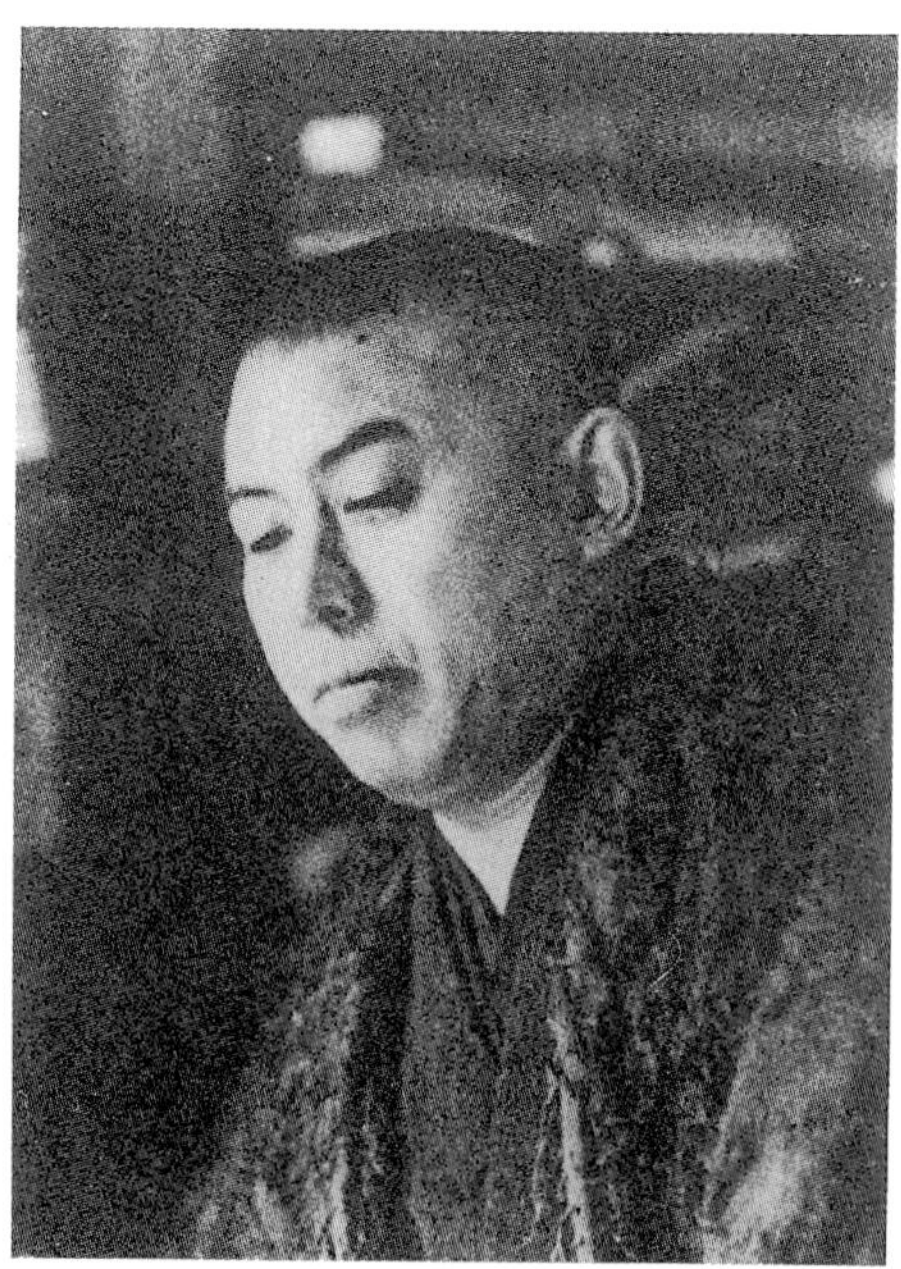

谷崎潤一郎（1886—1965）

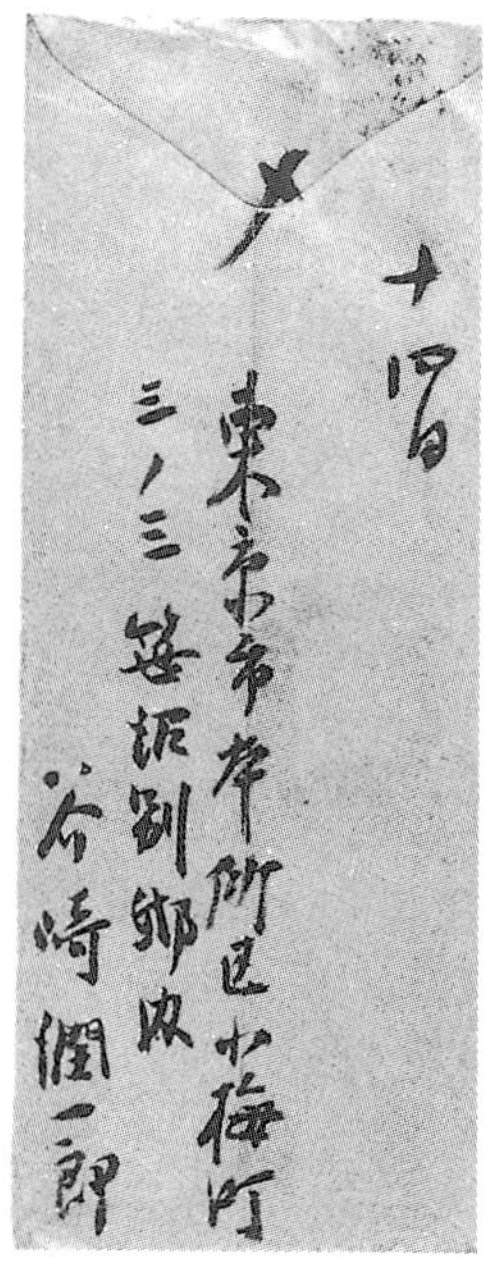

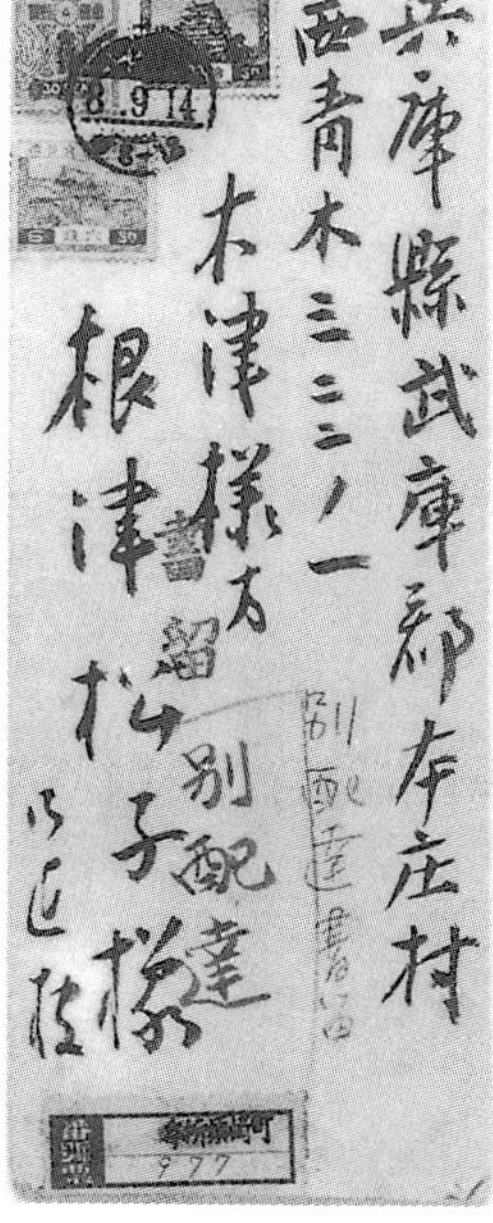

一

倚松庵用箋

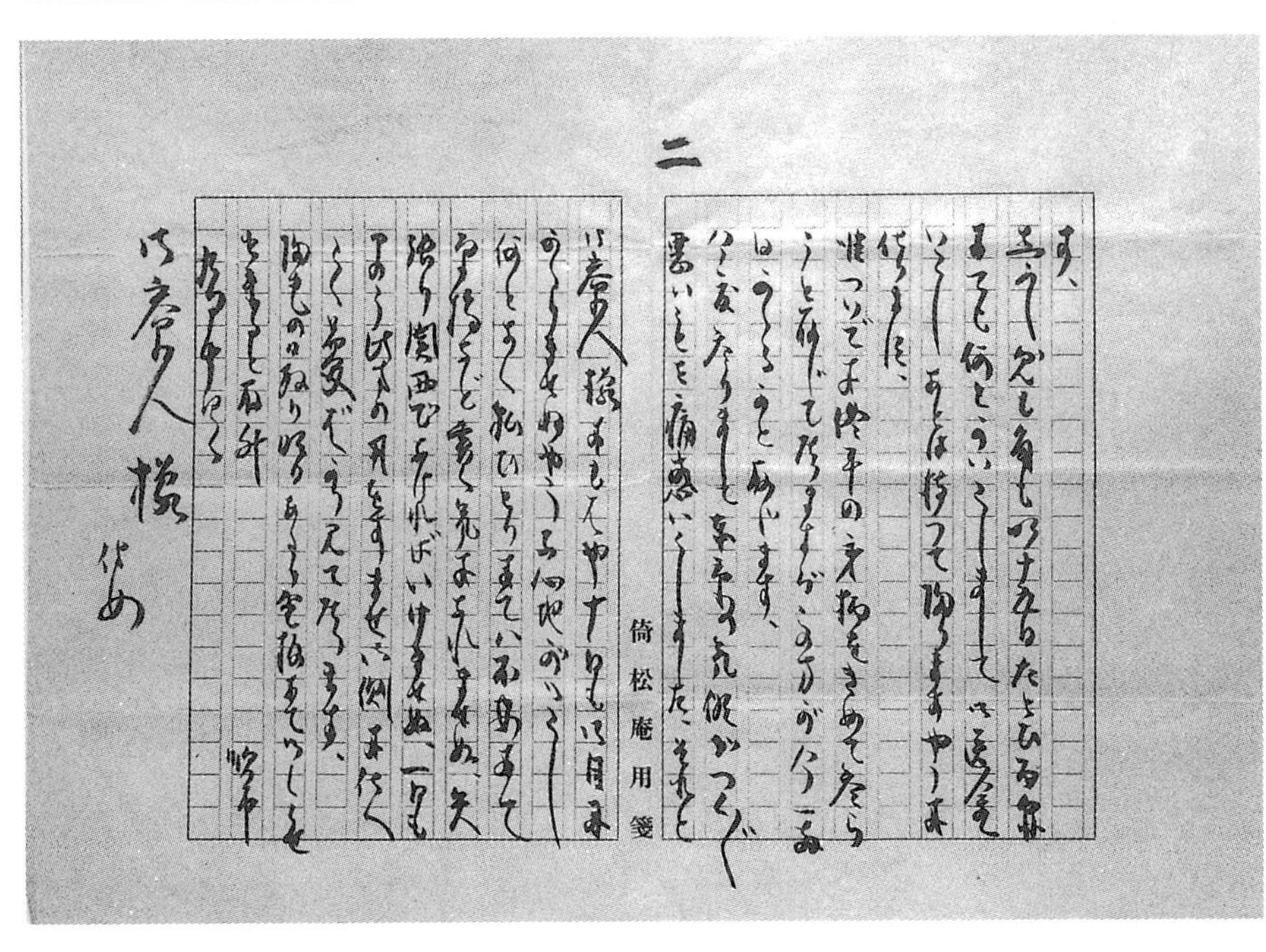

谷崎潤一郎から根津松子へ（昭和8年9月14日）

昨夜御電報ありかたく拝受致しました　ちやうど座談会に招かれて居りましたのと小石川より表記のところへ電話で知らしてくれますので、拝受いたしましたのが大分夜おそくのため御返事おくれまして相すみませぬ、

前便青木宛に差上ましたがまだ御覧下さりませぬか如何でござりませうか、実は経済往来社より例の文章読本の金を融通いたして貰ふつもりのところ、同社は此の頃大分信用状態がわるく、佐藤などにもまだ原稿料不払になつて居ります由にて、渡すとは云て居りますがまだ受取て居りませぬので此の点少々心もとなく、それがいよ〳〵駄目でござりましたら他にて二三百円にても都合いたし一旦帰阪いたさうと存じて居ります次第でござります、

しかし兎も角も明十五日たとひ百円にても何とかいたしまして御送金いたしあとは持つて帰りますやうに仕ります、

唯ついでに終平の身柄をきめて参らうと存じて居りますがこの方が今一両日かゝるかと存じます、

今度参りまして東京の気候がつく〴〵悪いことを痛感いたしました、それと御寮人様にもはや十日も御目にかゝりませぬやうな心地がいたし何となく私ひとりにては不安にて原稿など書く気になれませぬ、矢張り関西でなければいけませぬ、一日も早う此方の用をすませ御側に仕へたく夢ばかり見て居ります、

帰宅の日取り明日あたり電報にて御しらせ出来ると存升

順市

九月十四日

御寮人様　侍女

斎藤茂吉から永井ふさ子へ

輝子夫人と別居中であった昭和九（一九三四）年九月、斎藤茂吉ははじめて永井ふさ子と出会った。当時茂吉は五十三歳、ふさ子二十五歳であった。二人の交渉は昭和十九年まで続くが、茂吉の側からみれば、この晩年の恋愛は昭和十年歳晩から昭和十二年歳晩に至る、ほぼ二年間続いたとみられる。掲出の茂吉書簡はこの間の、柴生田稔によれば「痴愚を極めた」「恋愛?」を語る代表的なものである。茂吉は社会的地位、名誉、経済的基盤、日常のすべてを守りながら、ふさ子を愛し、周辺の二、三の人々を除き、この恋愛を隠しとおした。茂吉がふさ子の肉体に執着し、恋情が性的交渉に偏していたことがこの書簡からも窺われるが、やはり、恋愛というべきものであり、この秘められた恋愛が、『暁紅』『寒雲』の時期の歌作に、ある悲しみを帯びた華やぎを与えた。次の一首などがその一例である。

まをとめと寝覚めのとこに老（おい）の身はとどまる術（すべ）をつひになかりし

（中村　稔）

○御手紙いま届きました。実に一日千秋の思ひですから、三日目の忍耐は三十秋ではありません。。。[illegible]力が[illegible]けてみるか分りません。その苦しさは何とも云はれません。全くまゐつてしまひます。肩ふさ子さんどうぞ〳〵[illegible]だから、はがきでいいから、下さい、そして、今日はみたとか（[illegible]）。ただそれだけで結構です。

○きのふも今日も電話して、御留守だつたので、非

斎藤茂吉（1882—1953）

永井ふさ子

斎藤茂吉から永井ふさ子へ（昭和11年11月26日）

3

○春あたりまで[illegible]んで、気が引けて、臨老の身を歎じて[illegible]が、このごろは全く、とりこになつてゐます。きのふも渋谷駅前で[illegible]うけてしをしをと立去り、ウナギで辛うじて元気出し恋愛を断念しようとおもつて、文芸春秋の文章を一気にかいたのです。ゆうべは一晩よく眠られませんでした。

○そしてけふ[illegible]手紙を見るまでは、鬱々として、不平などばかり出て困つたのが、一読后は、丸で人物が変つてしまひました。先に会つた、柴生田、佐藤二君には不愛想で、あとであつた鹿児島、山口二君には友情あふるるばかりです。これは何のためだと思ひですか。一体何が私をこんなに機嫌よくしたのだとおもひますか。

（廿四日 記しるす）

○ふさ子さん！ふさ子さんはなぜ、こんなにいい女体なのですか。何ともいへない、いい女体なのですか。どうか、大切に

○御手紙いま頂きました。実に一日千秋の思ひですから、三日間の忍耐は三千秋ではありませんか。何度カギで明けてみるか分かりません。その苦しさは何ともいはれません。全くまゐつてしまひます。ふさ子さんどうか、御願だから、ハガキでいいから、下さい、そして、今日は外出とか（叔母と）。たゞそれだけで結構です。

○きのふも今日も電話して、御留守だつたので、非常にガツカリしました。特に今日のは診察所からかけて、荘の人が、どなた？　どなた？　などと幾遍もきかれて、恥かいたやうにおもつてこまりました。

○兎に角、一行づゝでいいから、けふ御手紙のやうにかいて下さいませんか、能率万倍ですから

○このあひだ、お部屋でふだん着のふさ子さんを見たとき、粉飾なき玉の如きものを見、他所行を全く脱却して、誠にうれしくて、こひしくてたまりませんでした。そわそわしてゐたのは、そのためでありました。

○ほかの人のゐるのは邪魔ですけれども、そんな勿体ないこといつてはなりません。一しよに食事を安心して出来るのもほかの人がゐてくれるためですから。

○お部屋でたゞ二人で、ふさ子さんの笑ごゑでもすると、ひと

てもいゝものです。ふさ子さんの写真は誠にいゝ。
ほかのお嬢さん方は実に十はとりますよ。
その御写真見て、光のさすやうな偉らいやうに
もおもひます。近よりがたいやうな美しさです。
○この数日、非常に勉強して、少年時代の追憶
かきました。出来の悪いものですが為方ありま
せん。明日から改造の分もかきます。これも
一気に書きます。今日の午前は忙しことです
○土曜に山本夫人にあひます。山本夫人に私が写
真を一寸訪ねたこと御話しませうか。どう
しますか。（廿五日、廿六日朝）

はキスでも強ひてゐるのではないかと取られはしないだらうかと思つて、胸がどきどきして落付いてゐられないのです。しかし、そのときのうれしい気持は全身に満みわたつてゐました。いくらか御わかりになつたでせう。伝達するものですから。

○春あたりまで〔破損〕で、気が引けて、醜老の身を歎じて〔破損〕が、このごろは全く、とりこになつてゐます。きのふも渋谷郵便局で電話かけてしをしをと立去り、ウナギで辛うじて元気出し恋愛を断念しようとおもつて、文藝春秋の文章を一気にかいたのです。ゆうべは一晩よくねむれませんでした。

○そしてけふ御手紙を見るまでは、鬱々として、不平などばかり出て困つたのが、一読后は、丸で人物が変つてしまひます。先に会つた、柴生田、佐藤二君には不愛想で、あとであつた鹿児島、山口二君には友情あふるるばかりです。これは何のためだと思ひですか。一体何が私をこんなに機嫌よくしたのだとおもひますか。（廿四日夜しるす）

○ふさ子さん！ふさ子さんはなぜこんなにいい女体なのですか。何ともいへない、いい女体なのですか。どうか、大切にして、無理してはいけないとおもひます。玉を大切にするやうにしたいのです。ふさ子さん。なぜそんなにいいのですか。

○写真も、昨夕とつて来ました。とりどりに美しくてたゞうれしくてそわそわしてゐます。併し、唇は今度からは結んで下さい。又お笑なるならば思ひきつて笑つて下さい。丁度私のまへでお笑になるやうに笑つて下さい。さうでないなら、すましてください。

○私が欲しいのですから、電通で、もう一つとつて下さい。代は私が出します。写真は幾通あつてもいゝものです。ふさ子さんの写真は誠に少い。ほかのお嬢さん方は年に十はとりますよ。今度の御写真見て、光かさすやうで勿体ないやうにもおもひます。近よりがたいやうな美しさです。

○この数日、非常に勉強して、少年時代の追憶かきました。出来の悪いものですが為方ありません。明日から「改造」の分書きます、これも一気に書きます。今日の午后は楽しみです

○土曜に山本夫人にあひます。山本夫人に私が香雲荘を一度訪ねたこと御話しませうか。どうしますか。（廿五日、廿六日朝）

立原道造から若林つやへ

立原道造は、昭和戦前期の詩壇にひときわ光芒を放つ彗星のように現れ、結核のため、二十四歳の若さでこの世を去った。彼が生前に刊行した詩集は、『萱草に寄す』（昭和十二年五月）、『暁と夕べの詩』（昭和十二年十二月）のわずか二冊。だが、その詩は、戦争へと推移する激動の時代のなかで、微細だが確かに存在する意識や情感をとらえたもの。立原文学のもう一つの魅力は書簡。彼は親しい人たちに多くの手紙を書き、考えや思いを吐露した。掲出の手紙の宛先人杉山美都枝は、ペンネーム若林つや、はじめ「女人芸術」に参加し、のち『日本浪曼派』に寄稿した、立原より九歳上の作家。二人が知り合ったのは昭和十二年の夏、信州追分の油屋旅館だった。『暁と夕べの詩』の出版記念会では、女性としてはただ一人出席している。立原は死の一週間ほど前、見舞に来た彼女に「五月のそよ風をゼリーにして持つて来て下さい」と頼んだという（若林つや「野花を捧ぐ」『四季』立原道造追悼号昭和十四年七月）。

（池内輝雄）

若林つや

立原道造（1914—39）

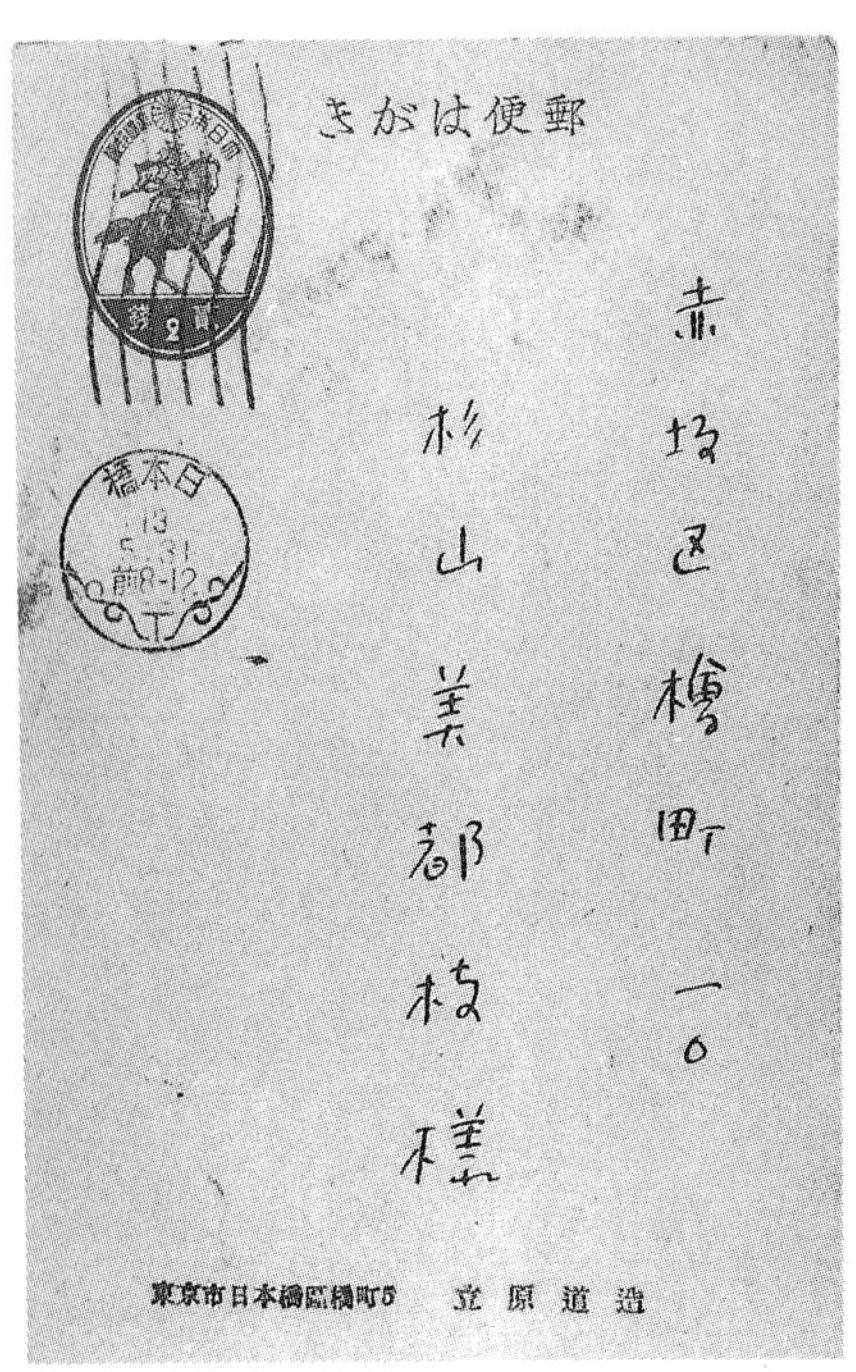

郵便はがき

赤坂区檜町一〇

杉山美都枝様

東京市日本橋區橘町5　立原道造

一日中　だれかに　たより書きたく　あてのない気持で　くらしてゐました　次々にひとりづつ友人があらはれて　僕にはなしかけます　僕がはなしかけようとすると　もうゐなくなりました　それで　だれにも　たより書けずに　夕ぐれになりました　たつたひとり　とりのこされたやうに　さびしい気持のあたりに　藍ばんだ夕ぐれがやつて来ます

あなたが　やうやく　僕の方を向いて　ながいことぢつとしてゐます　だが　あなたに　僕は　何も　おはなしかける言葉がない　それがずゐぶんさびしくおもはれます　こんなことを書いても気をわるくなさらないで下さい　さびしくしづかだつた一日のをはりに——

立原道造から杉山美都枝（若林つや）へ
（昭和13年５月31日）

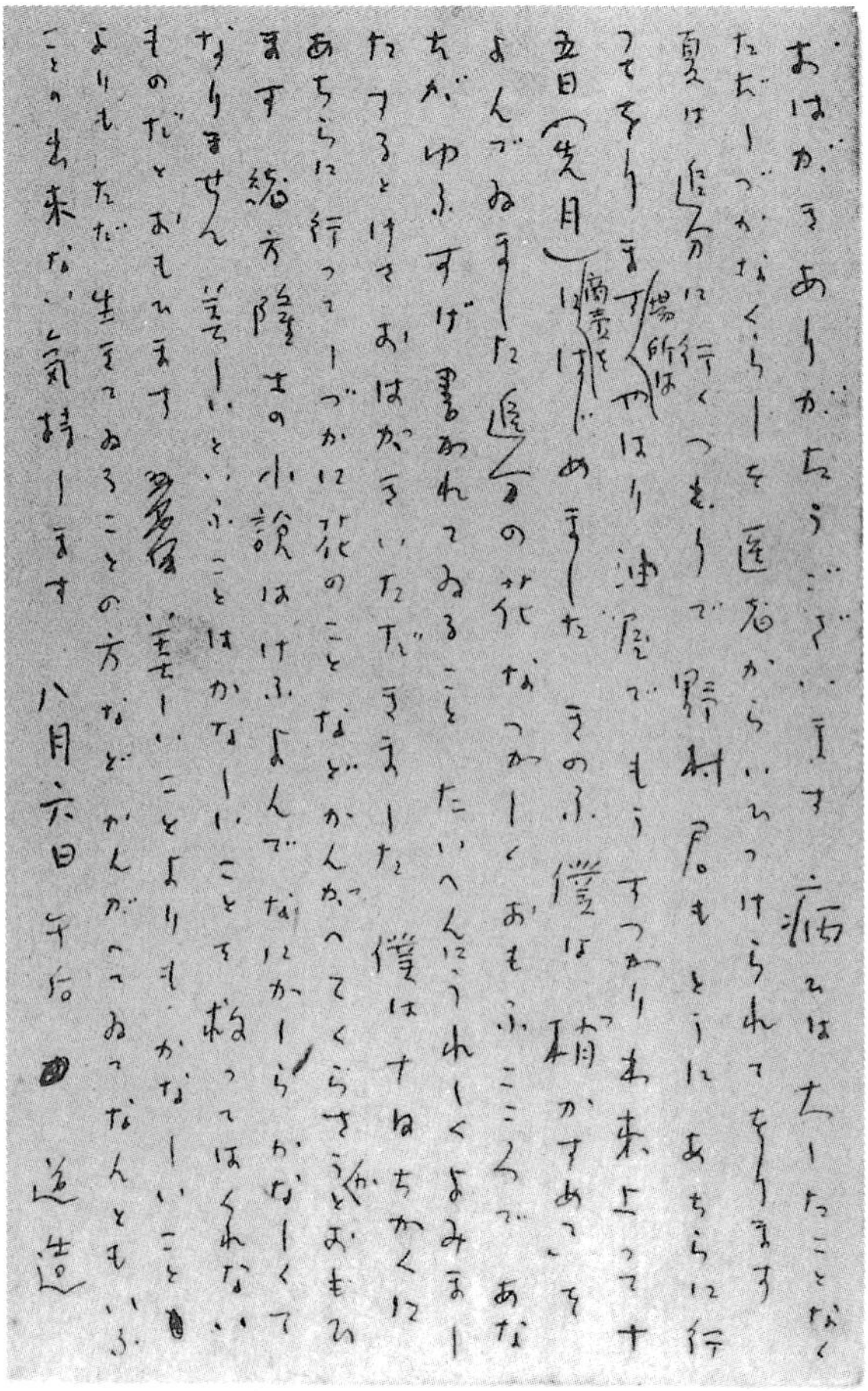

おはがきありがたうございます　病ひは大したことなくただしづかなくらしを医者からいひつけられてをります　夏は追分に行くつもりで　野村君もとうにあちらに行つてをります　場所はやはり油屋で　もうすつかり出来上つて　十五日（先月）に商売をはじめました　きのふ僕は　「梢かすめて」をよんでゐました　追分の花なつかしくおもふこころで　あなたがゆふすげ書かれてゐること　たいへんにうれしくよみました　するとけさ　おはがきいただきました　僕は十日ちかくにあちらに行つてしづかに花のことなどかんがへてくらさうかとおもひます　緒方隆士の小説はけふよんで　なにかしら　かなしくてなりません　美しいといふことは　かなしいことを救つてはくれないものだとおもひます　美しいことよりも　かなしいことよりも　ただ　生きてゐることの方などかんがへてゐて　なんともいふことの出来ない気持します　八月六日　午后

道造

道造から若林つやへ
（昭和13年8月6日）

太宰治から山崎富栄へ

太宰治は昭和二十三（一九四八）年六月、前年の三月末に三鷹駅前の屋台で知り合った美容師山崎富栄と玉川上水に入水心中したが、これはその半年前に人を介して富栄のもとに封書で届けられた手紙で、もとは富栄の遺したノートの二十二年十二月五日の項の末尾に貼り付けられていたもの。この手紙を含む手記の一部は二人の没後間もない二十三年七月四日号の『週刊朝日』に発表され、同年九月、全文が『愛は死と共に』の題で石狩書房から出版された。十二月五日の記事の終り近くに「吉（古）田さんがお手紙を持つてみえる／丁度わたしが帰つてきて、これを書いてゐたところ。／いやよ、いやよ、いやよ。十日もお逢ひできないなんて。いやよ、いやよ」とあるのは、この手紙のことを指していると思われる。「アヤマッタ」「シッパイ」などの意味のとりようによっては自殺未遂だった可能性もないとはいえない。昭和四十五年十月、この手紙だけが手記から切り離されて日本近代文学館に寄贈されている。太宰治全集未収録。

（曽根博義）

山崎富栄

太宰治（1909—48）

太宰治、玉川上水のほとりで
昭和23（1948）年　撮影・田村茂

アヤマツタ
クスリヲ
ノンデ、
マル三日、
假死デシタ。
シツパイ。
字ガマダカケヌ。
手ガ言フコトヲ
キカヌノデス。
モウ十日
マツテクレ。
ガマン。

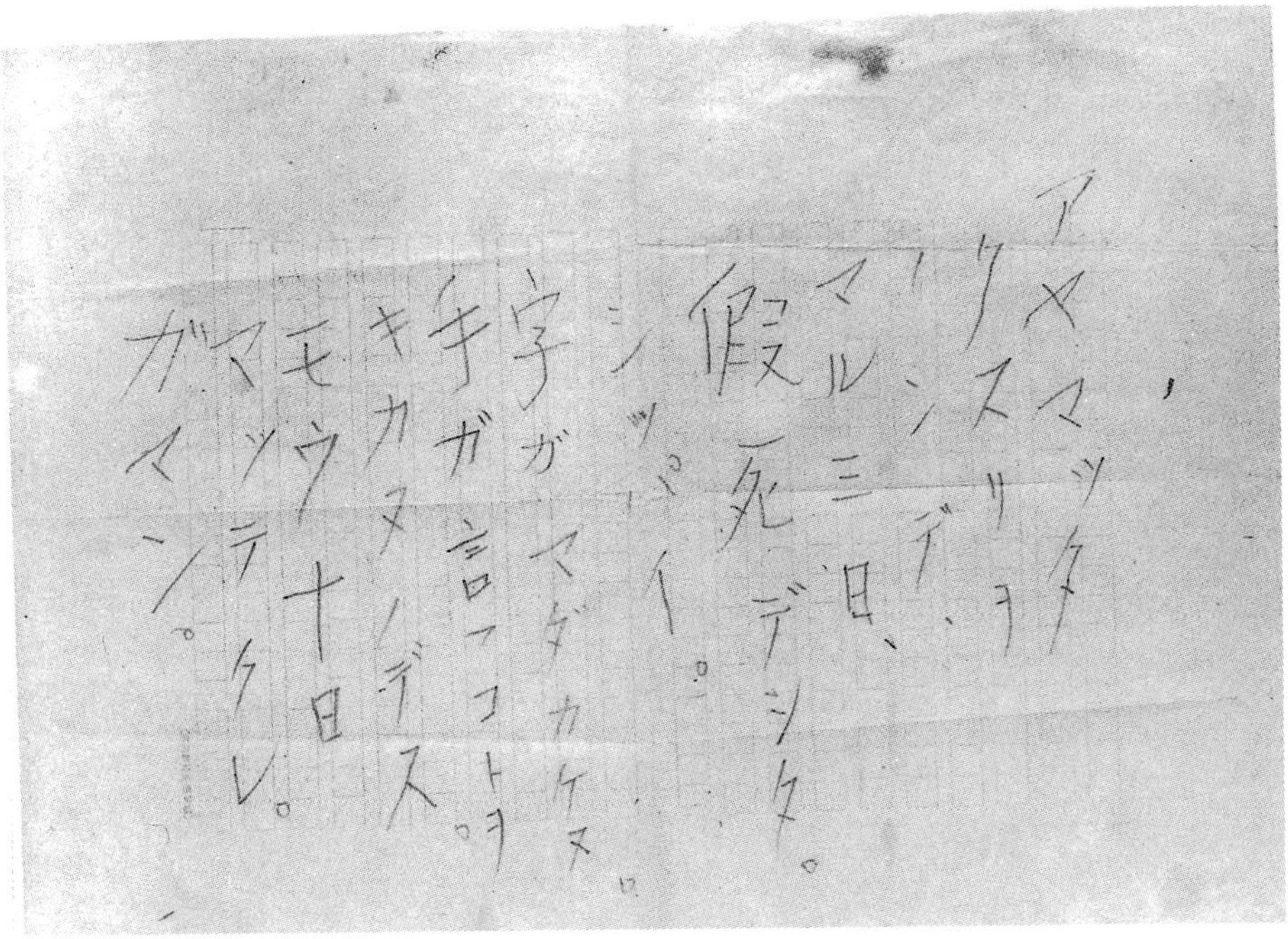

太宰治から山崎富栄へ（昭和22年12月）

アヤマツタ
クスリヲ
ノンデ、
マル三日、
仮死デシタ。
シツパイ。
字ガマダカケヌ。
手ガ言フコトヲ
キカヌノデス。
モウ十日
マッテクレ。
ガマン。

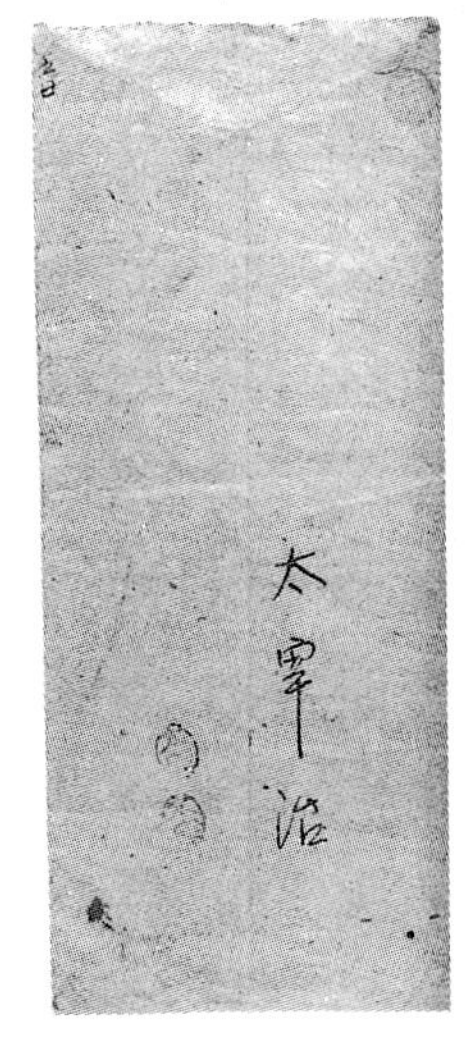

第2部　妻へ

福地桜痴からさとへ

明治の新しい時代の中で、「東京日日新聞」の主筆・社長として活躍、のち劇作家・小説家ともなった桜痴だが、幕末はまず通訳から出発した。幼少時代から天才的早熟児として知られ、オランダ語や英語を学び、通弁御用として幕府に仕えたのである。四回もの外遊を体験するが、この手紙は二回目のもので、横須賀製鉄所開設のため外国奉行柴田日向守に随行してイギリス・フランスに渡った時の日本への便りである。一行は慶応元（一八六五）年七月十七日にパリに到着するが、桜痴もまだフランス語を知らない。十月二十一日にロンドンに渡るまで、万国公法・国際法を学びつつフランス語の稽古に明け暮れる。時に桜痴二十四歳、回想記『懐往事談』（明治二十七年）によると、この滞在は、「真に愉快にして且つ見聞の益を得たるの多かりし」日々だったという。一行は日本風の服装で通したというが、そうした日々のあり様が、能書家でもあった桜痴の筆で浮かび上がる。

（中島国彦）

文久２（1862）年７月、ベルリンで。
左端が福地桜痴（1841―1906）。本名源一郎。

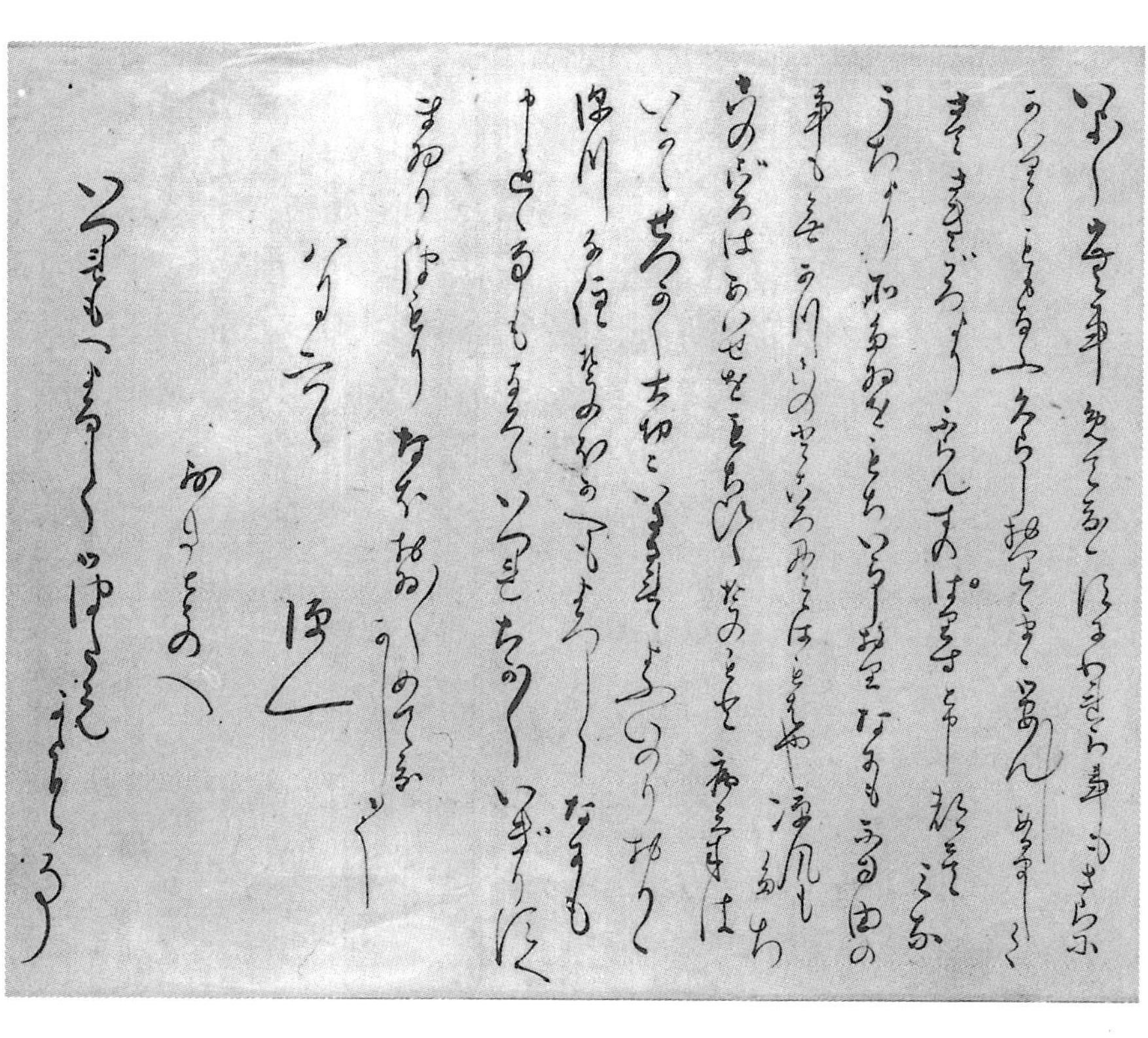

福地桜痴からさとへ（慶応元年8月6日）

いよ〳〵御無事めて度候　次にわれら事もさらにかはり候こともなふくらしおり候まゝ御あんしあるまじく候　さてさきごろよりふらんすのぱりすと申都にてみならちより所たゐをもちいらしおりなにも不自由の事も無　かつこのところにてはもはや涼風もたちこのごろはあはせをもちひ候　そのもと病気はいかゝせつかく大切にいたされ候よふいのりおり候　深川千住そのほかへもよろしくなにも申通候事もなく候　いつれちか〳〵いぎりすへまゐり候つもり　なほおゐ〳〵めて度　かしく

八月六日　　源一

おさととのへ

いつれもへよろしく御つたえ可被下候事

*「福地源一郎の手紙　慶応元年パリスより　妻さと子に宛たるもの」と桜痴の五男の故福地信世の裏書きがある。桜痴は慶応元年閏五月五日、外国奉行柴田日向守に従って二度目の渡欧、翌二年一月十九日帰国した。

福地桜痴から福地さとへ、慶応元年8月6日（現代語訳）

いよいよご無事、おめでたく存じます。次に我々のことも一向に変わりますこともなく暮らしておりますので、ご心配なくお願いいします。さて、先日からフランスのパリという都で一同そろって所帯をもち、暮らしており、何も不自由もなく、かつ、当地ではもう涼しい風も立ちこのごろは袷をきております。あなたの病気は如何ですか。くれぐれも大事になさって下さるよう祈っております。深川や千住その他へもよろしく、何も申し伝えることもありません。いずれ近くイギリスへ参るつもりです。なお、おいおいめでたく。かしく。

八月六日　源一

おさと殿へ

どなたへもよろしくお伝え下さいますようお願いいします。

ベルリン滞在中に撮影したトリック写真

二葉亭四迷から柳子へ

明治四十一（一九〇八）年夏、二葉亭四迷・長谷川辰之助は朝日新聞特派員として日露戦争後のロシアに出発した。留守宅に残してきた老母と二度目の妻柳子、母の違う四人の子の複雑な関係には多少の気がかりもあったが、少年時代からの夢だった露都に向かう彼の胸は、期待にふくらんでいた。六年前、雑貨商徳永商店に寄食して中国大陸を視察して歩いたときとは、地位、待遇にも大きな差があった。神戸を出航した彼は、大連、ハルビンなどで過去を偲び、一カ月もかけてペテルブルグに赴任するのだが、この書簡は、道中の要所要所から妻に宛てた絵葉書の一通である。短文ながら、以前の放浪生活に対するさまざまな感慨がこめられているようだ。かつてハルビンの徳永支店では、間違って警察に拘引されたこともあり、軍事探偵だった菊地正三（石光真清）の写真館で大陸浪人と交わったこともあった。杉野は旧外国語学校の同窓で当時公使館通訳、女性問題をめぐって彼と微妙な関係にあった人物である。

（十川信介）

柳子

二葉亭四迷（1864—1909）

昨廿七日当地着当分滞在の積、領事館内の一室を借りて食事等の世話は杉野の厄介になりをり候　此絵葉書はプリースタニの遠見の景也　徳永の店のありたるは此処なり

六月廿八日、哈爾賓日本総領事館内杉野方　辰之助

二葉亭四迷から柳子へ、明治41年6月28日（現代語訳）

昨二七日当地に到着、当分滞在するつもりです。領事館の一室を借りて食事などは杉野の厄介になっております。この絵はがきはプリースタニの遠景です。徳永の店があったのは此処です。

六月二八日　ハルピン日本領事館内、杉野方、　辰之助

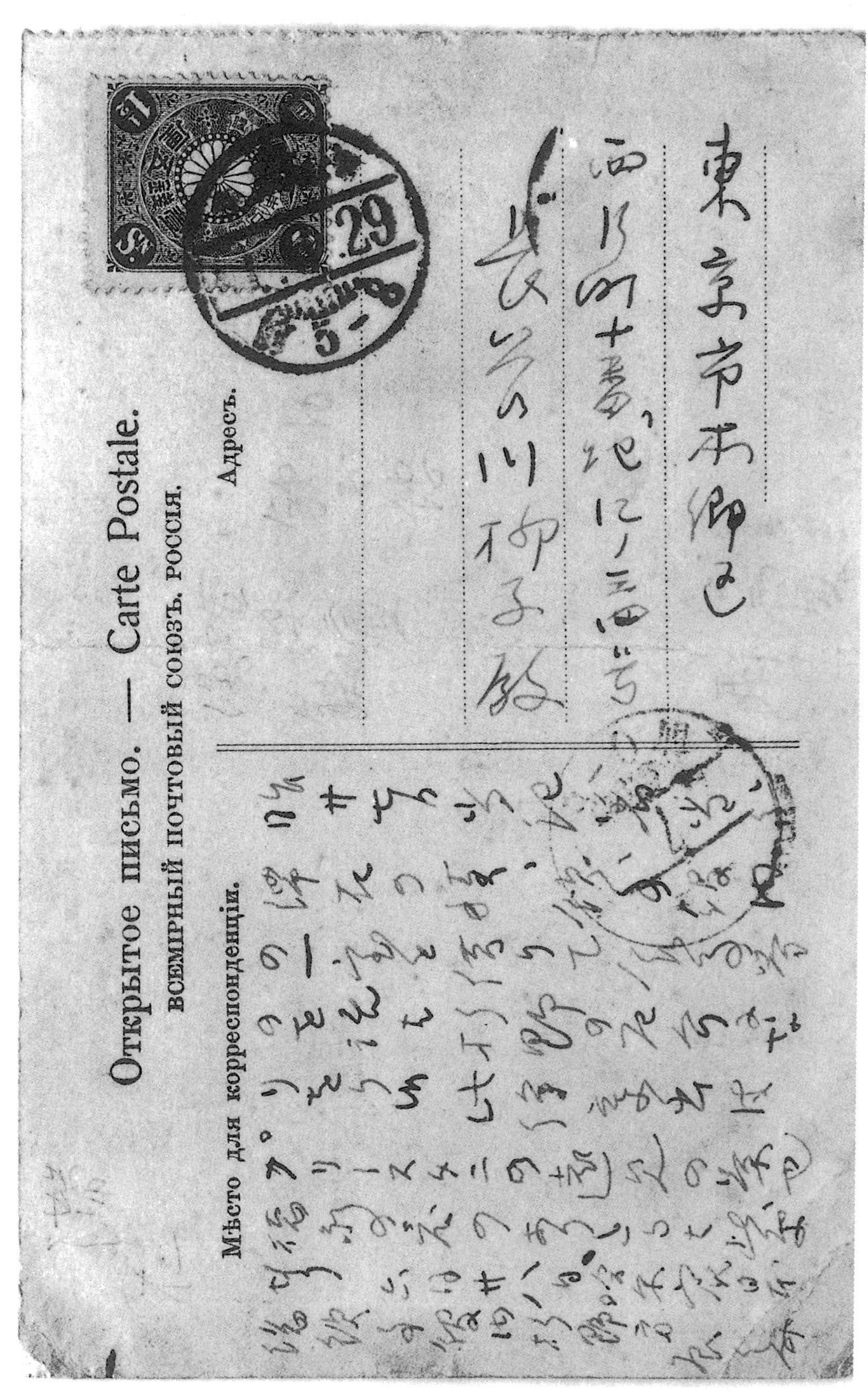

二葉亭四迷から柳子へ（明治41年6月28日）

柳子宛絵はがきの裏面（ハルビンの波止場）

メドヴェージ村捕虜収容所（日露戦争捕虜改葬式）の写真。
明治41年、二葉亭が訪ねた折のもの。

夏目漱石から鏡子へ

漱石は、明治四十三（一九一〇）年八月、胃潰瘍の転地療養に出かけた修善寺温泉で大吐血をし、危篤状態に陥った（三十分間の人事不省）。ようやく病状が落ちつき、帰京して長与胃腸病院に再入院（六月〜七月、入院治療を受けていた）したのは、十月（十一日）になってからである。心身の「安静」を心がけながら、日常と非日常とのはざまといういうべき回復にむかいつつある時期の病人にとって、これまでの「費用」のことなど気がかりなことも多いにちがいない。この十月三十一日付、鏡子夫人宛の手紙にいう、「御医者の礼の事」とは、長与胃腸病院医師で修善寺に出張、献身的な治療にあたった森成麟造への「御礼」のことであろう。漱石の注意にうながされて動いたらしく、十一月二日には、坂元雪鳥が見舞いにきて、この件について池辺三山や宮本叔医学博士と相談した経過報告をしている。この手紙には、一寸、屈折しているが、『思ひ出す事など』の気分を理解する鍵の一つがあるようにおもう。

（竹盛天雄）

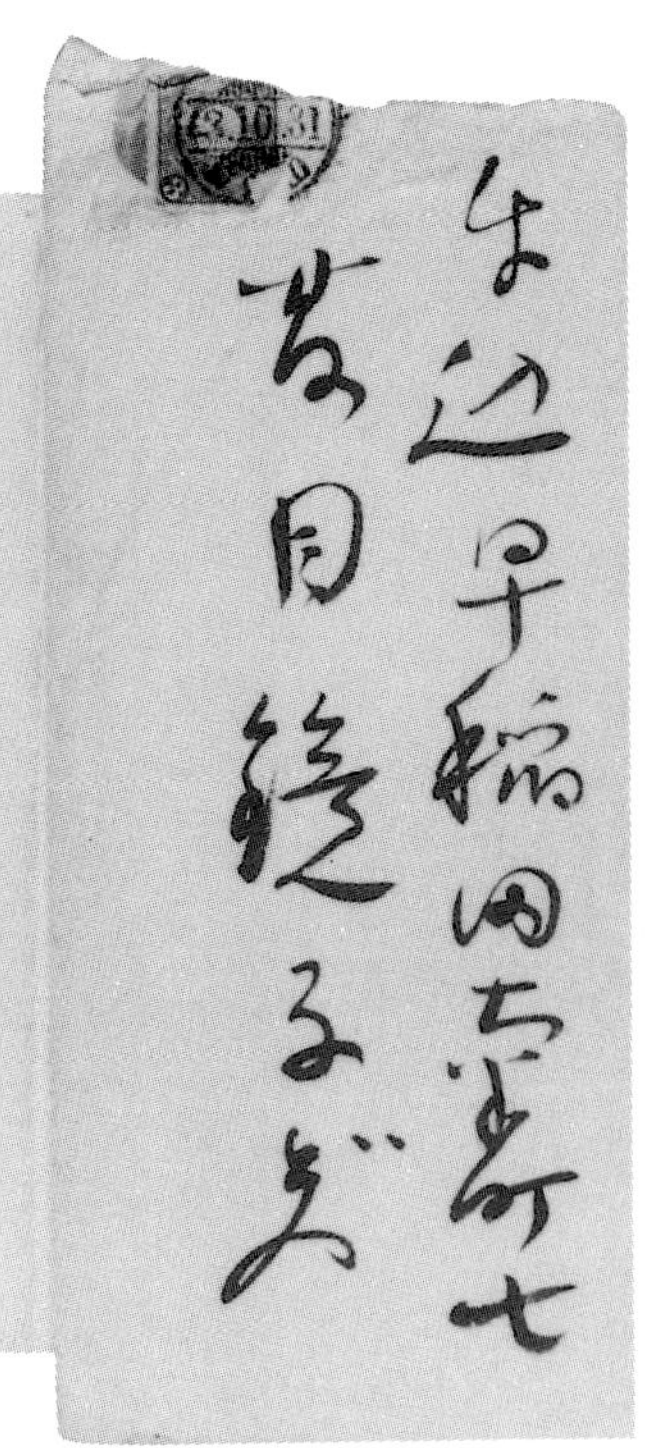

牛込早稲田南町七

夏目鏡子どの

夏目漱石（1867—1916）

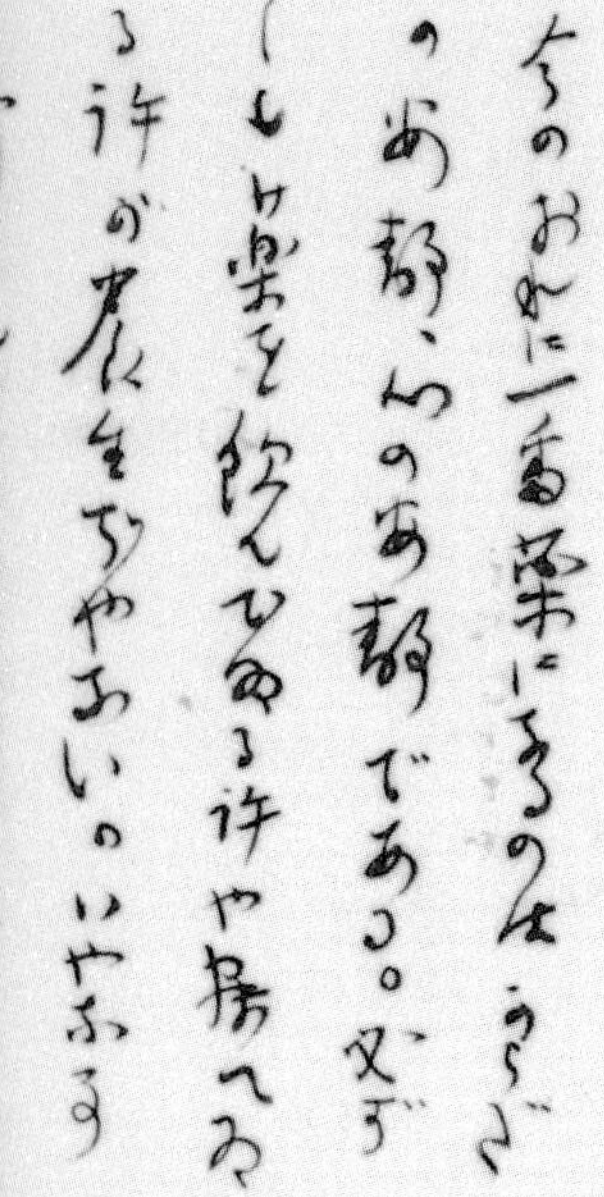

鏡子

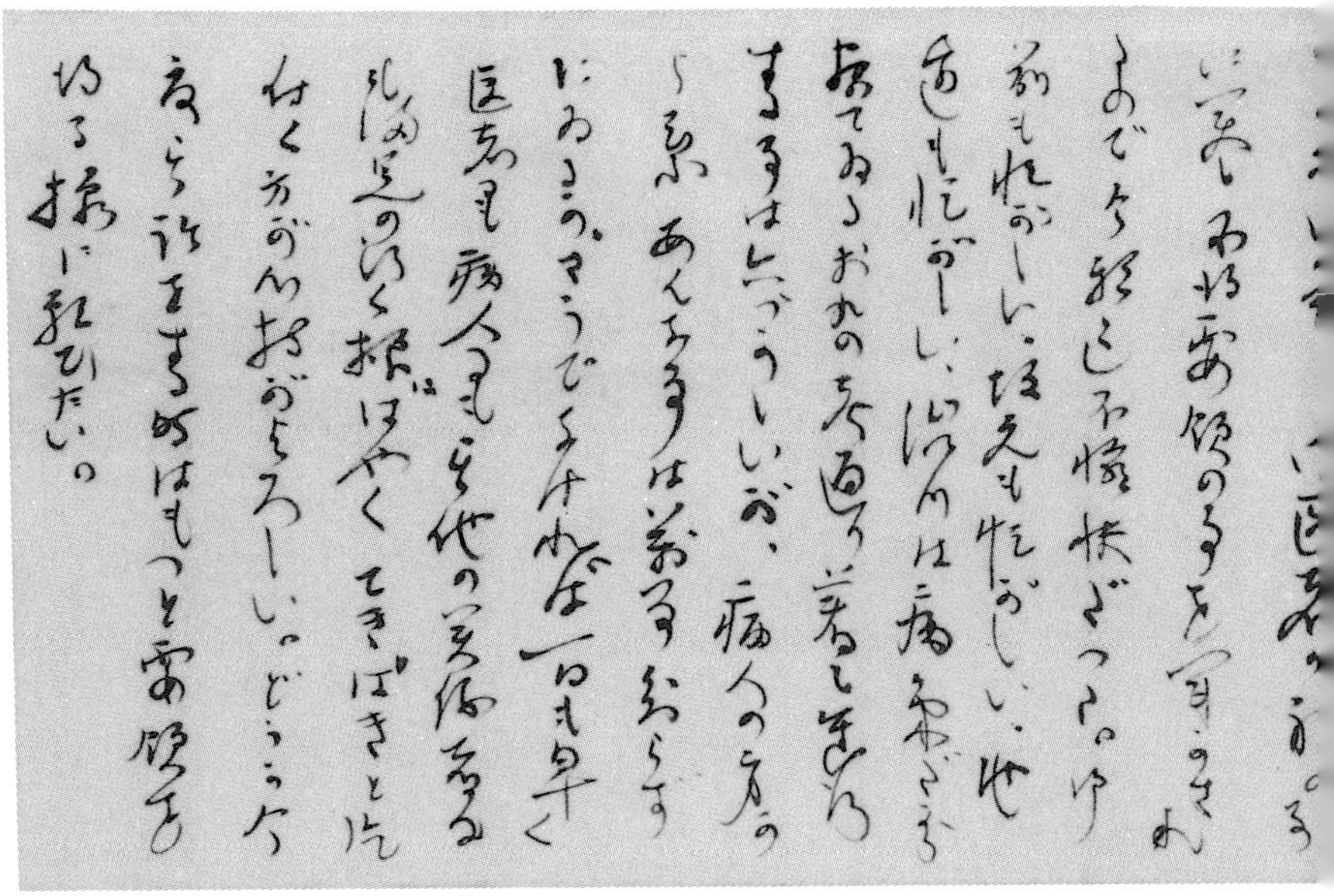

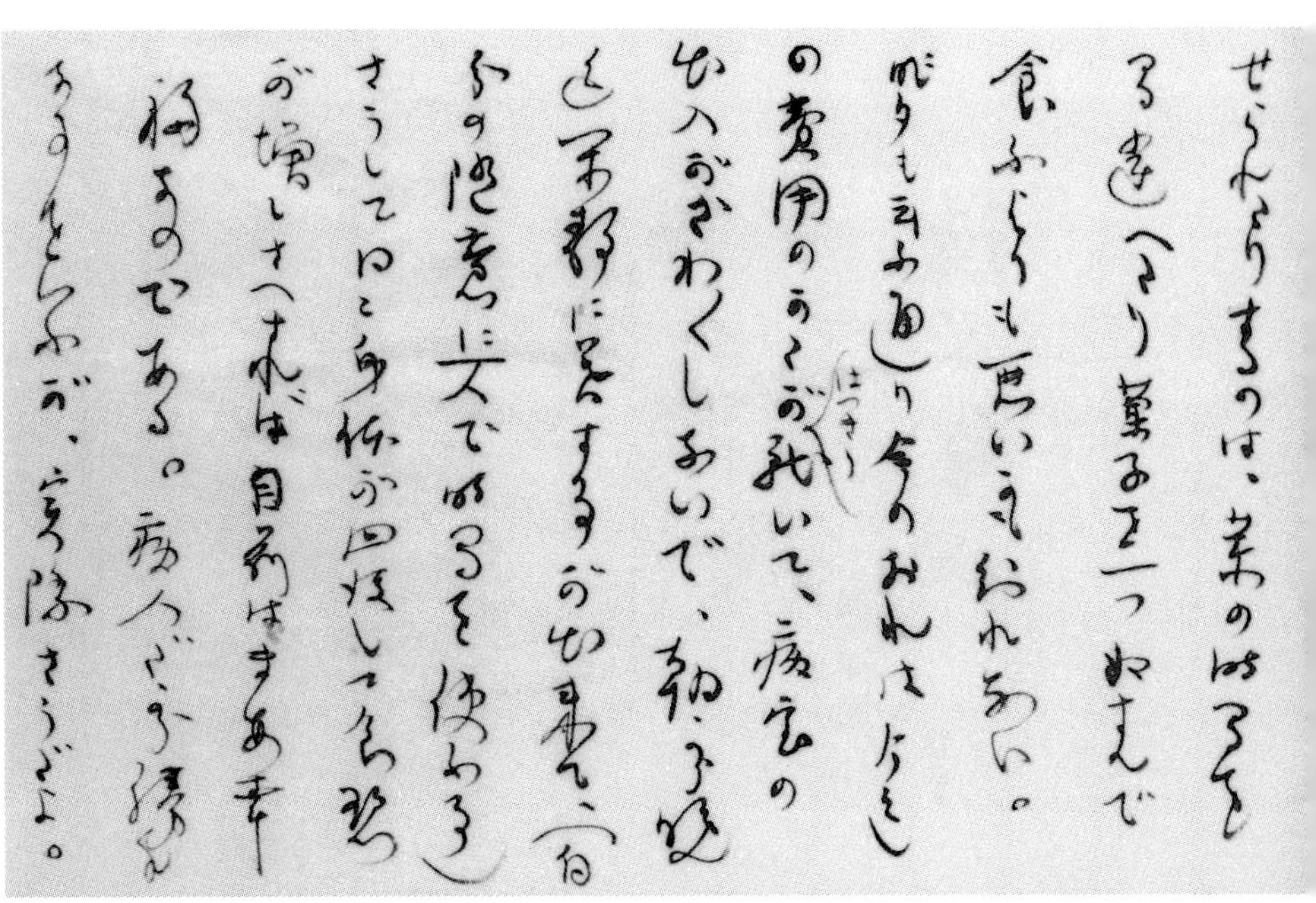

夏目漱石から鏡子へ（明治43年10月31日）

一　池辺に返す本の事を忘れてはいけない。
一　野上に謡の本をどうする積だときく事を忘れてはいけない。

世の中は煩はしい事ばかりである。一寸首を出してもすぐ又首をちゞめたくなる。おれは金がないから病気が癒りさへすれば厭でも応でも煩はしい中にこせついて神経を弱めたり胃を傷めたりしなければならない。しばらく休息の出来るのは病気中である。其病気中にいら〳〵する程いやな事はない。おれに取つて難有い大切な病気だ。どうか楽にさせてくれ　穴賢

十月三十日　金之助

鏡子殿

きのふ御前から御医者の礼の事に関し不得要領の事を聞かされたので今朝迄不愉快だつた。御前も忙がしい、坂元も忙がしい、池辺も忙がしい、渋川は病気だから寝てゐるおれの考通り着々進行する事は六づかしいが、病人の方から云ふあんな事は万事知らずにゐるか、さうでなければ一日も早く医者にも病人にも其他の関係者にも満足の行く様にはやくてきぱきと片付く方が心持がよろしい。どうか今度其話をする時はもつと要領を得る様に願ひたい。

今のおれに一番薬になるのはからだの安静、心の安静である。必ずしも薬を飲んでゐる許（ばかり）や寝てゐる許が養生ぢやない。いやな事を聞かされたり、思ふ様に事が運ばなかつたり、不愉快な目に逢はせられたりするのは、薬の時間を間違へたり菓子を一つぬすんで食ふよりも悪いかも知れない。昨夕も云ふ通り今のおれは今迄の費用のかたがはつきり就いて、病室の出入がざわ〳〵しないで、朝から晩迄閑静に暮す事が出来て、（自分の随意に一人で時間を使ふ事）さうして日々身体が回復して食慾が増しさへすれば目前はまあ幸福なのである。病人だから勝手な事をいふが、実際さうだよ。

一　渋川に返す本の事を忘れてはいけない。

一　野上に謡の本をどうする積（つもり）だときく事を忘れてはいけない。

世の中は煩はしい事ばかりである。一寸首を出してもすぐ又首をちゞめたくなる。おれは金がないから病気が癒りさへすれば厭でも応でも煩はしい中にこせついて神経を傷めたり胃を傷めたりしなければならない。しばらく休息の出来るのは病気中である。其病気中にいら〳〵する程いやな事はない。おれに取つて難有い大切な病気だ。どうか楽にさせてくれ　穴賢（あなかしこ）

十月三十一日　　金之助

鏡子殿

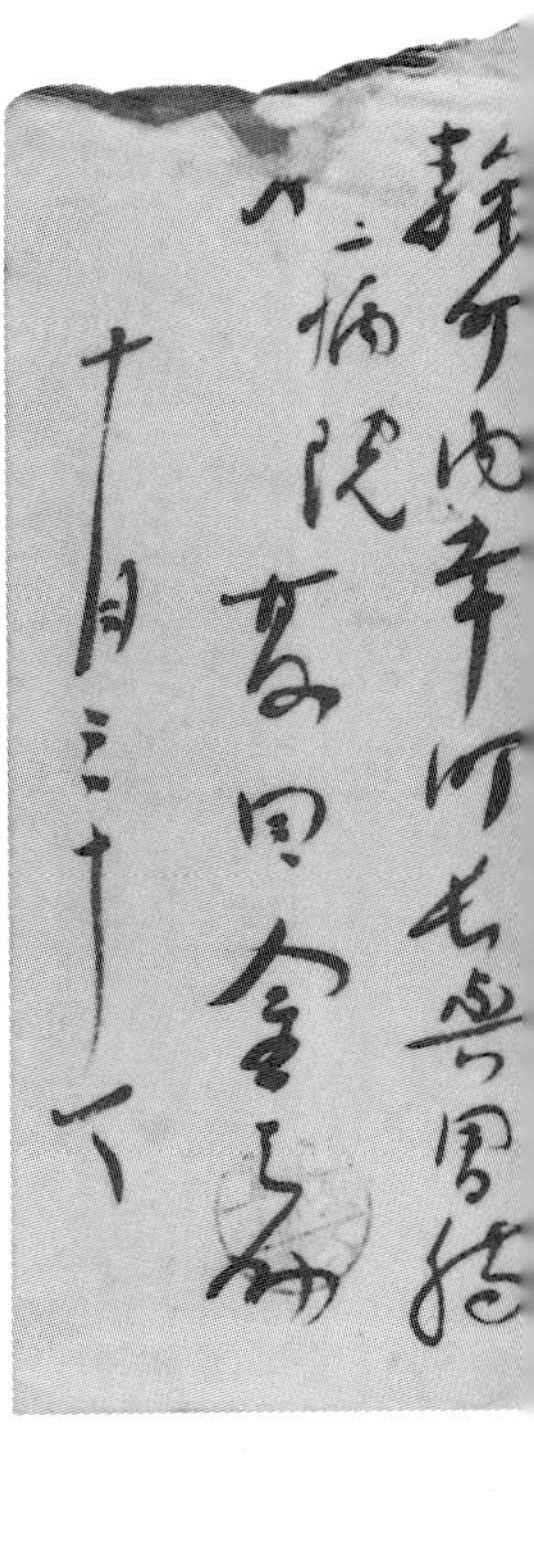

有島武郎から安子へ

有島武郎は学校においても「優等生」、家庭においても「優等生」、社会においても分別ある「紳士」としてふるまった。アメリカからヨーロッパを経て帰朝、母校の札幌農学校の教師となり、当時の神尾中将の次女安子と婚約、半歳後結婚し、「白樺」の創刊に参加した。結婚時の写真が残っているが、そこには父武、母幸子はじめ滞欧中の次男生馬を除く家族の多くの姿を見ることが出来る。十歳年下の里見弴も神妙に写っていた。しかし有島の心の奥には、滞米中に酷愛した少女ファニー、スイスで逢ったティルダー、さらに父の反対にあって結婚出来なかった河野信子らの女性の像が強烈に刻みつけられてもいた。安子との結婚は、志賀直哉や武者小路のような、家族の同意も得ぬ一方的な本人たちのみの結婚のしかたとは大きく異なっていた。志賀の場合、両親は出席していない。札幌での生活のなかで一時は離婚も考えた安子との間に三人の子供が生れ、有島は夫であるとともに導く教師のような役割をも果すが、妻は結核に倒れ、平塚の杏雲堂病院に入院。有島は西欧の少女肖像などの絵葉書を用い、妻を慰める幾百通もの手紙を書いた。

（紅野敏郎）

安子

有島武郎（1878―1923）

右より

武郎の短冊

我児等よ御空を仰け今宵より
汝を見守る星出づらんぞ

安子の辞世歌

めし給ふ星のまたゝくをち方に
いさ我行かむ人とわかれて

子供たちに代わって詠んだ武郎の短冊

母君よわかはゝきみよ母君よ
わがはゝきみよわか母君よ

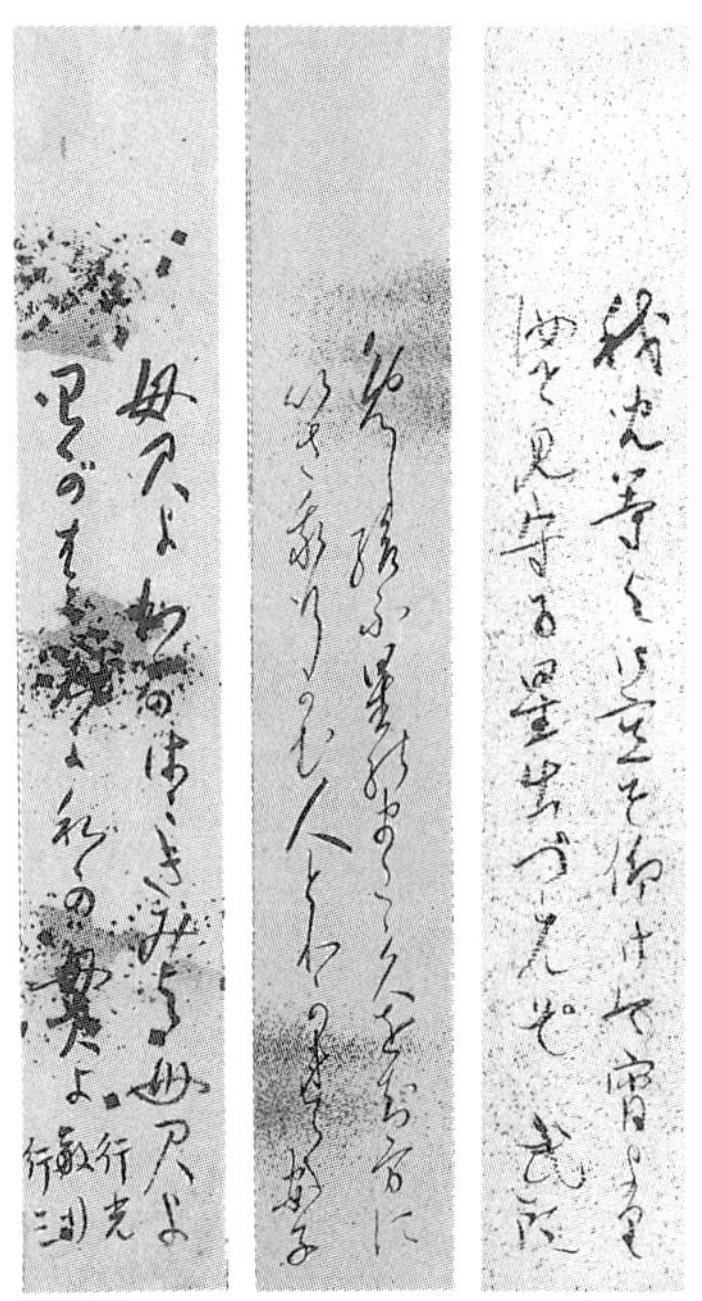

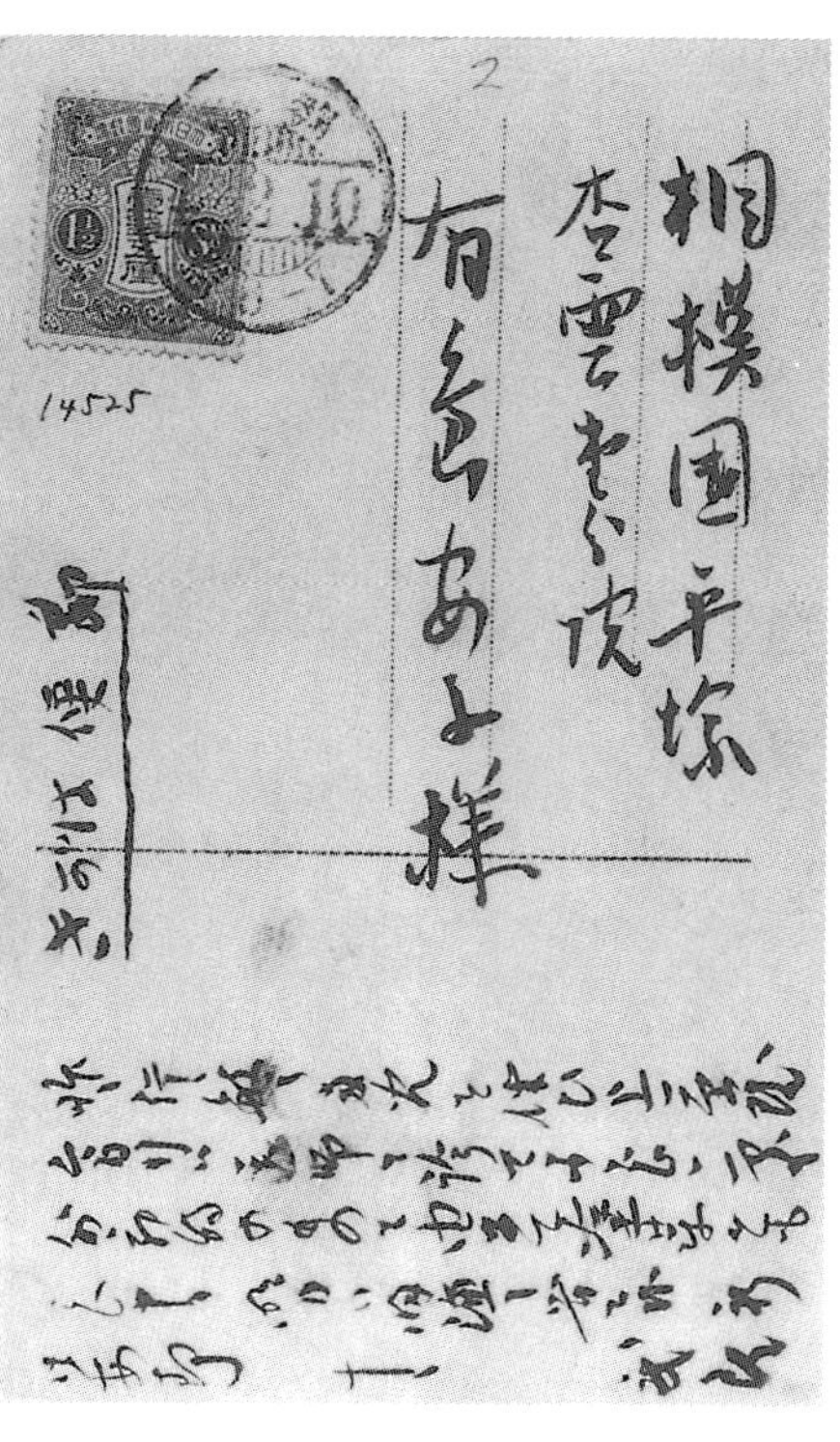

有島武郎から安子へ（大正4年2月10日）

昨日行、敏の両児を伴ひ上京致候、今日行は医師に診てもらひ候処外部的のもの丶由にて塗薬をもらひ申候
明日は帰鎌の筈に候　祈御安静　　十日　武郎

〔裏〕
夕月がさやかににほふ海原に白い小さい帆が消えて行く
空青く海原青く山青く青きがなかに星が一つ出た

有島武郎から安子へ、大正4年2月10日（現代語訳）

昨日行光、敏行の二人の子供をつれて上京いたしました。今日行光は医師に診察してもらいましたところ、外部的なものとのことで塗り薬をもらいました。明日は鎌倉のはずです。ご安静を祈ります。　十日　武郎

＊　行光は長男、後の俳優の森雅之、敏行は次男。

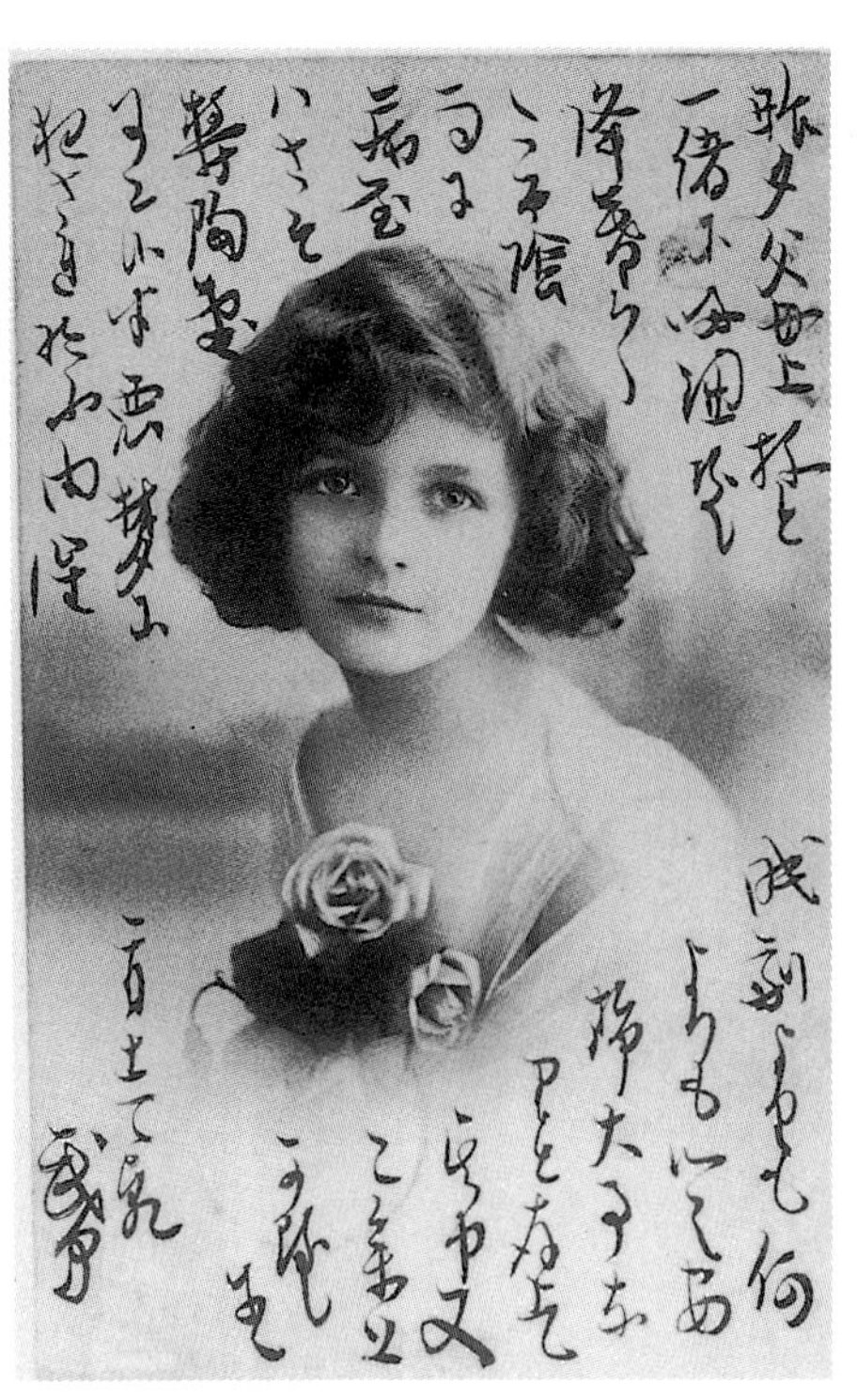
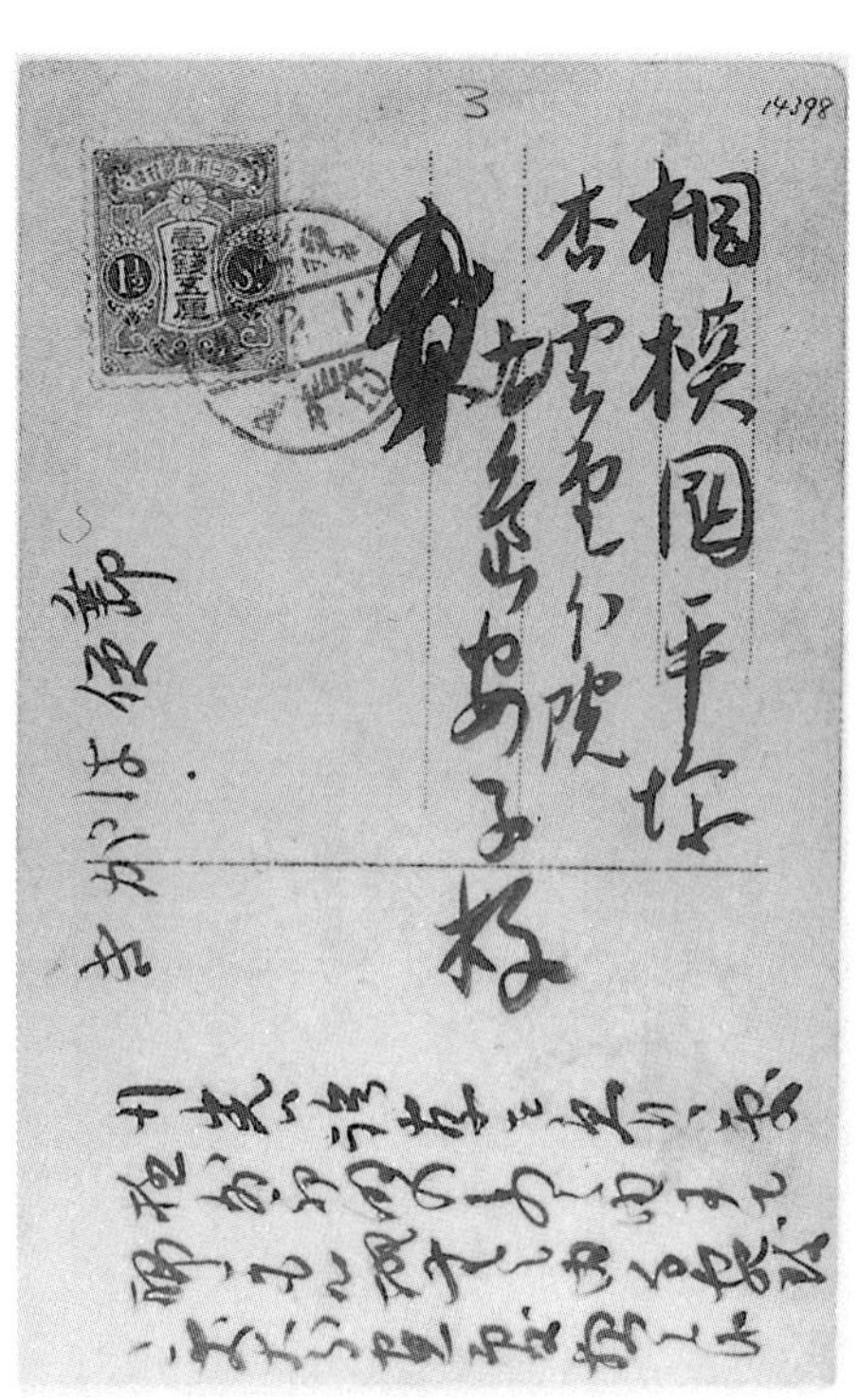

武郎から安子へ（大正4年2月12日）

行光は診察を受け候処極外部的のものゝ由にて聊かも心配無之由手宛致候処大分宜敷様に候

〔裏〕

昨夕父母上様と一緒に帰鎌致候　降暮らしたる陰雨に病室はさぞ欝陶敷事に候半　悪夢に犯され給ふ由催眠剤よりも何よりも心の安静大事なりと存上候　其中又々参上可致候　草々

二月十二日朝

武郎

武郎から安子へ、大正4年2月12日（現代語訳）

〔表面〕

行光は診察を受けましたところごく外部的なものとのことで、すこしも心配ないとの由、手当ていたしたので、だいぶ良いようでございます。

〔裏面〕

昨夕父上様母上様と一緒に鎌倉に帰りました。終日降り続いた雨に病室は鬱陶しいことでございましょう。悪夢におかされておいでの由、催眠剤よりも心を安静になさることが大事だと存じます。その中、また参上いたします。

二月十二日朝

武郎

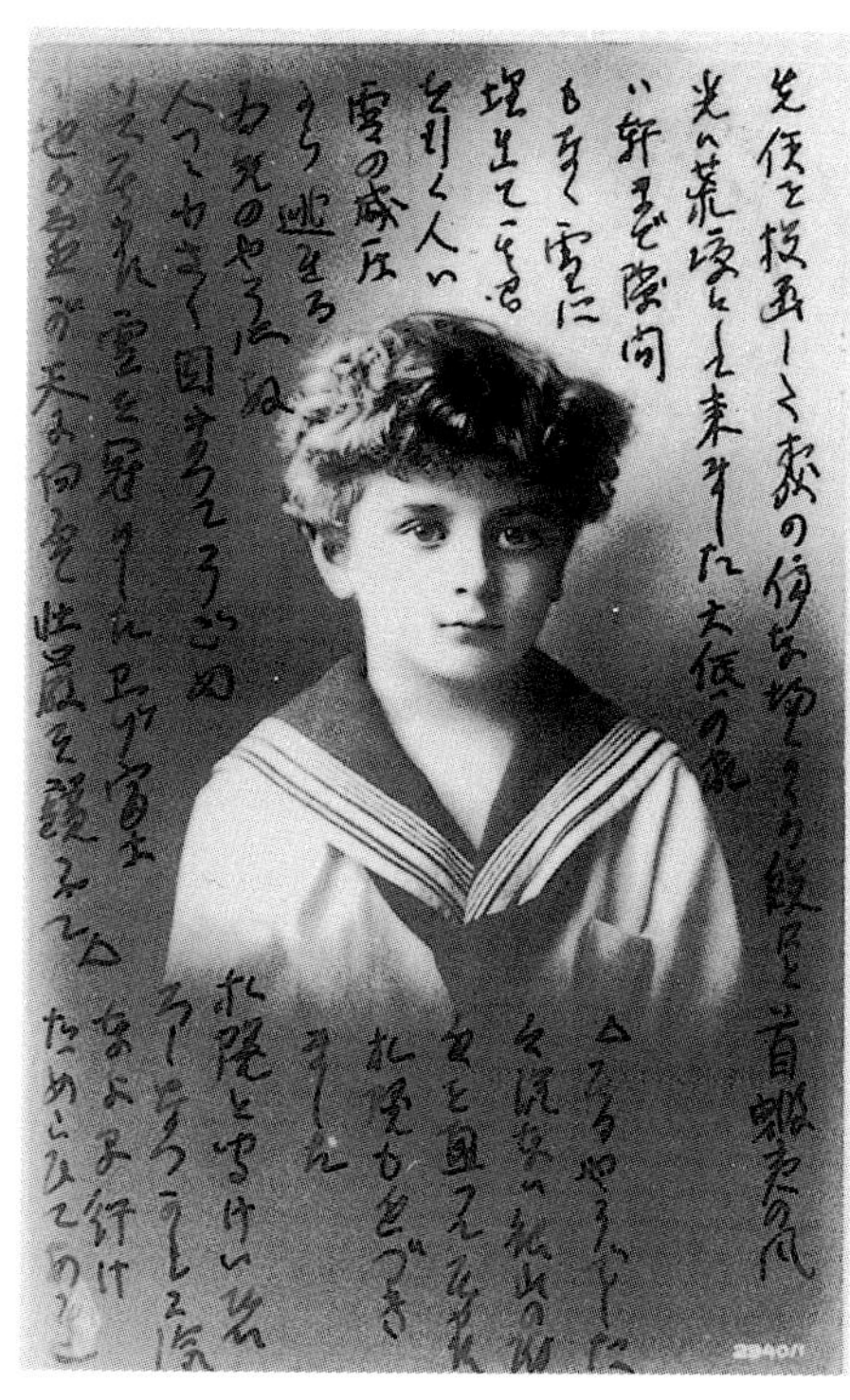
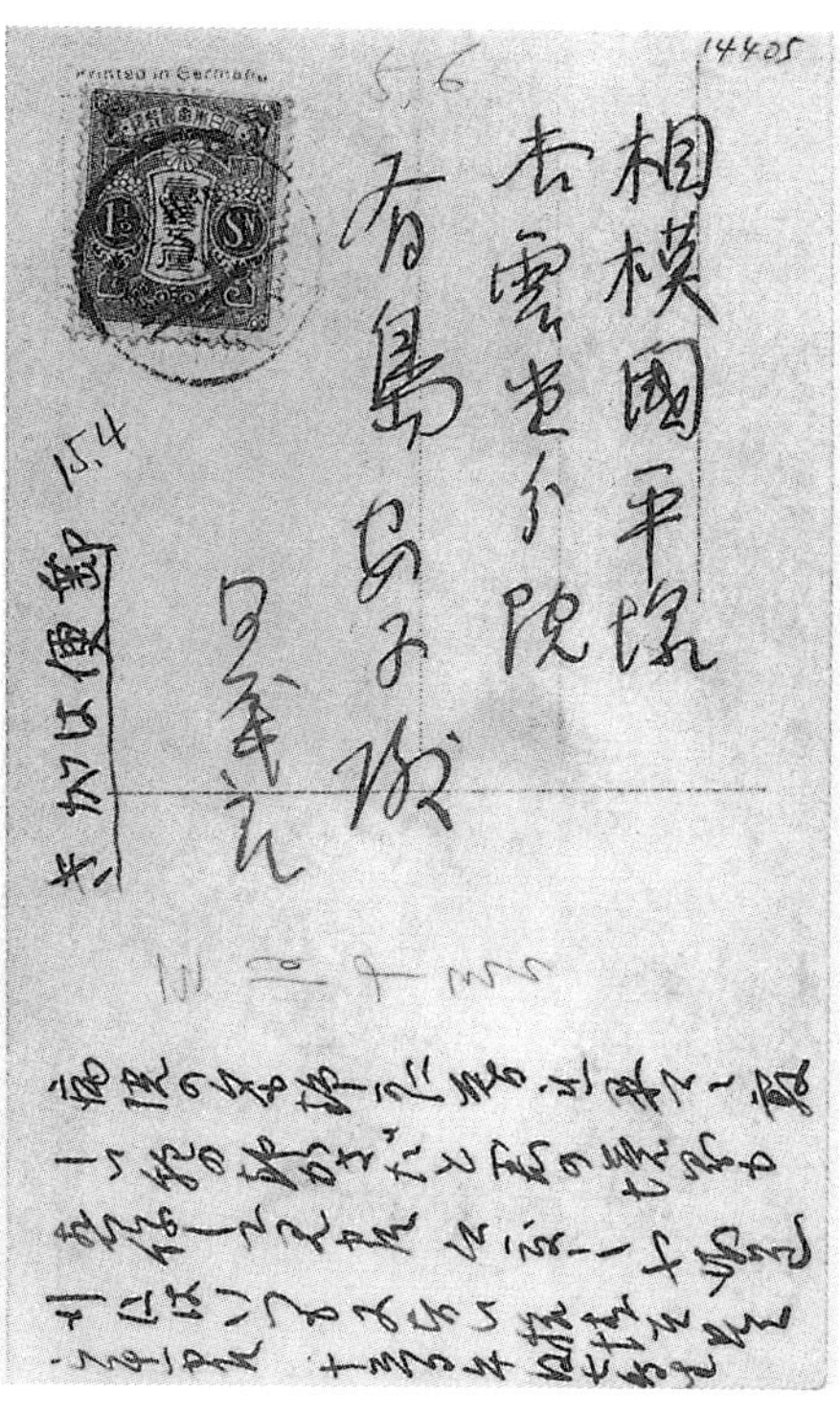

武郎から安子へ（大正 4 年 3 月13日）

病院の夕も静かに暮れ果てゝ寂しい程の静かさだと君の境界も想像して見ます　今度之北海道行にはいつもにない旅情をそゝられます　十三日午後七時半

〔裏〕

先便を投函した森の停車場から段々と首蝦夷の風光は荒涼として来ました　大低の家は軒まで隙間もなく雪に埋れて其間を行く人は雪の威圧から逃れる為めのやうに数人つゝ小さく固まつてうごめいて居ます　雪を冠りしたエゾ富士は地の霊が天に向ふて荘厳を競ふて居るやうでした　今汽車は銀山の附近を通つて居ます札幌も近づきました

　札幌と聞けは恐ろしなつかしゝ汽車よ早行けためらひてあれ

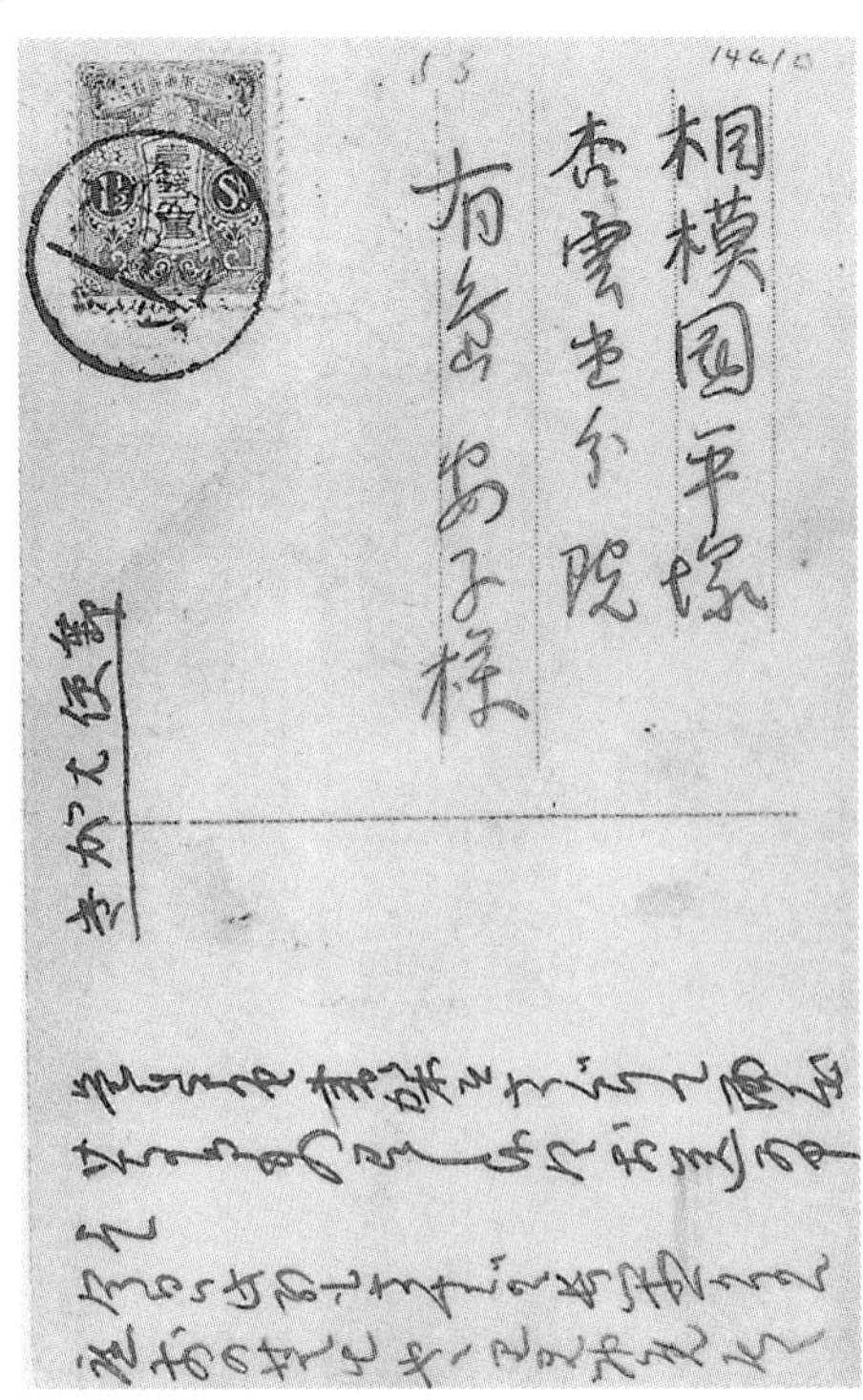

武郎から安子へ（大正4年3月14日）

是れより書架をさぐりて面白けなるもの有之候はゝお送可申上候

今日は此所もさすがに長閑かにて庭前の芝生やゝ見え初め居候

〔裏〕

家は何等の変化なく君が病床のありし二階の室に「婦人の友」僕の油絵などの置かれあるもなつかしく存申候　是れより直ちに荷物の取かたづけに従事可致候　此所に着きたらば或は君の消息を知り得んかと思ひしは空頼めと相成申候　君の上変りなき様にと祈上居候

婆やすみも丈夫にて迎へくれ候　ポチも丈夫の由に候

三月十四日　午後

大町桂月から長へ

桂月の雅号は、故郷の「みませ見せましょ浦戸を明けて月の名所は桂浜」という俗謡からとってつけたという。断酒を宣言しては、また飲むという繰返しで、酒を愛し旅に生きた文人的な文学者――大町桂月は、今もなお、風格のある文章家として記憶される存在だ。夫人長（ちょう。昭和二十一年、七十二歳で没）は、帝国大学国文科で桂月より一年上の詩人塩井雨江の妹。定収がなく旅がちで留守の多い桂月をたすけて、多くの子息（四人）に最高学府の教育をうけさせた。この六枚つづきの絵葉書は、満鉄理事長をしていた従兄国沢新兵衛のすすめで、大正七年九月から翌八年一月にかけて、旧満州や朝鮮に旅行した折、鄭家屯（現、中国吉林省双遼）から夫人長に宛てたもの。鄭家屯事件（大正五年八月）からまだあまり遠からぬ時期のことであるが、この葉書のつたえる旧満州の旅程につれての桂月の見聞は、近代日本（人）の印した歴史的な痕跡への証言としても意味をもつ。

（竹盛天雄）

長

大町桂月（1869—1925）

十二月九日奉天を発し長春に二泊　十一日進んで哈爾賓に一泊　露西亜の芝居を見申候　松花江の大鉄橋をわたりを申候　同鉄橋は日支露三国の兵守備せり　少尉平澤喜一氏四中にて文衛と一年ぐらゐ机をならべし由なつかしく思ひ申候　同氏に導かれて鉄橋をわたれり　文衛より同氏宛（哈爾賓守備隊）にて礼状を出されたし哈爾賓にては駅頭に伊藤公を弔ひ　沖横川二士の墓のあとを弔ひ申候　鼻毛に氷が出来るほどの寒さ也十二日夜汽車にて長春に引返し申候　露の汽車は（五ヒートの広軌、満鉄の四、八ヒートよりもひろし、世界一也）上等列車に二階有之　三等列車には三階有之　夜汽車には一二等なく三等の中にもぐり込み　三階の上に寝申候　この長春哈爾賓間は満鉄以外也足なき　乞児（支那人）が列車の中に来りて物を乞ひ申候　他には見られぬ光景也　十三日朝長春に着し直に吉林鉄道にのりて吉林へ参り総段長福島新氏の温室の内に一泊いたし候　この日雪　吉林は雪ふれり

温室に花と寝ねたる雪の夜の
あくれば籠のかなりやの啼く

吉林は吉林督軍の居る人口十万の都会也　満洲の京都と云はれて山水明媚也　雪を踏みて北山にのぼり龍潭山にものぼり申候　十四日長春にもどりて一泊　十五日長春を発して途に下車し心開合の鉄橋の戦跡を弔ひ申候　日露戦争の際奉天大会戦の前に我挺進隊が裏手よりまはりて鉄橋を破壊せし也　田村中尉打死

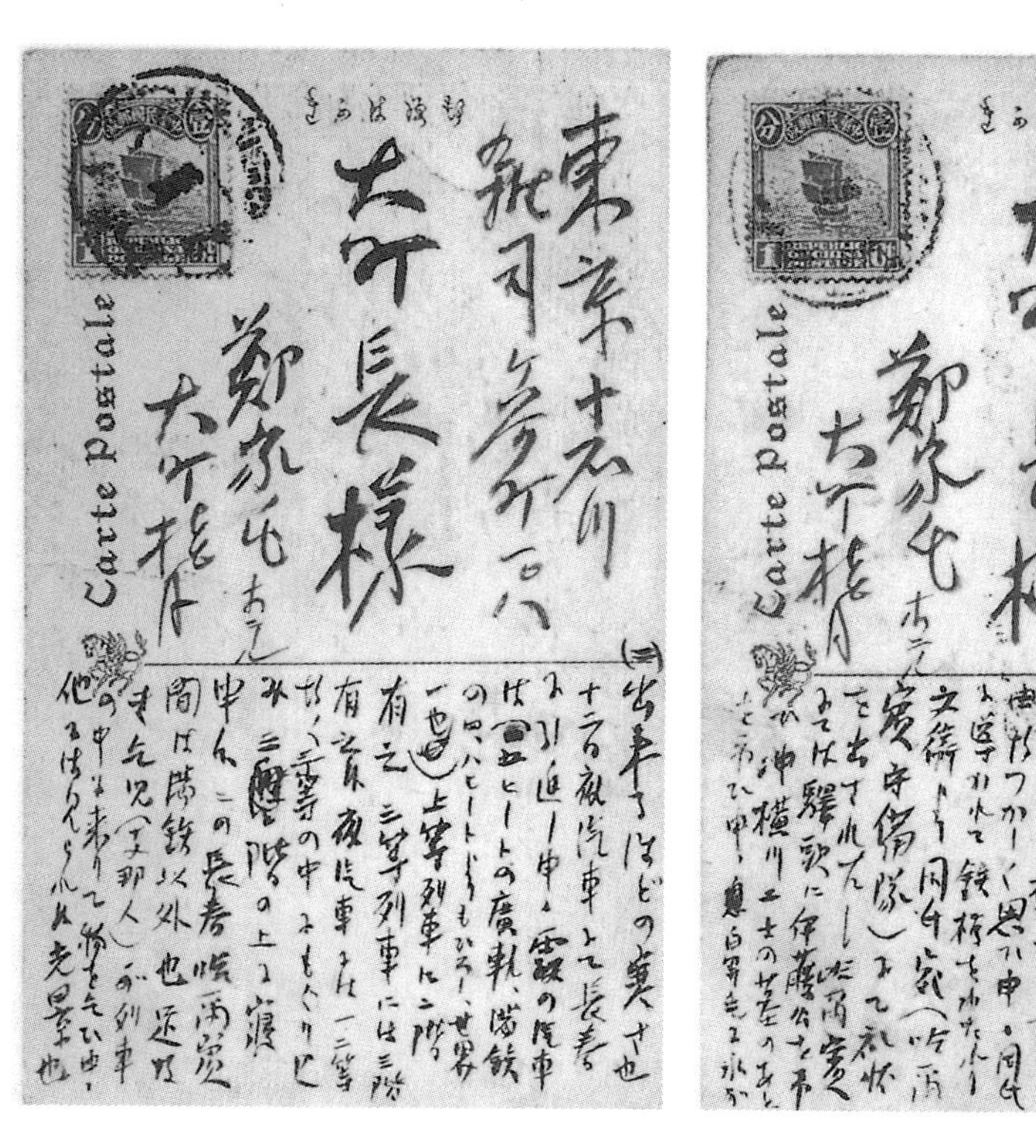

大町桂月から長へ（大正７年12月16日）、６枚続き

せり　殊勝にも露軍その墓をたてたておきたり　今は日本にて新に墓を立てたり　当年の露の監視家屋弾痕を帯びながらなほ存居申候　その夜は四平街に一泊し十五日四平街を発して鄭家屯に参り申候　こゝは蒙古の入口也　満州にて見られぬ砂漠の地に候　支那人四万住し居り申候　日本人は三百人ぐらゐ居申候　明日は同行八九人馬にて七八里奥に入り蒙古王の居へ参る筈也　明日は鄭家屯に引返して一泊　明後日四平街に一泊、明々後日奉天にもどるべく候　身心まず〱健也　生れてこの度はじめて鼻毛に氷を生ずるやうな寒さにあへり　然し防寒具有之　冬の寒地の旅行は夏の旅行よりは大に気楽に候

満洲や蒙古の旅行は冬にかぎり候事に有之候　本年中には帰京いたし申候

大町桂月から長へ、大正７年12月16日（現代語訳）

鄭家屯で

十二月九日奉天を出発し、長春に二泊、十一日には進んでハルピンに一泊、ロシアの芝居を見ました。松花

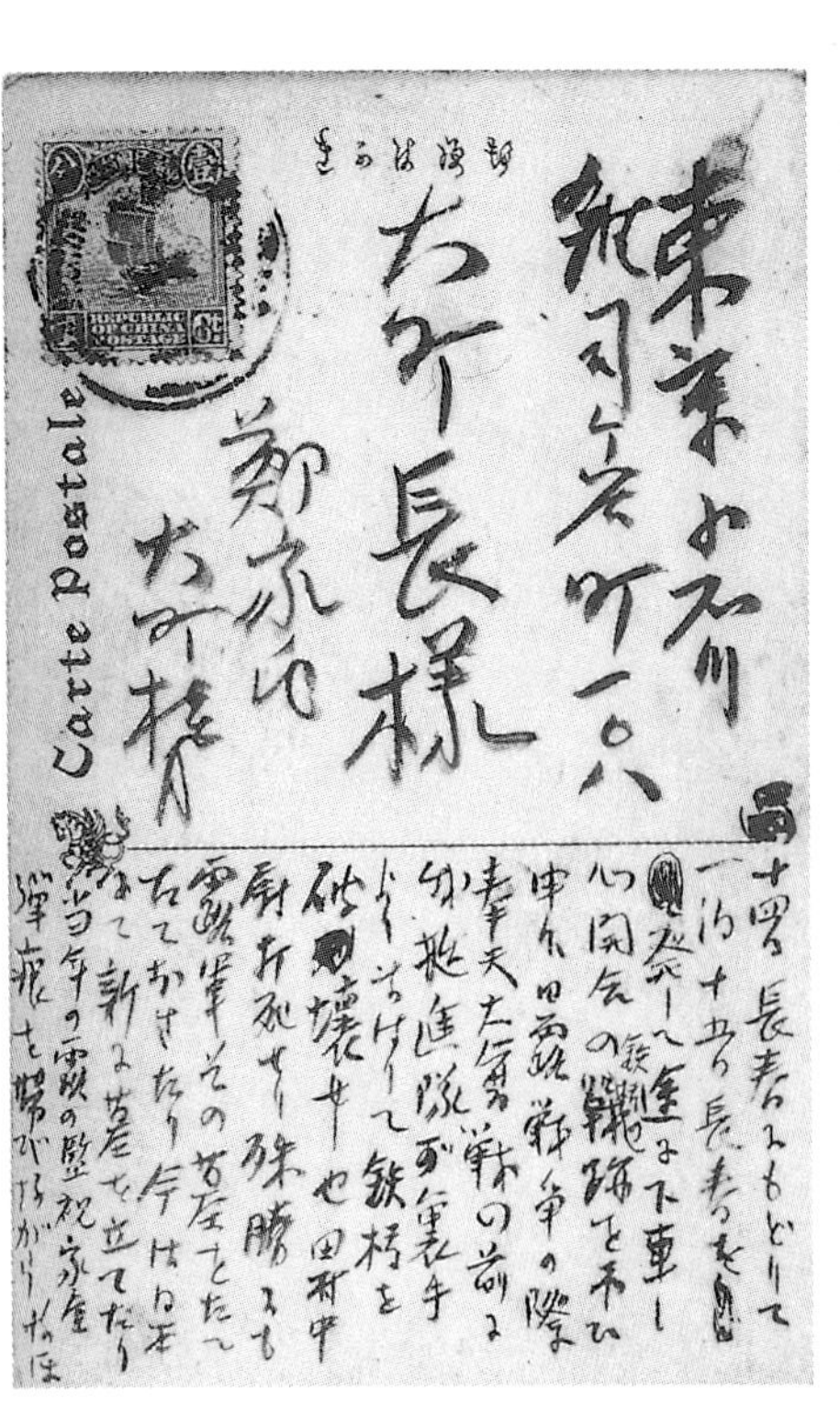

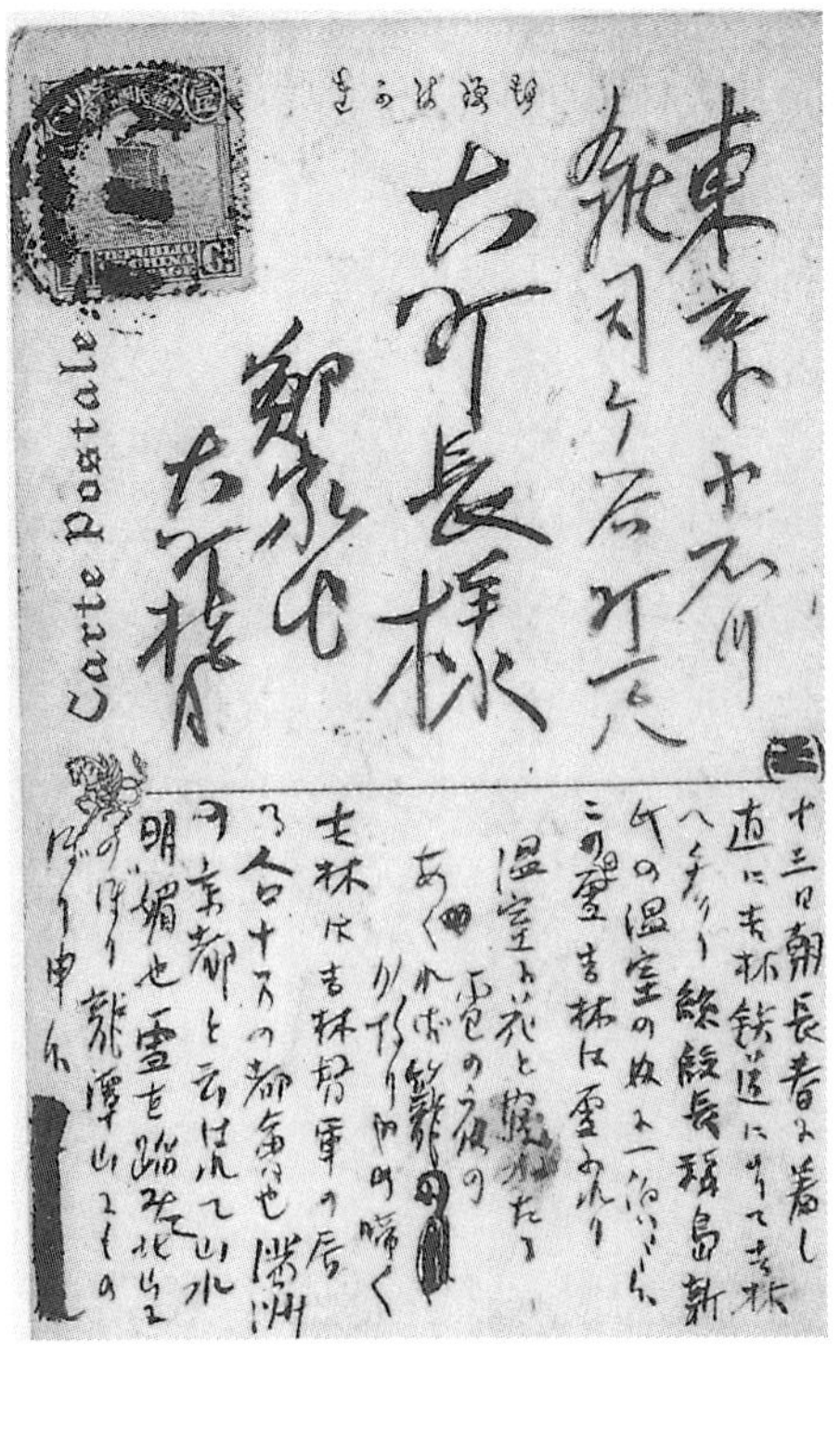

江の大鉄橋を渡りました。この鉄橋は日本、ロシア、中国の三国の軍隊が守備していました。平沢喜一という少尉が四中で文衛と一年ほど机を並べたとのこと、懐かしく思いました。同氏に案内されて、鉄橋を渡りました。文衛から同氏宛（ハルピン守備隊）に礼状をお出しして下さい。ハルピンでは駅で伊藤公爵を弔い、沖、横川、二人の将校の墓を弔いました。鼻毛に氷ができるほどの寒さです。十二日列車で長春に引き返しました。ロシアの列車は（五フィートの広軌ですから、満州鉄道の四・八フィートよりもひろい、世界一です）上等列車には二階があり、三等列車には三階があり、夜汽車には一二等がなく、三等の中にもぐりこみ、三階の上に寝ました。この長春とハルピンの間は満州鉄道ではありません。足のない乞食（中国人）が列車の中に来て、物を乞うのです。他ではみられない光景です。十三日長春を出発し、真っ直ぐ吉林鉄道に乗って吉林に参り、総段長の福島新氏の温室の中に一泊しました。この日は吉林に雪がふりました。

温室に花と寝ねたる雪の夜の　明くれば籠のカナリヤの啼く

吉林は吉林督軍のいる人口十万の都会です。満州の京都といわれて景色が明媚です。雪を踏んで北山にの

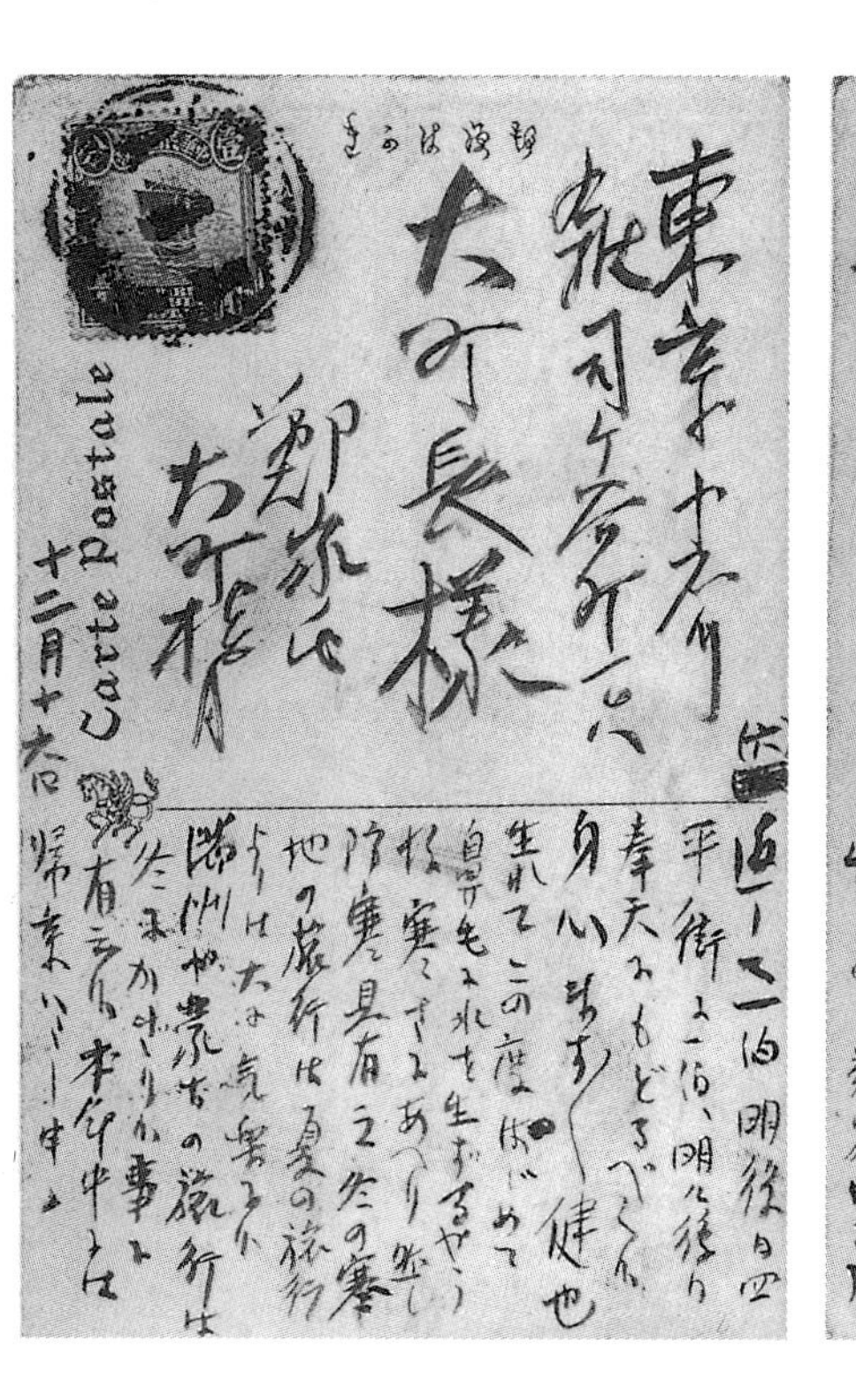

ぼり龍潭山にものぼりました。十四日長春に戻って一泊、十五日長春を出発して途中下車し、心開合の鉄橋の戦跡を弔いました。日露戦争のさい、奉天大会戦の前に日本軍の挺身隊が裏手から回って鉄橋を破壊したのです。田村中尉が戦死しました。殊勝にもロシア軍がその墓を建てておきました。今は日本が新しい墓を建てました。当時のロシア軍の監視家屋が弾痕をとどめながらなお存在しています。その夜は四平街に一泊し、十五日四平街を出発して鄭家屯に参りました。ここはモンゴルの入り口です。満州では見られぬ砂漠の地で、中国人が四万人住んでいます。日本人は三百人くらいおります。明日は同行八、九人で馬で七、八里くらいの奥に入り、モンゴルの王様の住居に参るはずです。明日は鄭家屯に引き返して一泊、明後日四平街に一泊、明々後日奉天に戻るはずです。身体も心もまず健康です。生まれてからはじめて鼻毛に氷がはるような寒さにあいました。しかし、防寒具があり、冬の寒地の旅行は夏の旅行よりは大いに気楽です。満州や蒙古の旅行は冬にかぎることです。本年中には帰京いたします。

* 伊藤公爵は伊藤博文、内閣総理大臣等を歴任した明治期

鄭家屯全景

鄭家屯で。中国服姿の桂月

の政治家、日露戦争後、韓国統監府の初代統監となり、韓国の保護国化を推進、一九〇九年ハルピン駅で朝鮮独立運動家、安重根に暗殺された。

沖、横川は沖悌介と横川省三、日露戦争開始とともに特殊任務班員としてチチハル付近の鉄橋を爆破しようとしてロシア軍に捕えられ、ハルピン郊外で銃殺された。

田村中尉は永沼挺身隊に属し、日露戦争のさい、新開河の鉄橋を爆破し、望月康二上等兵とともにロシア軍監視家屋に突撃し戦死した。ロシア軍はその勇猛さに感銘して墓標を建てた。文中「心開合」とあるのは新開河の誤記であろう。

芥川龍之介から文へ

「赤ん坊のやうでお出でなさい」（大正六年）、これは芥川龍之介が塚本文に宛てたプロポーズの手紙の一節。このとき彼は満二十四歳、文は十六歳、まだ跡見女学校の学生だった。「赤ん坊」とはエゴイズムを知らない純粋で無垢な状態。彼は文にそれを見たのである。翌年、彼らは結婚するが、まもなく新進作家として脚光を浴び、家庭を顧みられないほど多忙になる。幾人かの女性との交渉も始まる。しかし、遺稿「歯車」（昭和二年）で、不安な状態から抜け出す手段として「家に対する郷愁」を強く抱くように、彼にとって妻や子供たちのいる家庭はなによりの安らぎの場であったようだ。掲出の軽井沢からの絵葉書は、仕事を持っての鶴屋滞在中のもの。読む者を思わずどきりとさせる書き方だが、心を許せる相手だからこそできたのであろう。修善寺からの手紙は、泉鏡花の常宿新井旅館滞在中のもの。こまごまとした用件をしたためながら、子供への愛情、妻への気配りをにじませている。

（池内輝雄）

文

芥川龍之介（1892―1927）

昨日カルイザハの停車場より宿へ行く途中、自働車にのりしにその自転車、向うより来る自働車をよけんとして電柱に衝突し、乗合ひの中学生一人重傷を負ひ僕は田の中へ投げ出され、その拍子に左の腕を折り、目下軽井沢病院に入院中　院長は亜米利加人にて中々親切なり　誰も来る必要なし　一週間中に退院の筈。（但シコレハミナウソ）

（以下裏面）

原稿用紙ヲオクラレタシ　五トヂバカリ

コノハガキヲ多加志へ見セ、コレハ何トキクベシ

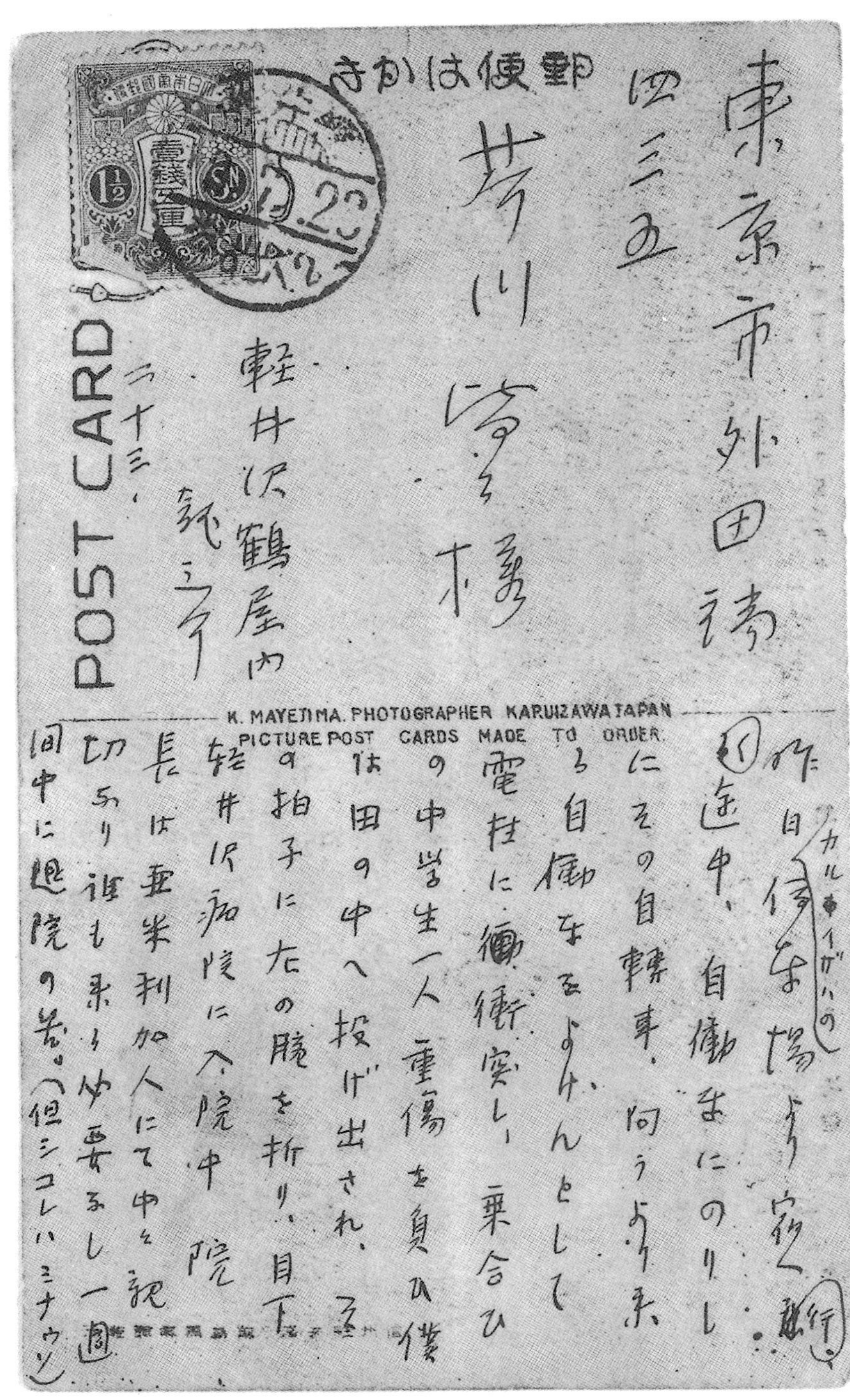

郵便はかき

東京市外田端

四三五

芥川文子様

軽井沢鶴屋内

龍之介

二十三、

POST CARD

K. MAYETJIMA. PHOTOGRAPHER KARUIZAWA JAPAN
PICTURE POST CARDS MADE TO ORDER.

昨日停車場より宿へ（カルヰイザハの）行く途中、自働車にのりしにその自轉車、向うより来る自働車をよけんとして電柱に衝突し、乗合ひの中学生一人重傷を負ひ、僕は田の中へ投げ出され、その拍子に左の腕を折り、目下軽井沢病院に入院中　院長は亜米利加人にて中々親切なり誰も来るに及ばず一週間中に退院の筈。（但シコレハミナウソ）

芥川龍之介から文へ（大正13年7月23日）

大正13年7月23日のはがき　裏面

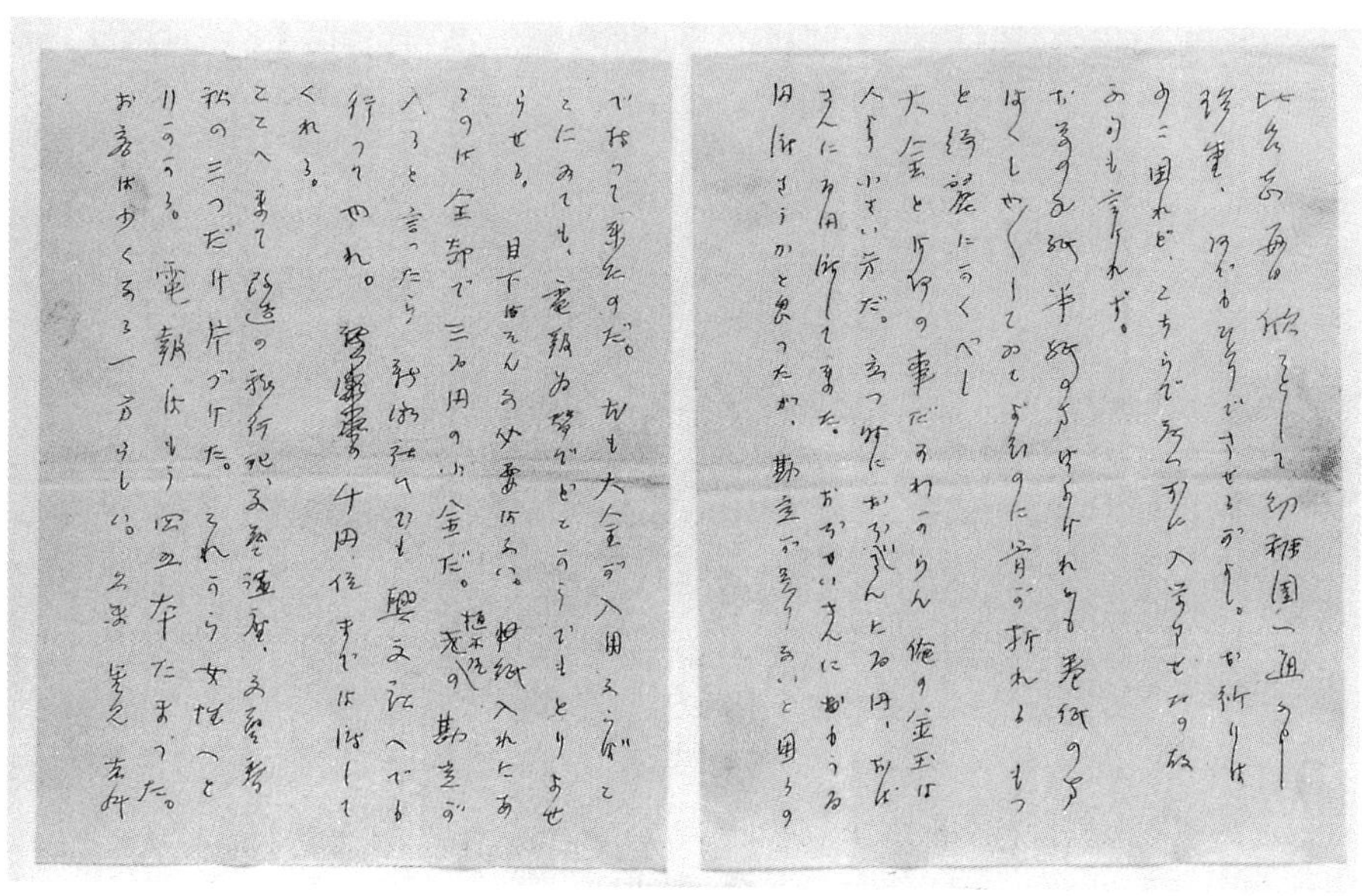

比呂志[illegible]として幼稚園へ通ふ[illegible]
珍重、[illegible]でさせるがよし。お祈りは
[illegible]に困れど、こちらで[illegible]入学させぬ[illegible]
[illegible]も言はれず。
お前の[illegible]紙半紙のやうなものも[illegible]紙の[illegible]
[illegible]してゐてはそれのに骨が折れる。もつ
と経済に[illegible]べし
大金と[illegible]の事だが[illegible] 俺の金玉は
人より小さい方だ。[illegible]におかあさんと[illegible]円、[illegible]
さんに[illegible]円[illegible]してきた。おかあさんに[illegible]
用[illegible]さうかと思つたが、勘定が[illegible]と困るの

でおつて[illegible]のだ。尚も大金が入用ならば、こ
こにゐても、電報為替でどうでもとりよせ
らせる。目下はそんな必要はない。半紙入れにあ
るのは全部で三百円の小金だ。[illegible]の勘定が
入ると言つたら新潮社へでも興文社へでも
行つてくれ。[illegible]千円位までは貸して
くれる。
ここへ来て[illegible]の[illegible]、[illegible]、[illegible]
秋の三つだけ片づけた。それから女性へと
りかゝる。電報はもう四五本たまつた。
お前は[illegible]。[illegible] [illegible]

龍之介から文へ（大正14年4月16日）

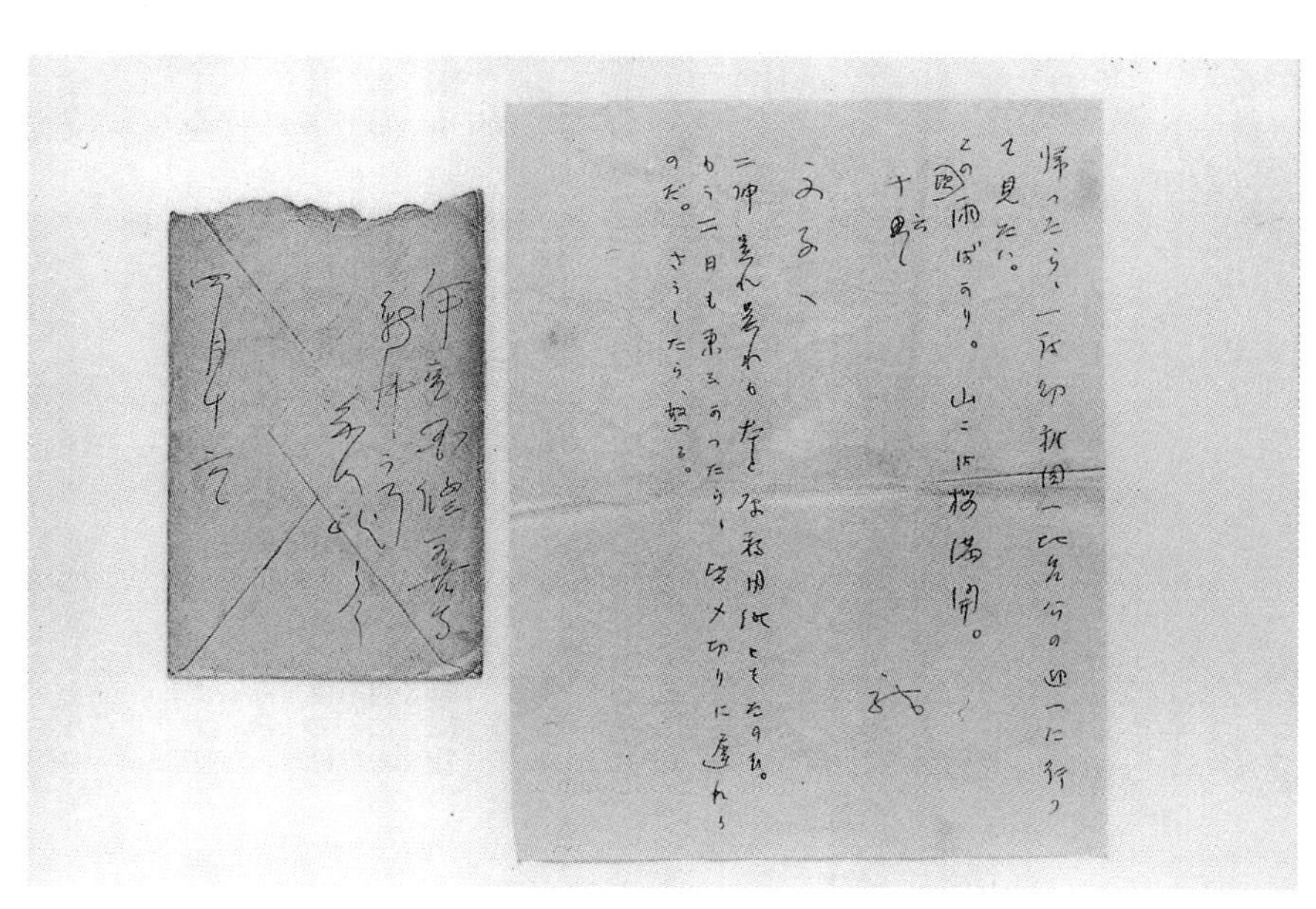

比呂志毎日欣々として幼稚園へ通ふよし珍重、何でもひとりでさせるがよし。お祈りは少々困れど、こちらで考へずに入学させたの故文句も言はれず。
お前の手紙の方はよけれども巻紙の方はくしや〳〵してゐてよむのに骨が折れる　もつと綺麗にかくべし
大金とは何の事だかわからん　俺の金玉は人より小さい方だ。立つ時におぢいさんに百円、おばさんに百円渡して来た。おぢいさんにもう百円渡さうかと思つたが、勘定が足りないと困るので持つて来たのだ。尤も大金が入用ならばここにゐても、電報為替でどこからでもとりよせらせる。目下はそんな必要はない。紙入れにあるのは全部で三百円の小金だ。植木屋の勘定が入ると言つたら新潮社へでも興文社へでも行つてやれ。千円位までは渡してくれる。
ここへ来て改造の旅行記、文芸講座、文藝春秋の三つだけ片づけた。これから女性へとりかかる。電報はもう四五本たまつた。お客は少くなる一方らしい。久米　里見　吉井　中戸川、泉等皆ここへ原稿を書きに来てゐるので女中は心得たものだ。用だけさつさとすまして無駄話や何かはしない。飯なども湯にはひつてゐる留守に持つて来ては　鉄瓶の上へ茶碗盛りをかけ、机の上に膳を置いて引き下つてゐる　従つて手盛りだ。
それから本は蒲原から送つたよし、蒲原の莫迦野郎、何を愚図々々してゐるのかまだ何もとどかん　ちよつと幼稚園の帰りにでも寄つて催促してくれ。ものを書くのに入用な本があるんだから、甚だ困る。原稿紙ももう一帖きりだ。兎に角これぢや困る。
朝　牛乳一合、玉子一つ　バナナ三本、珈琲
昼　茶碗盛り或は椀盛り　さしみ
晩　同上。外に生椎茸、蕗の煮つけ。
昼と晩とは違ふ事もあるが大体こんなものを食つてゐる。食後角砂糖三つか四つ。こいつは癖になつた。菓子など、菓子屋の前を通つても買ふ気にならん。黒羊羹など入らん。カステラも実は不用だが、送つたのなら、やむを得ず食つてやる。帰つたら、一度幼稚園へ比呂公の迎へに行つて見たい。
この頃雨ばかり。山々は桜満開。

十六日　　龍

文子へ

二伸　呉れ呉れも本と原稿用紙とをたのむ。もう二日も来なかつたら、皆〆切りに遅れるのだ。さうしたら、怒る。

大正７年、田端の自宅書斎で。新婚時代の龍之介と文。

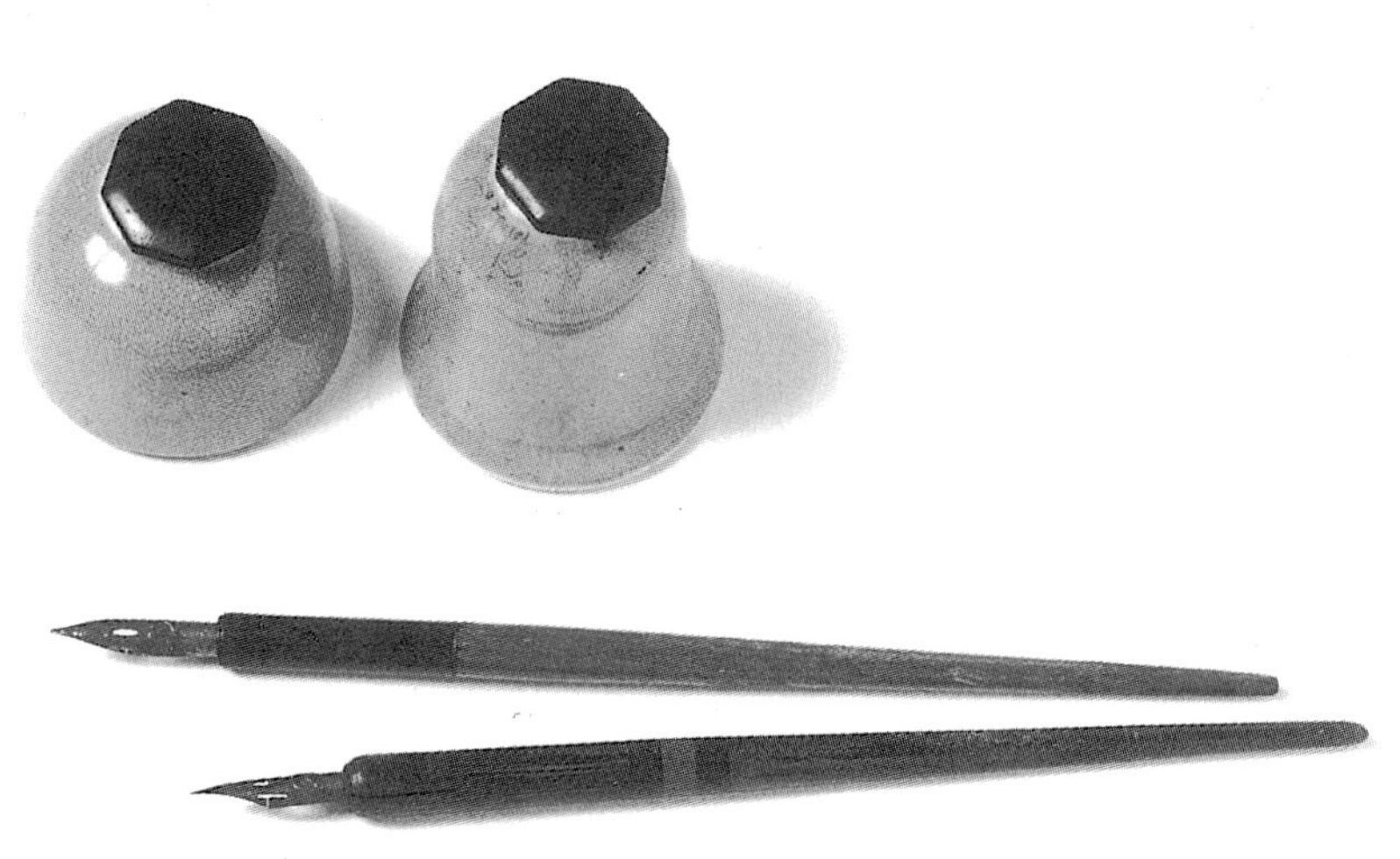

龍之介愛用のペンとインク壺

室生犀星からとみ子へ

大正九（一九二〇）年七月末、犀星は長野に旅行、その帰り軽井沢に立ち寄り旅館つるやに宿泊した。以降軽井沢で夏を過すことになった。はじめの頃は独りででかけ旅館つるやに宿泊していたが、大正十五年からは家族とともに貸別荘を借りた。更に昭和六年に犀星は別荘を建てた。子供の病気とかその他の事情で独り軽井沢で過す日もあり、十三年十一月妻とみ子が脳溢血で倒れてからは大森・馬込の家でとみ子は留守をまもっていた。軽井沢からとみ子宛の手紙はかなりの数であったと想像できる。その内容は多事にわたる。庭の水やり、戸締り、子供のこと、女中のこと、原稿料のこと――とみ子宛の手紙には優しい言葉は書いてないが、家庭を大事にまもろうとする心づかいがどの手紙からも読みとれる。「とみどの」と記した封筒の宛先きが「室生留守宅御中」というのも面白い。大事な留守宅をまもる人にという意味だろうか。とにかく犀星は妻子と住む己の城、家庭を大事にした人であった。

（本多　浩）

とみ子

室生犀星（1889—1962）

犀星愛用の水滴

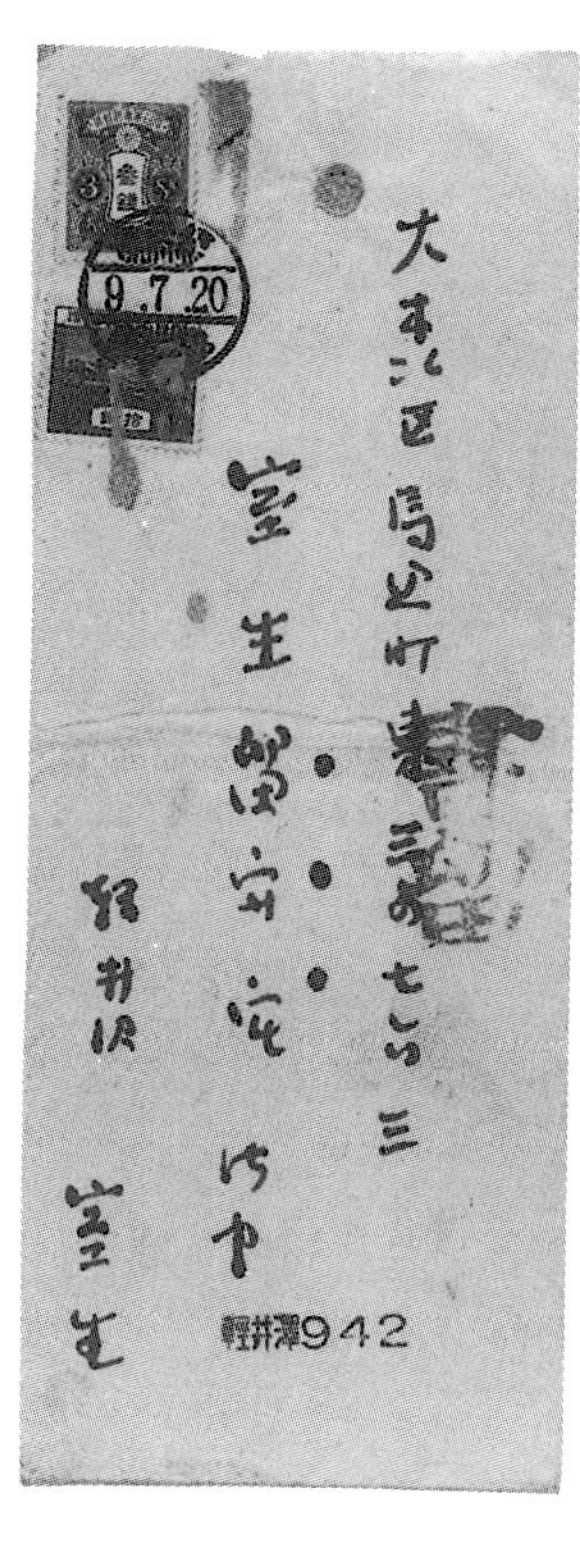

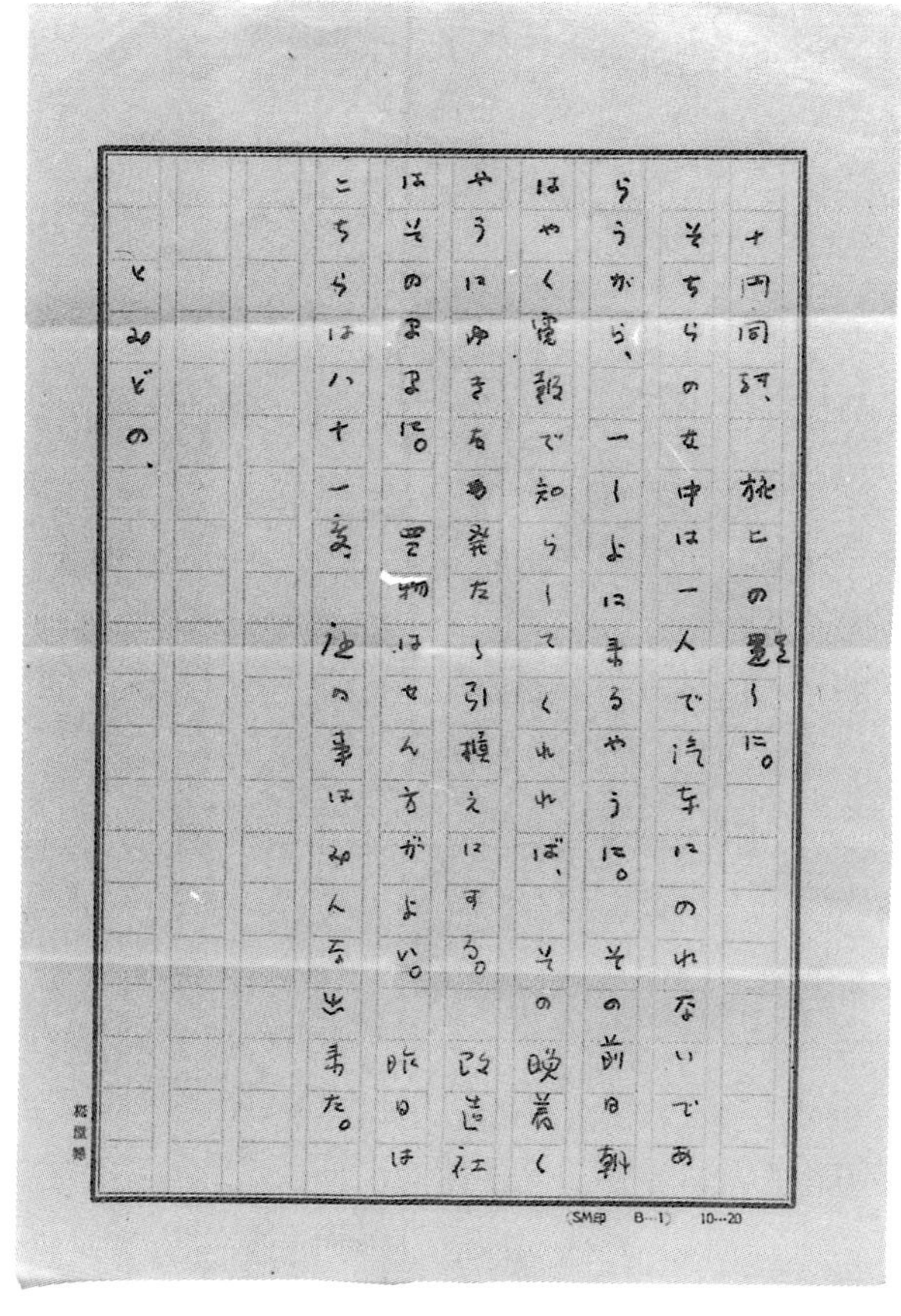

犀星からとみ子へ
（昭和９年７月20日）

昭和9年7月20日

十円同封、旅ヒの足しに。

　そちらの女中は一人で汽車にのれないであらうから、一しよに来るやうに。その前日朝はやく電報で知らしてくれれば、その晩着くやうにゆきを発たし引換えにする。改造社はそのままに。買物はせん方がよい。昨日はこちらは八十一度、庭の事はみんな出来た。

　とみどの、

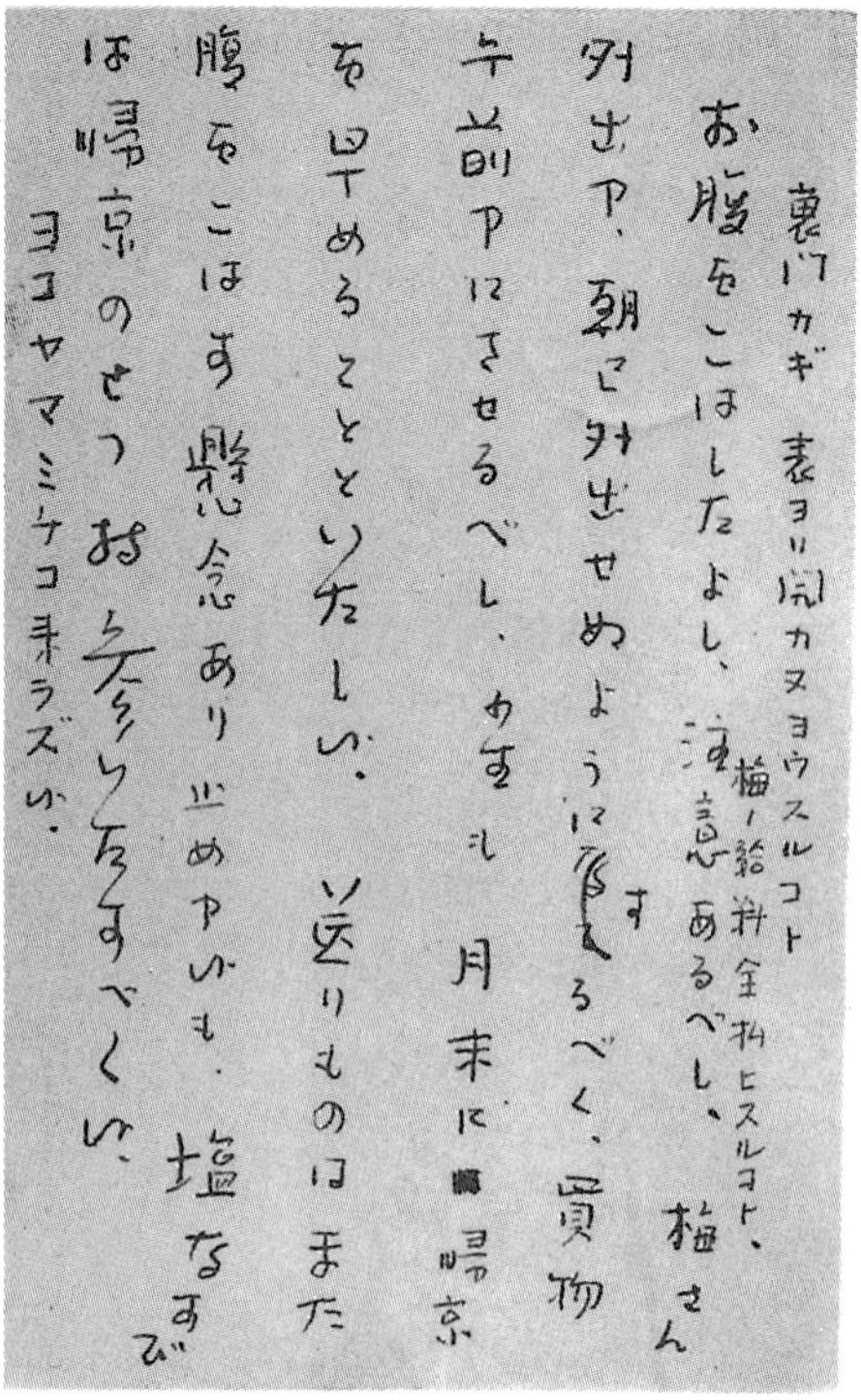

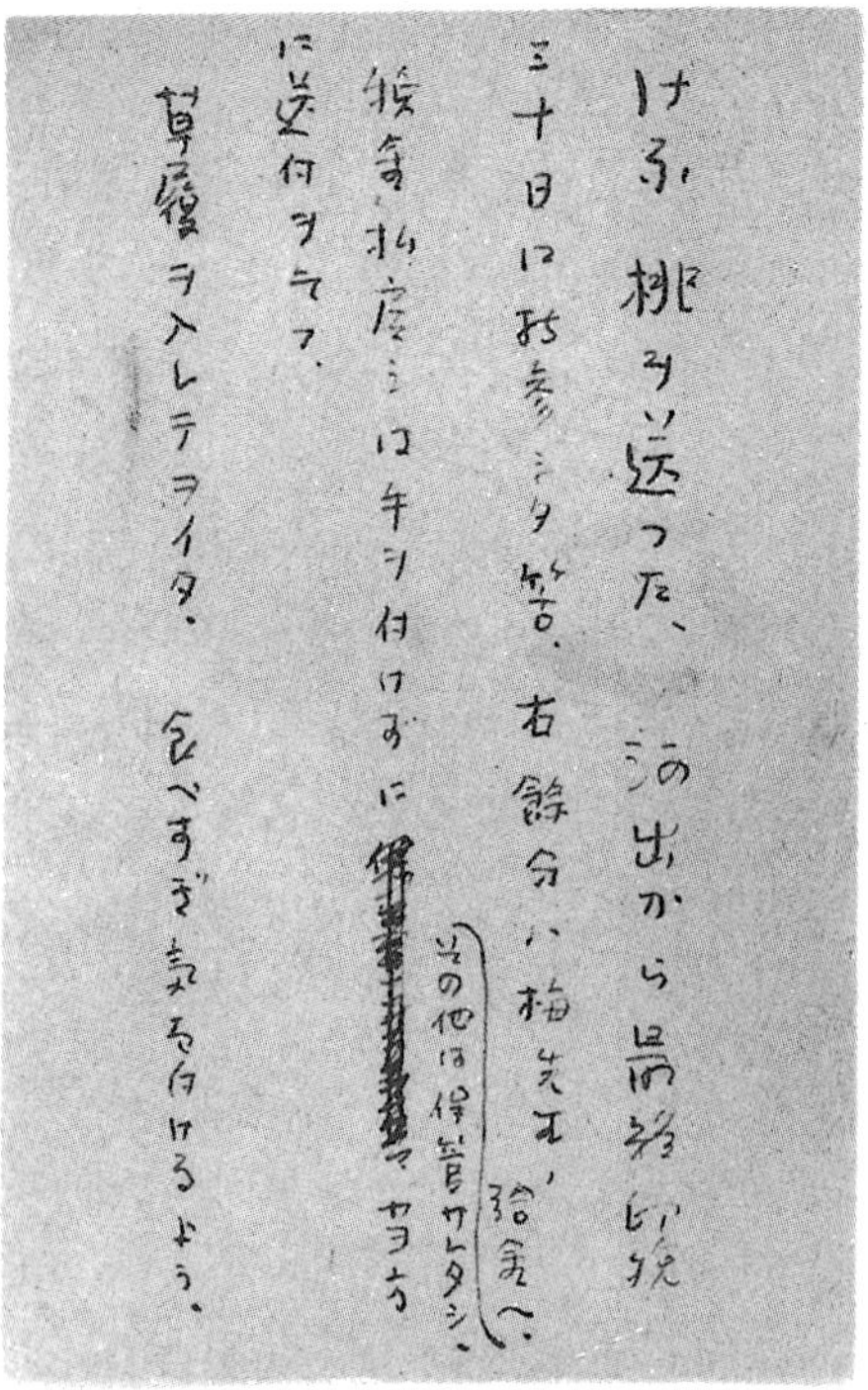

昭和25年9月6日

裏門カギ表ヨリ開カヌヨウスルコト
梅ノ給料全払ヒスルコト、
お腹をこはしたよし、注意あるべし、梅さん外出中、朝
巳外出せぬようにするべく、買物午前中にさせるべし、小
生も月末に帰京を早めることといたし候、送りものはまた
腹をこはす懸念あり　止め申候も、塩なすびは帰京のせつ
持参いたすべく候、
ヨコヤマミチコ来ラズ候、

昭和26年8月4日

けふ桃ヲ送つた、河出から最終印税三十日に持参シタ筈、
右余分ハ梅先生ノ給金へ、その他は保管サレタシ、
税金払戻シは手ヲ付けずに当方に送付ヲ乞フ、
草履ヲ入レテヲイタ、食べすぎ気を付けるよう、

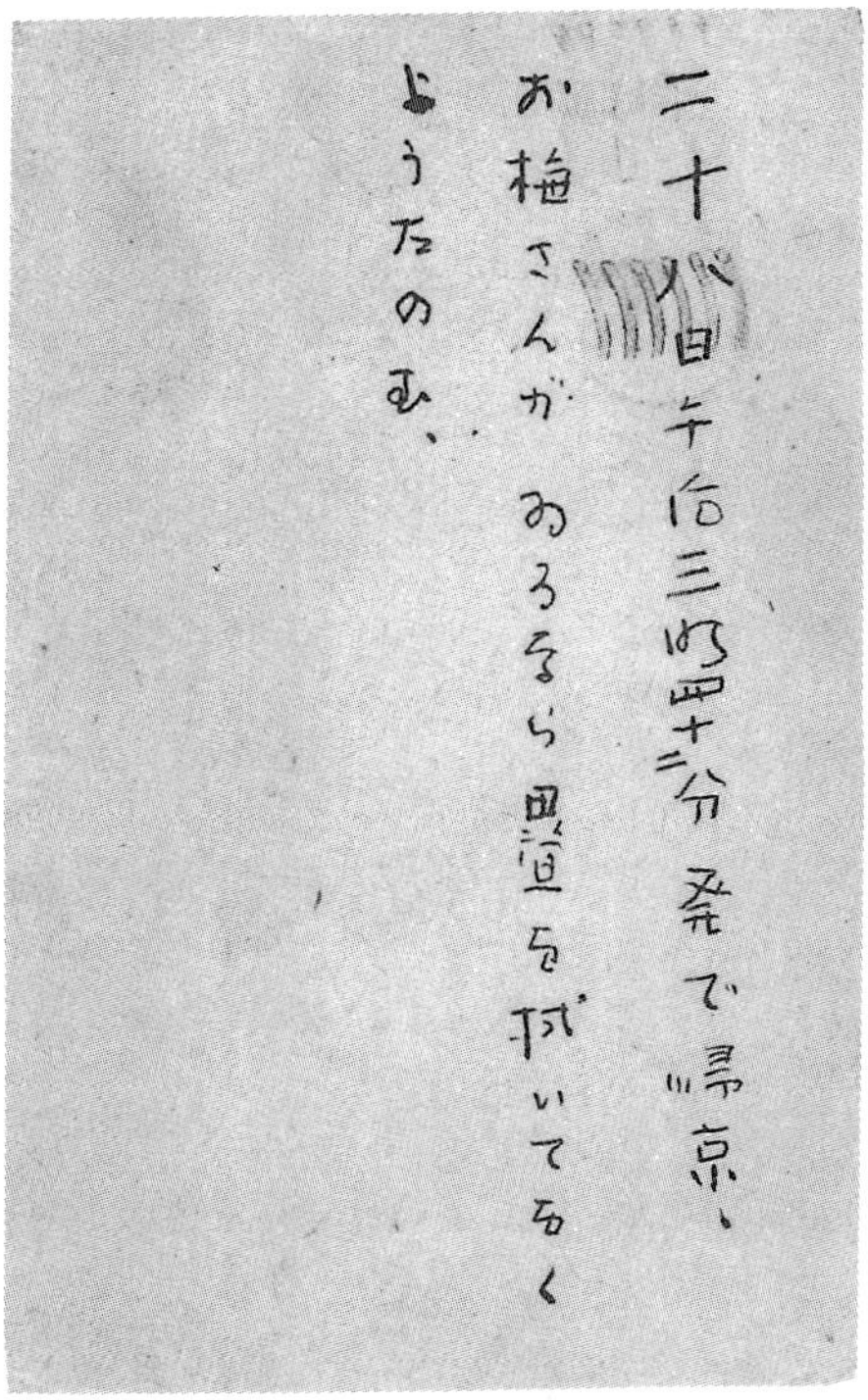

昭和26年9月24日

二十八日午后三時四十二分発で帰京、お梅さんがゐるなら畳を拭いてをくようたのむ、

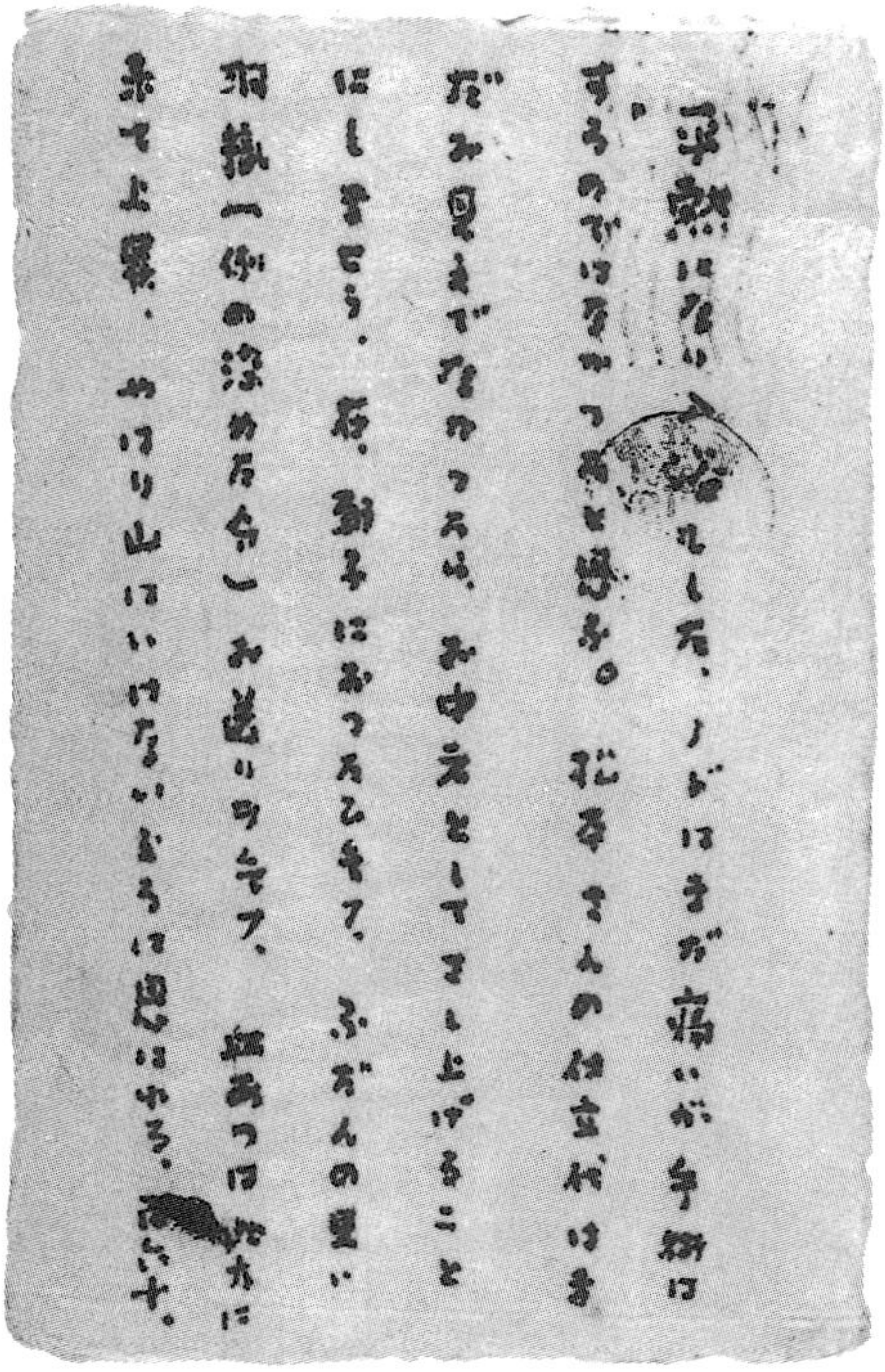

昭和32年7月18日

平熱になり入浴もした、ノドはまだ痛いが手術はするのではなかつたと思ふ。松本さんの仕立代はまだお見えでなかつたら、お中元としてさし上げることにしませう、右、朝子におつたひ乞フ、ふだんの黒い羽織（例の染めた分）お送りヲ乞フ、血あつは此方に来て上昇、やはり山はいけないように思はれる、百六十、

軽井沢の犀星の別荘

高見順から秋子へ

「大東亜戦争」開戦の直前、昭和十六（一九四一）年十一月、高見順（高間芳雄）の許へ「白紙（しろがみ）」が来た。召集令状の「赤紙」に対する「白紙」、徴用令状である。徴用は国策にそわない文士を懲用したのだ、とも見られたらしい。このときのことを高見は『昭和文学盛衰史』に書きとめている。陸軍の徴用員として井伏鱒二らと同船、南方へ送られる。サイゴン（現ホーチミン市）で井伏らのマレー組と別れ、高見らはビルマ（ミャンマー）へ。

そこからの軍事郵便が妻秋子と母こよ宛に幾通も出されている。軍の検閲を経たことから「ビルマ」が消されていたりする。これらは絵だよりで検閲済みではあっても、この上ない現地報告になっている。妻に宛てて書いているうちに母にも書かないではいられなくなったのだろう。故国を遠く離れた南方に派遣されて文士高見順は自分に最も身近な妻と母を思ったのではないか。ここには妻秋子への第一信を採った。

（保昌正夫）

秋子

高見順（1907―1965）

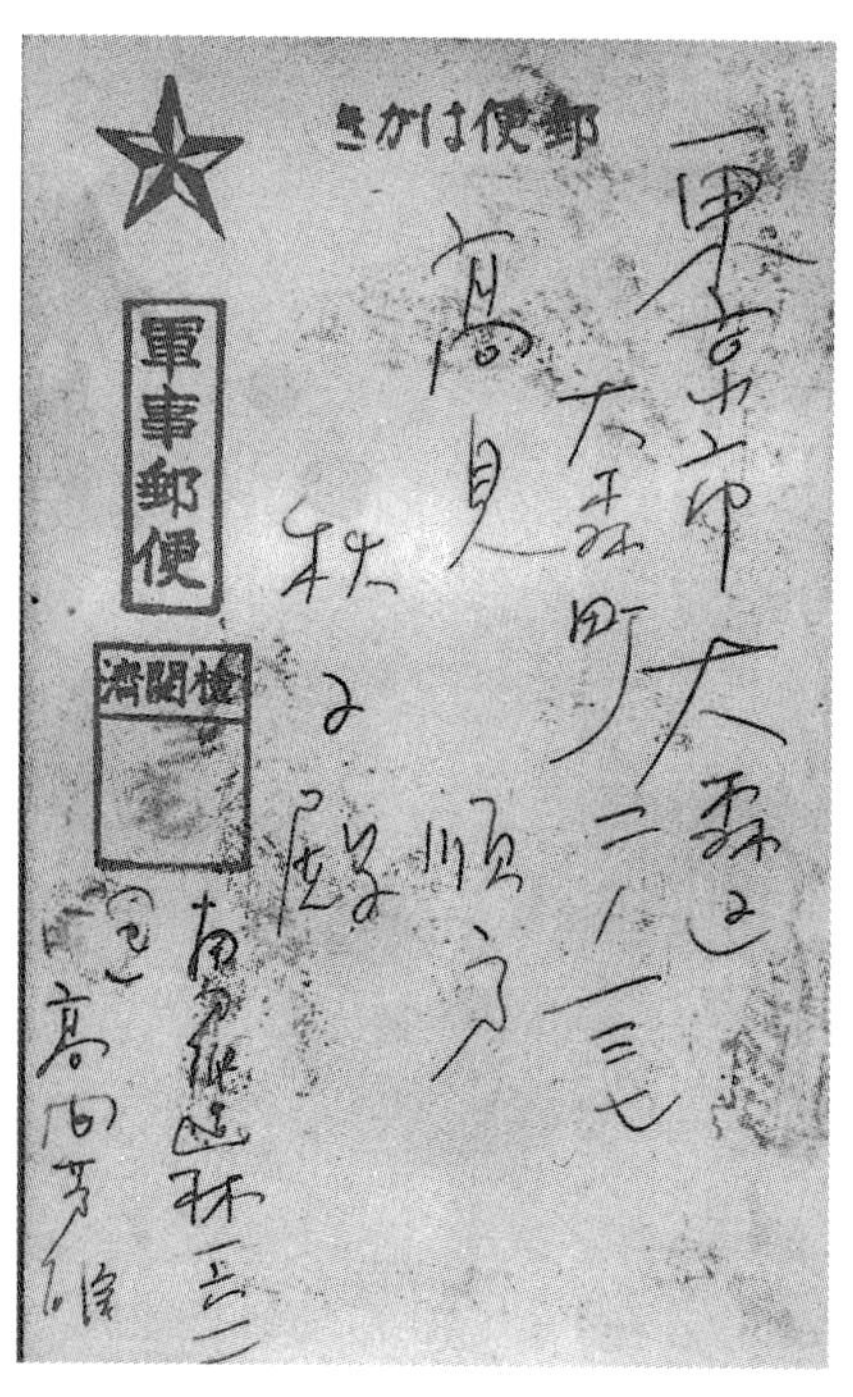

高見順から秋子への自筆絵はがき
（昭和16年）

絵だより　二、
家とはだかの男、どうも家には見えないが、
文字通り竹の柱に茅の屋根の家である、雨季には床下に水がくるので、床を高くしてある、男の絵の黒い部分はサロンめいたロンギといふ奴をたくし上げたところ也、

絵だより　四、
大きなおしやか様の絵です、こちらの人間もおしやか様を拝んでゐます、下のヘンなものは人間のつもり、しやがんで、手を合はせて拝みます、

絵だより　七、

王宮、私はここへ見学に行つた、△

△半年前になるが――丁度若い王様が王宮にやつてくるところに会つたりした　屋根の飾り（火紋？）を面白いとおもつた、前方の丸いものは例の蛇頭の飾りである、

絵だより　十、

右は女で左は男のつもりだが――椰子は小さな一種の椰子で、普通の椰子はこんなにちいさくはない、男が天秤棒でさげてゐるのは、燃料用の椰子の外皮　女のは椰子酒の入つてゐる壺、このいたづらがき、専ら家庭慰問用なれば、妄りに公開す可からず、

昭和17年、戦地で（中央が高見順）

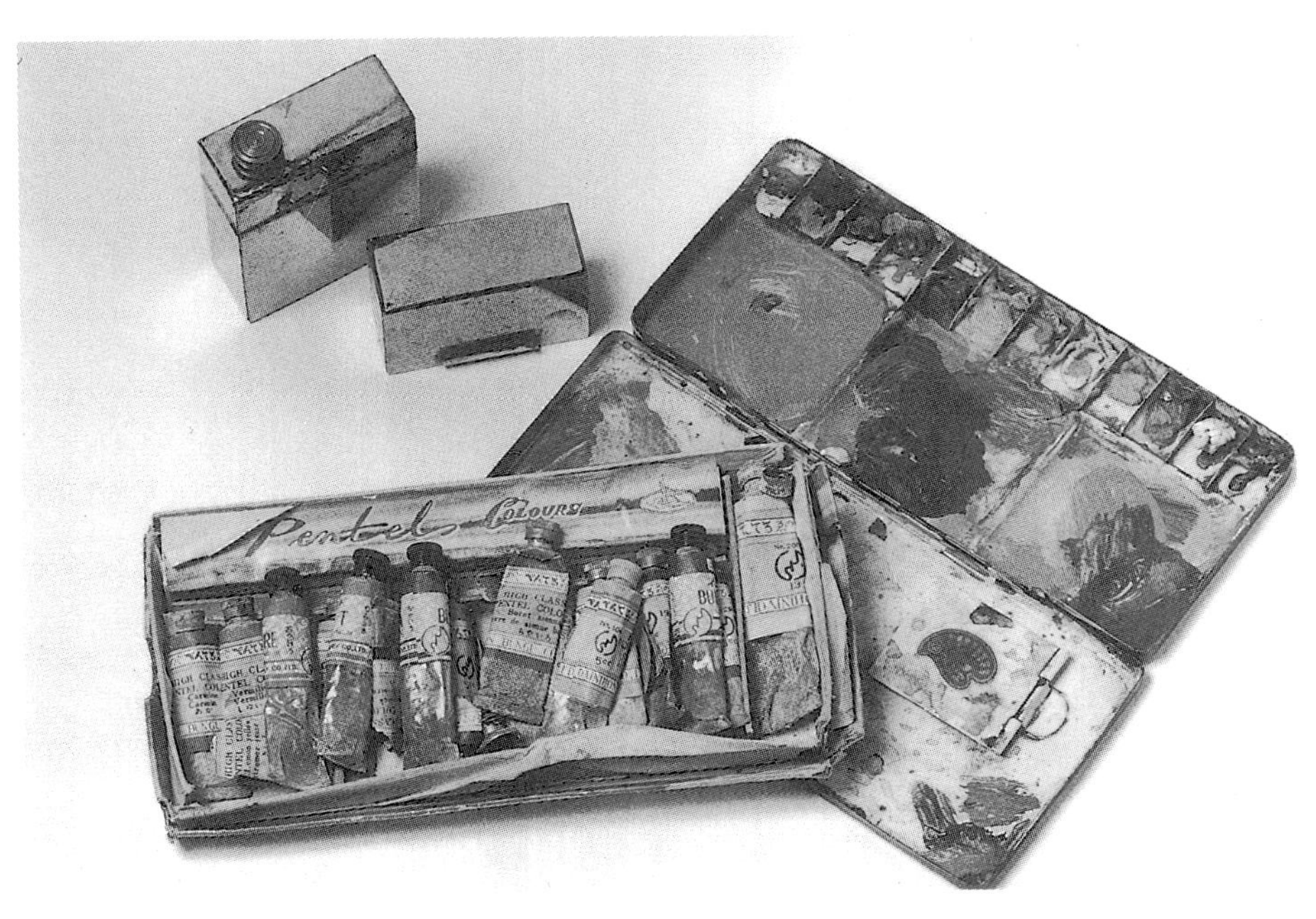

高見順の絵の具セット（水差し、パレット、絵の具）

加藤道夫から治子へ

この書簡にみられる優しさ、清らかさは無類であり、こうした純粋な心もまた彼を自死にみちびいた一因であった。若林の家は彼の実家だが、現在は作家である姪の加藤幸子の一家その他の家族も同居し、「物書きとしての、最低の環境条件であった」、と加藤幸子が証言している。

文中のミュッセは昭和二十九年六月岩波書店から刊行されたアルフレッド・ドゥ・ミュッセの戯曲『マリアンヌの気紛れ』である。

加藤道夫の死について三島由紀夫は、「ニューギニアにおける栄養失調、そこからもちかえったマラリア、戦後の貧窮、肋膜炎、肺患、こういうものが悉く因をなして、彼を死へみちびいた」、と書き、「加藤君は戦争に殺された詩人であったと思う」と言っている。この書簡は加藤道夫が自死した昭和二十八年十二月二十二日に先立つこと僅か十三日前の同年同月九日に愛妻加藤治子に宛てた最後の書簡である。

（中村　稔）

環境も静かで、非常に素晴しい宿屋ですが、宿料が高いので（千二百円）一週間ゐて、翻訳の清書をしたら帰るつもりです。こんな贅沢な宿屋にゐると毎日苦労してゐる治坊のことを考へて心苦しい。でも、若林の家ではどうしても落着けて仕事も手につかないので、勘弁して下さい。岩波のミユッセだけはどうしても今月中に渡してしまはねばならないので。

来年は必ず小さな家でもみつけて引越すから、もう少し我慢して下さい。来年は必ずいいことがあるやうに努力します。身体の調子はいいです。

十六日の夜には帰ります。

――――

風邪をひかないやうに頑張って下さい。

姉さん、おばさんに宜しく。

加藤道夫から
治子へ宛てた最後の手紙
（昭和28年12月 9 日）

加藤道夫（1918—53）

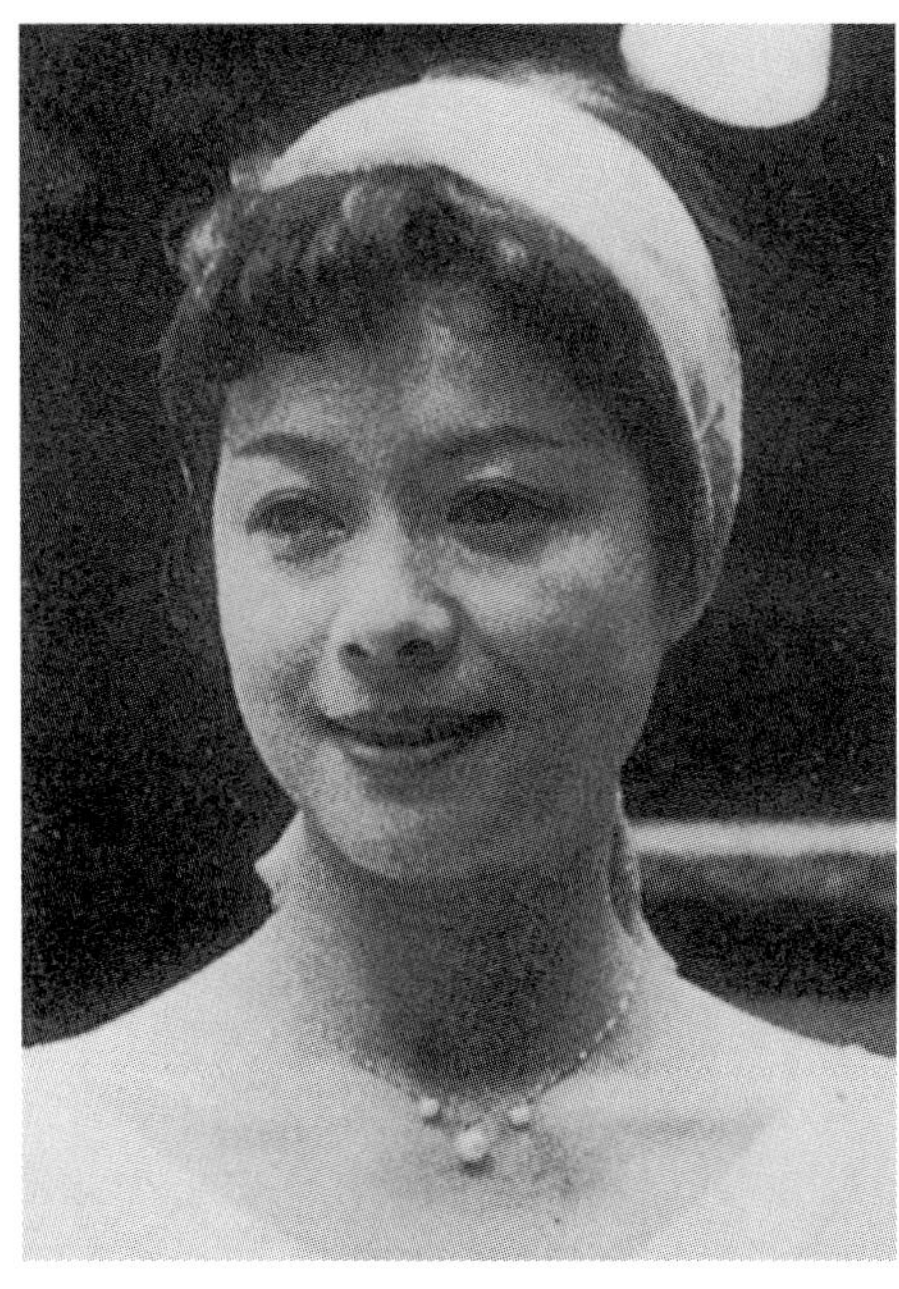

治子

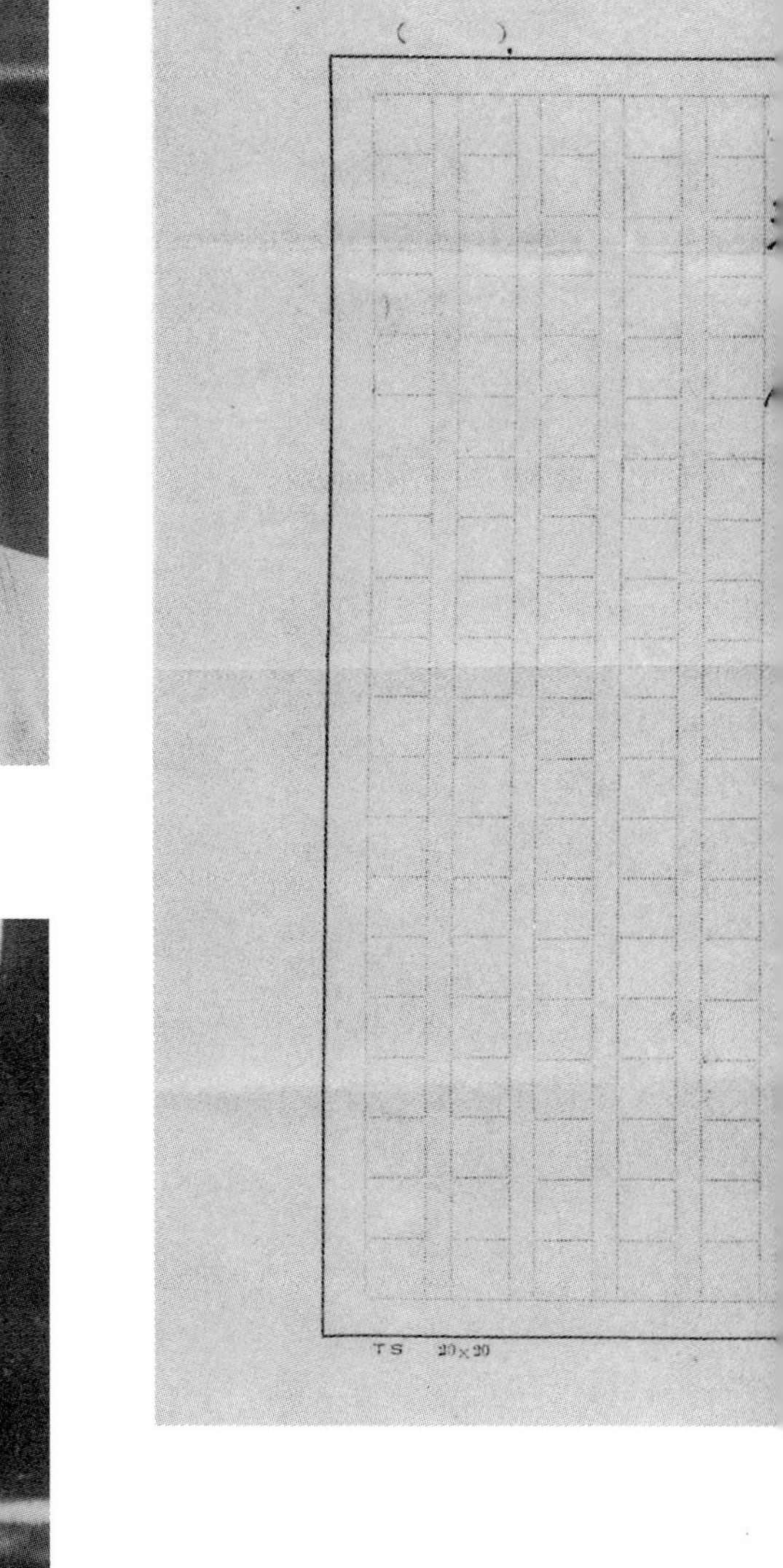

環境も静かで、

非常に素晴しい宿屋ですが、宿料が高いので（千二百円）一週間ゐて、翻訳の清書をしたら帰るつもりです。こんな贅沢な宿屋にゐると毎日苦労している治坊のことを考へて心苦しい。でも、若林の家ではどうしても落着いて仕事も手につかないので、勘弁して下さい。岩波のミュッセだけはどうしても今月中に渡してしまわねばならないので。

来年は必ず小さな家でもみつけて引越すから、もう少し我慢して下さい。来年は必ずいゝことがあるやうに努力します。身体の調子はいゝです。

十六日の夜には帰ります。

風邪ひかないやうに頑張って下さい。

姉さん、おばさんに宜しく。

九日夜　道夫

治子様

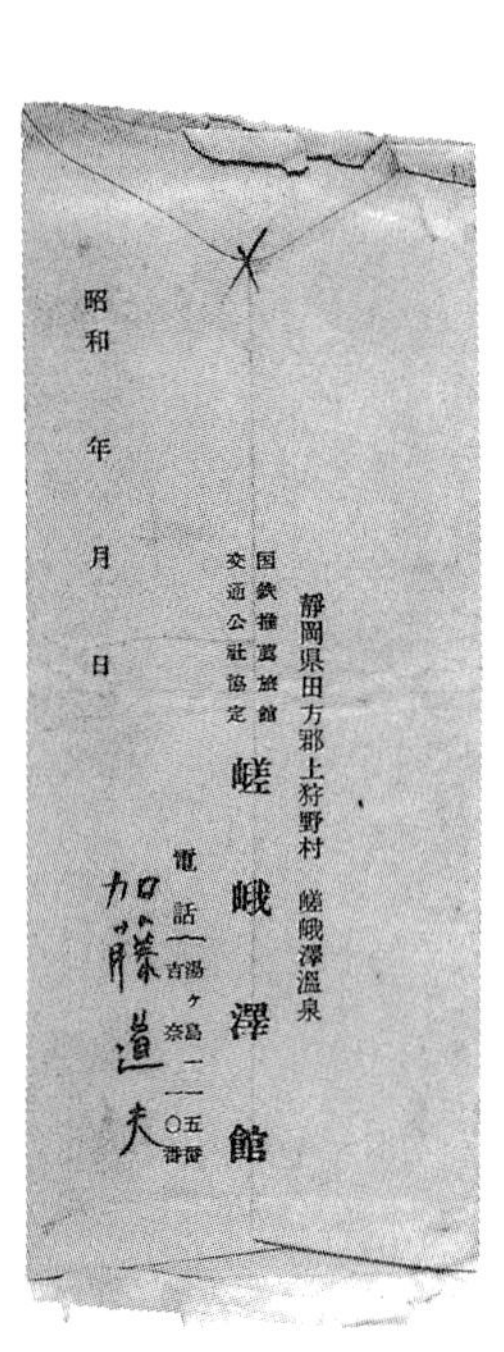

静岡県田方郡上狩野村　嵯峨澤温泉
国鉄推薦旅館
交通公社協定
嵯峨澤館
電話（湯ヶ島一一五番 吉奈一〇番
加藤道夫
昭和　年　月　日

川口松太郎から愛子へ

川口松太郎と女優三益愛子の夫婦愛はよく知られている。昭和五十七（一九八二）年一月十八日、八十二歳のとき十一歳下の愛子に膵臓癌で先立たれてから、亡き妻に対する思いは募るばかりで、老残の身を嘆いて後追い自殺を考えたこともあったという。新聞に発表した追慕記では「次の世に生まれ代っても三益愛子を妻に持ちたい」と述べ、当時はまだ元気だった丹羽文雄が自分も同じだと「連れ愛論」を書いた。半年後の五十七年六月には妻の思い出を綴った『愛子いとしや』を講談社から刊行。その後も妻を思い出すたびに妻から贈られたこの手帖に書きつけた。ノートは五十七年十一月二十八日から三年目の祥月命日である六十年一月十八日まで二十九頁にわたって記され、表紙に「ママ恋し帖」と題している。『愛子いとしや』講談社文庫版（六十年五月刊）のあとがきに「亡き人を忘れるどころか日がたつにつれて思慕の情が深くなって来る。うち中の部屋々々へ愛子の写真を飾りつけて一緒にくらしているような気持になっている」と記して間もなくの六月九日、八十五歳の夫はようやく妻のもとに旅立った。

（曾根博義）

この手帖はママが何人かに贈られたものだ。
自分では使い道がないので私に使えといって
くれたものだ。そして間もなく いなくなって
しまった。ママを思い出すたびに書き
つけて置こうと思う。

ママと宮城公園を散歩していると、見知ら
ぬ人が「写真を一枚とらして下さい」といって
ベンチに腰掛けてる二人の姿を手早くおさめた。
そして「いい御夫婦ですね。あんまりいいんで写真
がとりたくなりました」といって去った。私が
誰でママが何者か、少しも知らない中年の女
性であった。知られていないことを、ママは大
変喜んだ

川口松太郎の「ママ恋し帖」

川口松太郎（1899―1985）と愛子

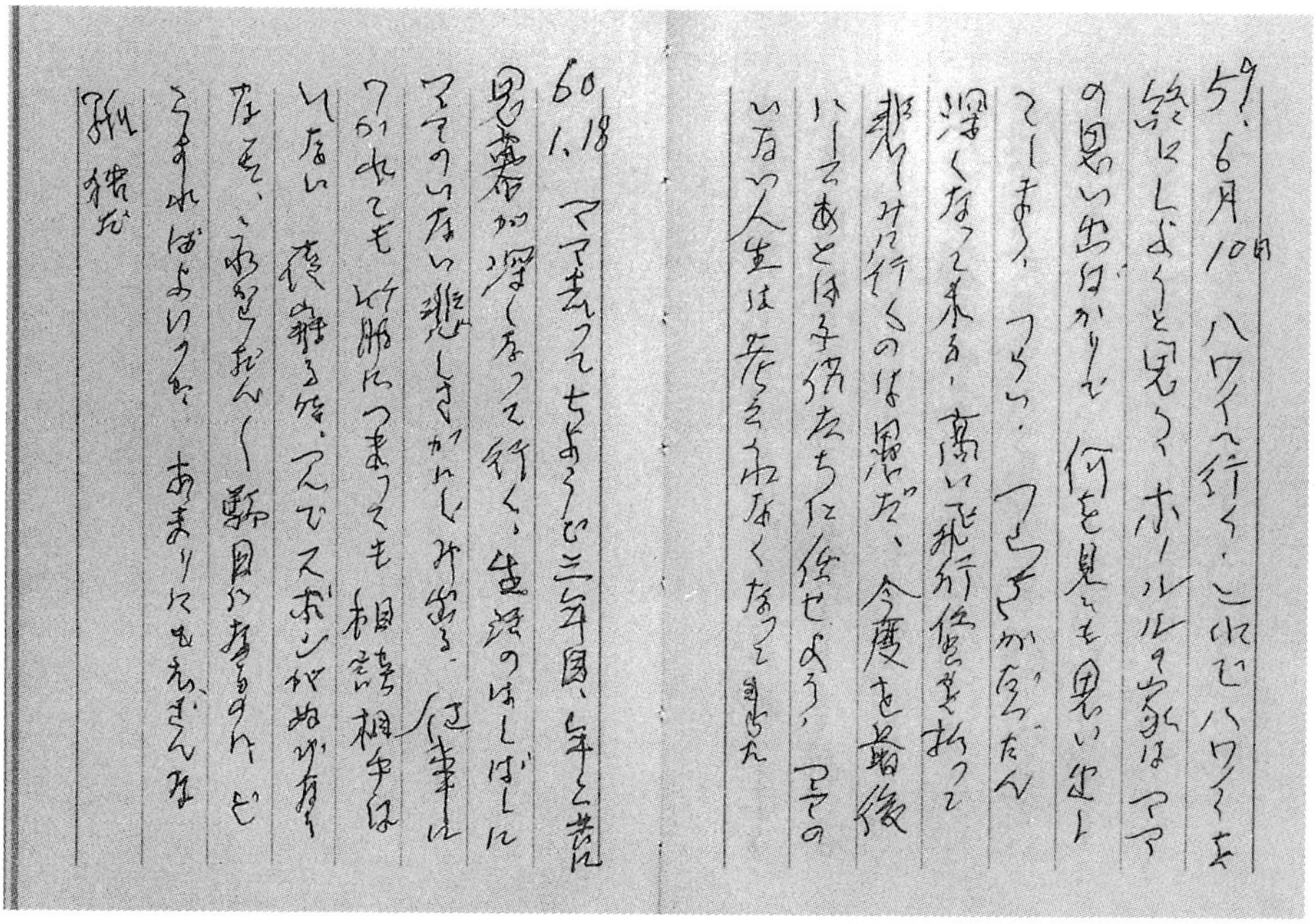

この手帖はママが何人かに贈られたものだ。自分では使い道がないので私に使えといってくれたものだ。そして間もなくいなくなってしまった。ママを思い出すたびに書きつけて置こうと思う。

ママと宮城公園を散歩している時、見知らぬ人が「写真を一枚とらして下さい」といってベンチに座っている二人の姿をキャメラにおさめた。そして「いい御夫婦ですね、あんまりいいんで写真がとりたくなりました」といって去った。私が誰でママが何者か、少しも知らない中年の女性であった。知られていないことを、ママは大変喜んだ

59、6月10日　ハワイへ行く、これでハワイを終にしようと思う、ホノルルの家はママの思い出ばかりで　何を見ても思い出してしまう、つらい、つらさがだんだん深くなって来る、高い飛行賃を払って悲しみに行くのは愚だ、今度を最後にしてあとは子供たちに任せよう、ママのいない人生は考えられなくなって来た。

60　1、18　ママ去ってちょうど三年目、年と共に思慕が深くなって行く、生活のはしばしにママのいない悲しさがにじみ出る、仕事につかれても　筋につまっても　相談相手はいない

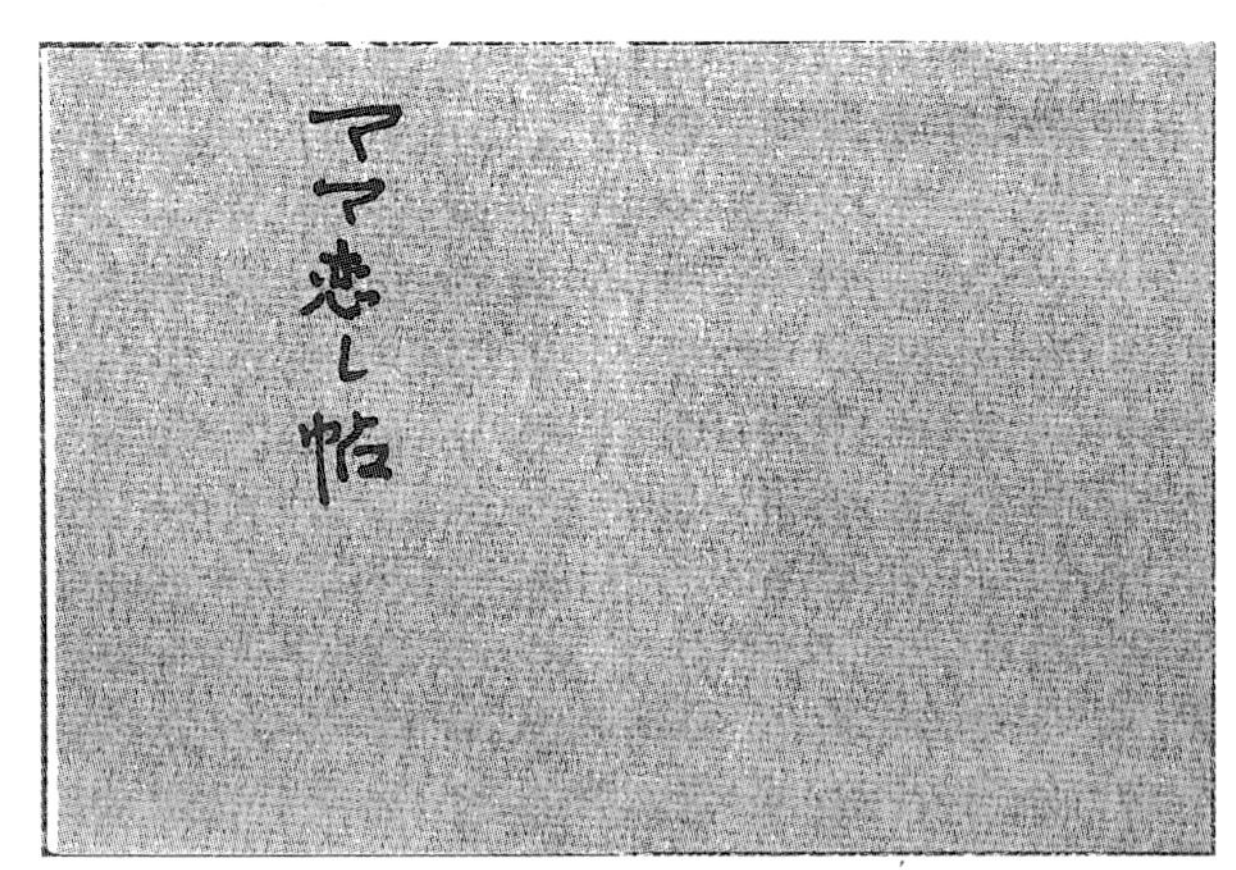

「ママ恋し帖」扉

写真立て

夜寝る時、一人でズボンがぬげなくなった、これからだん〱駄目になるのに、どうすればよいのか、あまりにもむざんな孤独だ、

第3部　家族へ

森静男から長男鷗外へ

鷗外は、明治十七（一八八四）年ドイツ留学に出発、ライプチッヒ、ドレスデン、ミュンヘン、ベルリンで衛生学の研究や陸軍医事の研修にしたがい、明治二十一年帰国した。長男の出世と無事を願う家族は、その間、故国や家族の状況を報らせ、また鷗外の安否・近況を問うために実に熱心に手紙を送っている。鷗外は、それを大判ノート四冊（約二七〇通）に貼って、旅中の淋しさを慰めた。むろん、そのうちには、陸軍軍医部の上官・同僚や友人、旧藩の人々のものも含まれる。これらの手紙は、合わせ鏡のように、受信者の行動のアウトラインや心情、あるいはその立場などを映しだすものともなっている。掲示の明治二十一年一月二十七日付、父静男のものは、妹きみの縁談についてのものであるが、「第一独乙林太郎ゟ之賛成ヲ得テ本取極メ可然」云々とあり、長男の意見を「第一」にしていることは、実に興味深い。きみの相手は小金井良精であった。

（竹盛天雄）

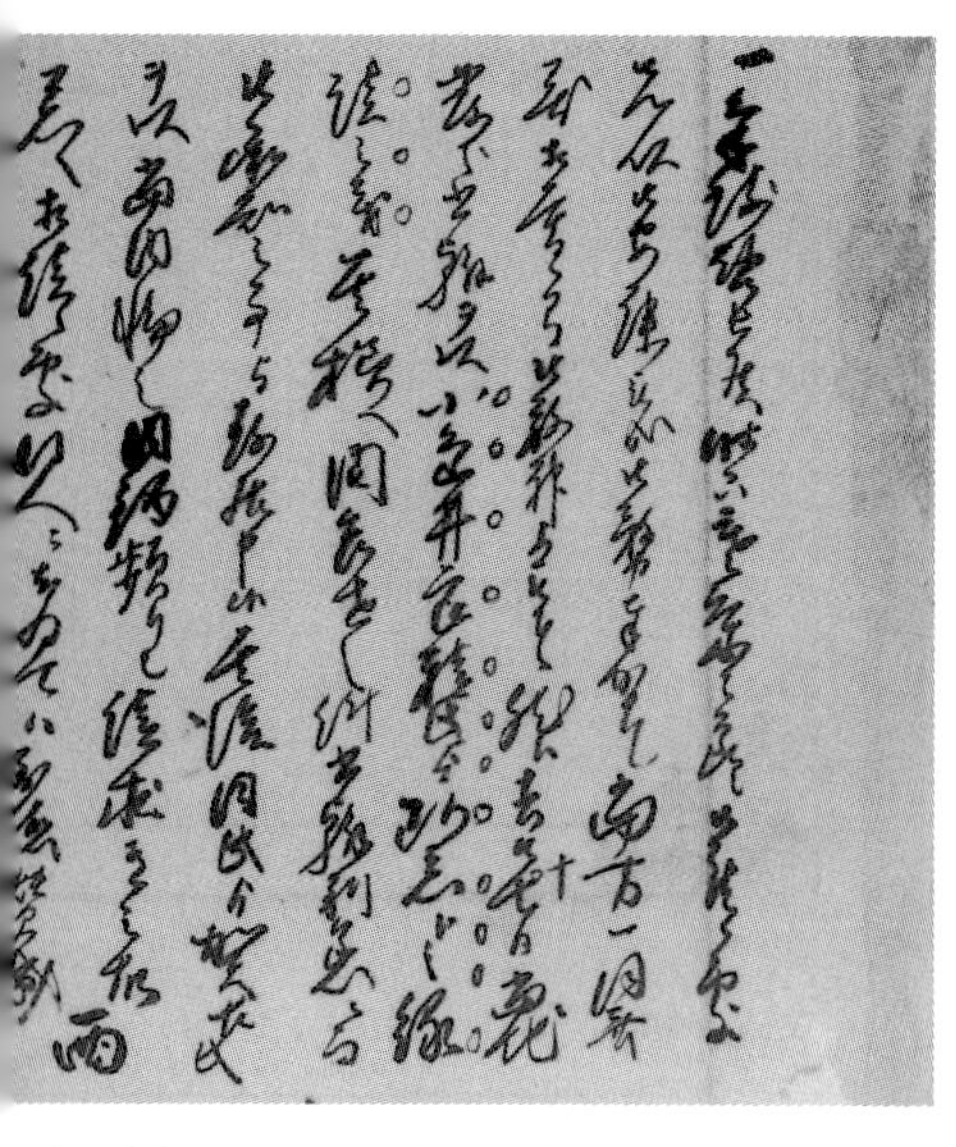

森静男から長男鷗外へ（明治21年１月27日）

森静男

一筆致啓上候　時下寒気之節ニ御座候処先以御安康被成御務奉賀候　当方一同無異相暮候間御放神可被下候　就ハ去ル十七日当地発之書翰ヲ以小金井良精氏より阿君ト之縁談之義貴様へ問合せ之件書翰到着ニ而御承知之事と存居申候　其後同氏より賀古氏ヲ以当内輪之内約頻リニ請求有之故西君へ相談候処同人ニおゐてハ至極賛成ナリ　又内輪中ニハ素ヨリ異存ハ無之候得共西君初於拙者も第一独乙林太郎より之賛成ヲ得テ本取極メ可然と之事ゆへ先不取敢内輪中丈ヶ異存無之旨ヲ小金井氏迠申遣置候義ニ御座候　篤と御熟考之上貴様ニおゐても賛成ナラバ

森鷗外（1862―1922）

其旨電報ヲ以御決答相成度先は為其早々申上候　不備

一月廾七日　　森静男

森林太郎殿

二白　随時御保愛専一ニ御座候　委細之義は篤次郎より申遣候　本文之趣御賛成ニ付テ電信ヲ要スルナリ　万々一不賛成之件も有之候ハ、ユル〳〵書翰ニテ回答被下　電報ハ無益ニ御座候

電信料ハ後日当方より差送可申候間左様御了承有之度候也

森静男から長男鷗外へ、明治21年1月27日（現代語訳）

一筆差し上げます。気候が寒くなりましたが、まず健康でおいでになってお勤め、慶賀申しあげます。こちらも一同変わりなく暮らしておりますのでご放心下さいますよう。ついては去る十七日当地発の書簡で小金井良精氏からお君との縁談のことを貴方に問い合わせした件、書簡が到着してご承知の事と存じます。同氏から賀古氏を介して当家の内輪の内約をしきりに請求してきていますので、西君へ相談いたしましたところ、同君は至極賛成です。また、内輪の中ではもちろん異存がありませんが、西君はじめ私も第一に林太郎からの賛成を得て本取決めと

明治30年４月、父静男の一周忌に集まった森家の人々。後列左端が鷗外、３人おいて小金井良精。前列左端小金井喜美子。

するべきであるとのことですから、まず取り敢えず、内輪の中だけでは異存がないとのことを小金井氏に申してやりました次第でございます。篤とご熟考の上、貴方の方でも賛成であればその旨電報でご回答下さいますよう、まずは早々に申し上げます。不備。

一月二十七日

森静男

森林太郎殿

追伸　折からご自愛専一にして頂きたく存じます。詳細は篤次郎から申しつかわしました。本文の趣旨にご賛成であれば電報が必要です。万一、不賛成のことがあるなら、ゆっくりと書簡で回答下さいますよう、電報は無益でございます。

＊お君は後に小金井良精と結婚した、鷗外の妹、小金井喜美子
賀古は鷗外の親友、賀古鶴所　西君は西周

池辺三山から弟穫三郎へ

三山は、明治二十五（一八九二）年五月、パリ留学中の旧藩の世継ぎ細川護成のお守り役に選ばれて渡欧の旅についた。父が西南戦争で西郷軍について敗れ刑死したこともあって、彼の母をはじめとする家族への情愛は格別なものがあった。滞欧の間、家族宛てのおもいやりのこもった手紙を何通も書いているが、この七月二十一日付、弟穫三郎宛の長文の手紙は、パリ到着（二日）後、若殿護成とも対面、東京からの「御用むき」も大方片づいて、ほっとした頃に書かれたパリ第一信。パリ祭の賑わいや西洋の女が威張っている「風俗」、航西の途中での中国やインド（人）などから得た印象的感想など、実に内容ゆたかで、西洋からの家郷への通信としてもユニークなものだ。ゆったりとしていてユーモアもあるが、観察は細かく的確な判断ぶりが示されている。後に東京朝日新聞主筆として重きをなす片鱗がうかがわれなくもない。漱石が朝日入社にあたって、三山との初対面によって不安を解消、決意したことはよく知られている。

（竹盛天雄）

ふらんすのみやこパリスより一筆奉申上候　皆々様御揃御機嫌能被遊御座御芽出度奉存上候　吉太郎事こん月三日当地安着いたし不相替げん気よく相くらし居候まゝ御安心遊され候様にねかひ上参候　今月二日の日にマルセイルのみなとより一書さし上候処相達し候と存上参候　その節申上候通りに当地に着致候てしばらくはなにかと取りまきれ候事おほく御たよりゐんにんいたし候間嘸々御待ち遠しく思召されたると存上参候

世子（もりしげさまの事）にはこのたひはじめて御目どほりいたし候事ゆへ御もよふいかゝに候やと存居候処まことに御人よしさまにてなに事も御心安く御申遊ばし私御つきにまゐり候てかへつて私御せわにのみ相成候くらゐに御座候　左様に御座候

池山三山（1864—1912）

へばこのさきもあまりほねおれ候事無御座候わんと存上参候　此事も御安心ねがひ上参候　吉田もしんせつにせわいたしくれ候　同人事は私当地に着の上は早々帰国のはづに御座候処只今のもやうにてはどふやら外にくめんいたしこのさきしばらくは当地にとゞまり候よしに御座候　左様に相成候はゝ私はます〱つかうよろしく同人とはひさしくしりあひのあいだがらに御座候へぱ私およひ候だけはこの方よりもこの人のために相成候様にしんばいいたし候つもりにて御座候　その外当地には日本の人二十人ばかりこれあり　いづれもおふかたはしりあひに相成申候　このうち七八人うちより候て四五日まへにひさしぶりに日本のめしたき鯛のさしみにほねかしらのうしほに茄子（なすび）と牛肉（うし）のにしめなとでき大たのしみにてはらをふくらし申候　かようなる事も当地にてはじぶんにていたし候わねばやどやのものなどはたれも日本りうぎのりようりかたなどしり候ものとてはこれなき事ゆへみな〱うちよりてじぶんにていたし三十四十くらゐのひげのはへたる大の男がひたきまゝんごの様なる事をいたしずゐぶんきめやうなる事どもに御座候　しかしこのまゝんごが一番おもしろく相おぼへ候事に御座候　私宿屋は世子のおやどのすぐきんじよにきわめオデオン町と申候処　にて七階づくりの六階目にて御座候　三階四階くらゐの処は中〱ねだん高く候間六階にきわめあがりおりずゐぶんほねおれ候事に御座候　当地の家はいづれにても六階か七階か八階くらゐは

三山より弟穫三郎へ（明治25年７月21日）

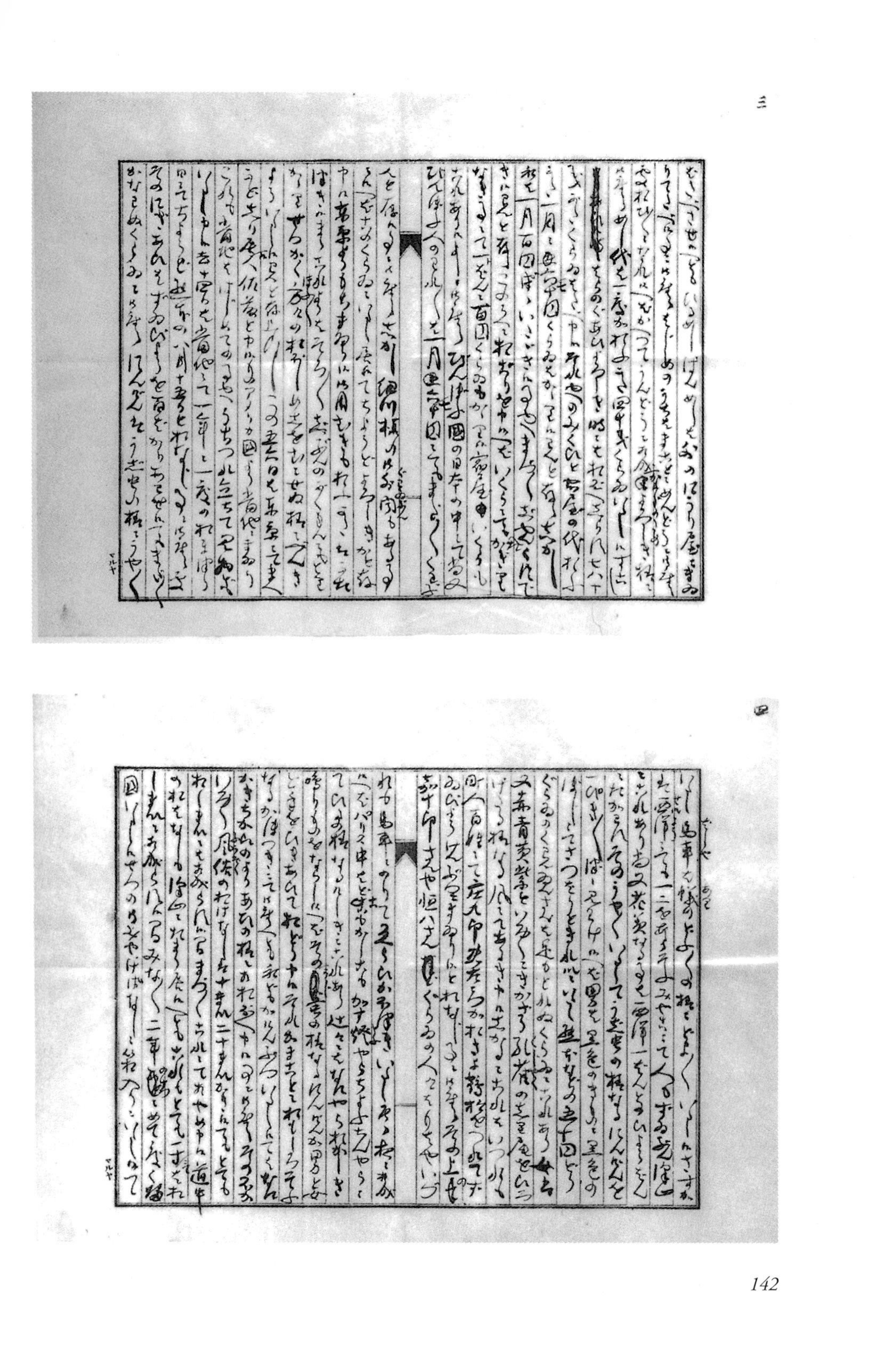

三

四

これあり　下の方は屋ちん高く上になるほど安く相成申候　左様いたし候て一つの家の中に十家内も二十家内もすまいいたし六階七階八階などはみなびんぼふにんがすまひ候事に御座候私どもはいづくに居候てもびんぼふ人のなかまにて六階ぐらしもいたしかた無御座候　しかしこれにても日本の宿屋などにくらべ候へばなか〳〵きれいなる事にこれあり　大きなるすがた見のかゞみ二つかべにかゝり夜具はふは〳〵にて椅子(こしかけもの)はぶくぶくいたし居り十まいじきくらゐの一間と四まいくらゐの一間とせまき台所がわきにつき居申候　宿屋に台所(だゐどころ)はおかしく候へとも当地の人は家なしにて家内みな〳〵宿屋ぐらしいたし候ものもこれあり候よしにて処々に台所つきの部屋これあり申候　左様に御座候へばたゞの家をかり候とおふかたはおなじ事にて只宿屋より夜具椅子机などそなへつけ候だけがちがひ申候　たゞの家をかり候へばかようなる道具はみな〳〵じぶんにてかひ候事に御座候　左様にいいし候て私宿屋にてはあさめしのみはたのみ候へ」ばたべさせ候へともひるめしばんめしは外のにうり屋にまゐりてたべ候事に御座候　はじめのうちはまことにめんどうに御座候処たび〳〵になれ候へばかへつてうんどうに相成からだのためよろしき様に御座候　めし代は一度がおふかた四十戔くらゐいたし候　すこしはらのぐあひよろしき時にはおぼへしらす七八十戔がたくらゐはたべ申候　それゆへのみくひと宿屋の代おふかた一月に六七十円くらゐはかゝり候わんと存候

しかし私は一月百円づゝいたゞき候事ゆへまづ〳〵じゆんたくにでき候わんと存候　このうえにおごりを申候へばいくらにてもかぎりなき事にて一トばんに百円くらゐもかゝり候宿屋いくらもこれあり候よしに御座候　びんぼふ国の日本の中にて尚又びんぼふ人のわれ〳〵は一月六七十円にてもまだ〳〵くわぶんと存候事に御座候　しかし細川様の御外聞(ぐわゐぶん)もある事に候へばこのくらゐにいたし居候てちようどよろしきかと存申候　東京よりもちまゐり候御用むきもおふかたはかたつき候まゝこれよりはそろ〳〵じぶんのがくもんにもとりかゝりせつかく方々(ほうぐ)のおぼしめしをむにせぬ様にべんきよういたし候わんと存上参候この五六日は東京にてまへからしり居候人佐藤と申候ものアメリカ国より当地にまゐりこれも当地ははじめての事ゆへうちつれ立ちて見物どもいたし申候　去十四日は当地にて一年に一度のおまつり日にてちようど熊本の八月十五日とおなじ事に御座候処そのにぎあひはずゐびようを百ばかりあわせ候てもまだ〳〵かなわぬくらゐに御座候　にんげんはうじ虫の様にうや〳〵いたし馬車(ばしゃ)は蟻(あり)のどふ〳〵の様にどよ〳〵いたし候　さすがは西洋(せいよう)にても一二をあらそふみやこにて人もずいぶん沢山にこれあり　尚又花美なる事は西洋一ばんとのひようばんにたがわす　そのうや〳〵いたしてうじ虫の様なるにんげんを一ぴき〳〵づゝ見わけ候へば男は黒色のきものに黒色のぼーしにてさつぱりときれいにいたし熊本などの五十円どりぐらゐのくわん

ゐんさんは足もとれぬくらゐにこれあり　女は又赤青黄紫といろいろにきかざり孔雀のしり尾をひろげたる様なる風にてあるき申候　しかるにこれはいつれも町人百姓にて庄九郎忠左ヱ門がおさよ鶴松をつれてずゐびようけんぶつにまゐり候とおなじ事に御座候　その上の嘉十郎さんや恒八さんぐらゐの人々はもはやいづれも馬車にのりてゐらひかほつきいたし居候　夜に相成候へばパリス中はどこもかしこもがす燈やらちよふちんやらにてひるの様なるけしきにこれあり　辻々にはなにやらおかしき鳴りものをならし候へばそのうじ虫の様なるにんげんが男と女と手をひきあひておどり申候　それがまことにおもしろそうなるかほつきにて御座候へとも私どもがけんぶついたし候てはなにかきちがひのよりあひの様に相おぼへ申候事に御座候　そのほかいろ〳〵風俗のおはなしは十まい二十まいかき候てもとてもおしまいには相成らす候間まづ〳〵これにて相やめ申候　道中のおはなしも沢山にたまり居候へともこれもとても一寸にてはおしまひに相成らす候間みな〳〵二年のちにめて度く帰国いたし候せつの御みやげばなしに箱入りにいたし候てふうじめいたし置候　私このせつの道中はまづ漢天竺をめぐりて西洋にまゐりたる事にていつれも一寸舟よりあがりて一ト目けんぶついたし候くらゐゆへくわしくは相わからす候へともてんじくはまことにあわれなるありさまに相成居西洋人の足のしたにふみしかれ居候　その風俗は男女いづれもおしやかさんのねはんの御ぞふに相見へ候身なりとすこしもかわらすまことにおとなしそふなるにんげんに御座候ところなにのいんぐわやら西洋人の足のしたに相成ひにん長りんぼふよりもわるくとりあつかわれ蓮の葉の上になにかとふ腐のかすの様なるものをのせて手づかみにいたし候てたべその外木のみかやのみをたべ候ありさまをけんぶついたし候へばなにとなくむごたらしく相おぼへ候事に御座候　おなじにんげんに生れながらゆだんいたし候へばこのとほりに相成候ものゆへ日本人などもゆだんせぬ様にいたし度ものに御座候漢はずゐぶんきたならしく候へともまづ〳〵日本とまけずおとらずの国と存候　西洋はざんねんながら日本とくらべ候へばどふやらまけそふに相おぼへ申候　よほど日本人はうんとはりこみ候ハねばまだなか〳〵あぶなき事と存候　西洋人はよくはたらきまことにきこんづよく又ずゐぶんぎやうぎよきところもこれあり候　たゞ〳〵日本にてきゝ居候よりもはなはだしく相おぼへ候事は女のいばり候事に御座候　舟の中にては夫婦づれいくたりもこれあり　あさばんに目をつけ居候へば日本にて男が女をあいしらひ候をさかさまにいたして女がいつも男をあいしらひ居候事に御座候　一寸たとへて申候へばおひろさんが元雄さんに「これ〳〵元雄わらわは舟の上にすゞみにまゐる程にそのしきものと枕をもつてきや」とおひめさまが下女にものをいひつくる様に申候へば元雄さんは「ハイ〳〵かしこまりました」としきもの枕をもちておひろさんのあとよりおと

五

六

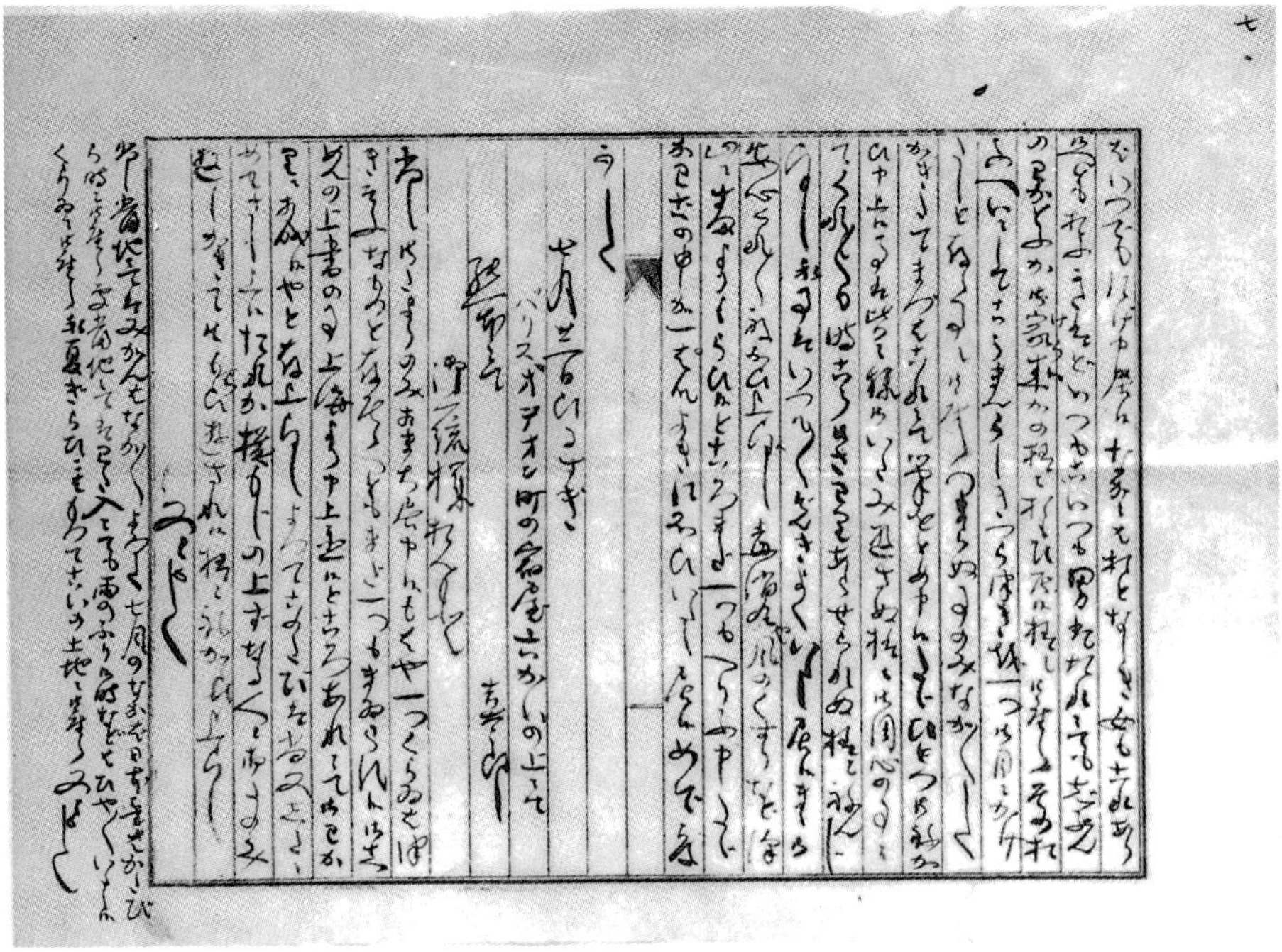

もして舟の上にまゐる事に御座候　又おひろさんが「のどがかわく」と申候へば元雄さんはすぐに「御酒をめしあがりますか水をめしあがりますか」とき〻て水がよしとおひろさんが申候へば水をもちてまゐり「御酒がほしい」と申候へばさかづきと徳利をぼんにのせてまゐり「ま〻〻一杯おすごし遊ばせ」と御ていすがおくさんに御しやくをしてのませ申候　これは舟の上にて女はおふかた舟よい致しからだがいごけぬ様に相成候ゆへかくべつにかようにいたし家の内にてはかようにはこれなきかもしれず候へともしかしそふたいに御亭主(ていす)は馬鹿(ばか)の様にていねいにこれあり　おくさんは又わきからはらの立つくらゐにおふへいなるかほつきいたし居候　この事が一ばんばからしくおかしく相おぼへ申候　舟の中にては四十二日があひだのりこみの男女はみな〳〵一家内の様にしたしみ候事ゆへ私もことばはふわかりながらやはりそのなかにつきあわねば相ならず候ところ女にはたれのおくさんにてもたれのむすめにてもそふたいにていねいにみな〳〵いたし候事ゆへこれにはよはり申候　たとへば女がとなりにすゞみにまゐり候へばすぐにこしかけものをとりてあたへ女がものをおとし候へばすぐにひろいてあたへ候事に御座候　あまりおかしく候間私はいつでも女の居るところにはまゐらす女がまゐり候へばいつでもにげ申居候　なかにはおとなしき女もこれあり候へどもおふかたはどいつもこいつも男はたれにてもじぶんのわかとふか御家来(けらい)かの様におもひ居候様

に御座候　そのおふへいにしてこうまんらしきつらつきを一つ御目にかけたしと存候事に御座候　つまらぬ事のみなが〱しくかきたてまづはこれにて筆をとめ申候　たゞひとつ御ねがひ申上候事は皆々様御いたみ遊さぬ様に御用心の事にてくれ〲も時こう御さわりあらせられぬ様にねんじ参候　私事はいつも〱げんきよくいたし居候まゝ御安心くれ〱ねがひ上参候　毒消丸や風のくすりなど沢山にすまよりもらひ候ところまだ一つもへり不申　たゞかわごの中が一ぱいよきにほひいたし居候めで度かしく

七月廿一日ひるすぎ

パリス、オデオン町の宿屋六かいの上にて

吉太郎

熊本市にて

御一統様　おんもと

尚々御たよりのみ相まち居申候もはや一つくらゐはつきそふなものと存居候へともまだ一つもまゐらす候　御しめんの上書の事上海より申上置候ところあれにて御わかりに相成候やと存上参候　よつてこのたびは尚又したゝめてさし上候　たれか横もじの上ずなる人に御たのみ遊しかきて御もらひ遊され候様にねがひ上参候

又々かしく

尚々当地にてはみがんはなか〱よろしく七月のなかば日本にてはかたびら時に御座候処当地にてはわた入にても雨のふり候時などはひや〱いたし候くらゐに御座候　私夏ぎらひにはもつてこいの土地に御座候　又々かしく

池辺三山から弟池辺穫三郎へ、明治25年7月21日（現代語訳）

フランスの都パリから一筆申し上げます。皆々様おそろいご機嫌よくお過ごしのこと、おめでたく慶賀申し上げます。私、吉太郎は、今月三日当地に無事に到着し、相変わらず元気よく暮らしておりますのでご安心下さいますようお願い申し上げます。今月二日の日にマルセーユの港から一通さしあげましたので、届いたことと存じます。その折、申し上げましたとおり、当地に着いてからはしばらくは何かと取り紛れることが多く、お便りを延引いたしましたので、さぞ、お待ち遠しくお思いなさっておいでのことと存じます。

世子（護成様のこと）には今度はじめてお目通りいたしましたのでどんなご様子かと思ってまことにお人柄よく何事も心安く仰って、私はお付きに参って、かえって私がお世話にだけなるくらいでございます。そういう状態でございますから、今後もあまり骨が折れるようなことはございませんでしょうと存じます。このことはご安心をお願いいたしたく存じます。吉田も親切に世話をしてくれます。同人は私が当地に到着の上は早々に帰国のはずでございましたが、ただいまの様子ではどうやら別に金の工面をし、このさきしばらくは当地に滞在するとのことでございます。そうなりましたならば、私はますます都合よく同人とは長い間の知り合いの関係でございますから、私ができるだけはこちらのことよりもあの方のためになるよう心配するつもりでございます。

そのほか当地には日本人が二十人ばかりおり、誰とも大方は知り合いになりました。そのうち七、八人が集まって、四、五日前に久しぶりに日本の飯を炊き、鯛の刺身に骨、頭のうしお、茄子と牛肉の煮染めなどができ、大楽しみで腹をふくらしました。このようなことは当地では自分でいたしませんと、ホテルの者などは誰も日本の流儀の料理法を知る者もありませんので、一同そろって自分でやり、三十、四十くらいの髭の生えた大の男が炊事をし、ままごとのようなことをし、ずいぶん奇妙なことでございました。しかし、このままごとが一番面白く感じたことでございます。

私のホテルは世子のホテルのすぐ近所のオデオン通りという所で、七階建ての六階でございます。三階、四階くらいの部屋はなかなか値段が高いので六階に決め、昇り降りにずいぶん苦労することでございます。当地の家はどれも六階か七階か八階くらいあり、下の方は家賃が高く、上へ行くほど安くなります。そういう様子で一つの家に十世帯も二十世帯も住まい、六階、七階、八階などはみな貧乏人が住んでいるのでございます。私などは何処にいても貧乏人の仲間で六階暮らしも仕方ございません。しかし、日本の宿屋に比べればなかなか綺麗です。大きな姿見の鏡が二つ壁にかかり、夜具はふわふわで、椅子はぷくぷくしており、十畳くらいの一間と四畳くらいの一間と狭い台所がついております。宿屋に台所はおかしいのですが、当地の人は家を持たず、一家中が皆ホテル暮らししております者もあるということで所々に台所付きの部屋があると申します。そんなことですから、ふつうの家を借りるのとだいたい同じことで、ただ、宿屋とは寝具、椅子、机などが備えつけてあることだけが違いでございます。ただの家を借りますと、このような道具はみな自分で買うことになるわけでございます。

そんなことにいたしまして、私はホテルでは朝飯だけをたのみましたので、昼飯晩飯は外の料理屋へ行ってたべておりますので、はじめのうちはまことに面倒でございましたが、度々になると、かえって運動になり、体のため良いようでございます。食事代は一度がだいたい四十銭くらい、少し食欲が旺盛なときは知らぬ間に七八十銭ほどぐらいは食べます。それ故、飲食とホテル代がだいたい一月に六七十円くらいはかかるだろうと存じます。しかし私は一月に百円ずつ頂きますので、まずまず潤沢にできるだろうと存じます。この上に贅沢をいえばいくらでも限りがないことで、一晩に百円かかるホテルはいくらもあるそうでございます。貧乏国の日本の中でなおまた貧乏人の我々は一月六、七十円でもまだまだ過分だと思うことでございます。しかし、細川様のご外聞もあることでございますから、このくらいにしていてちょうど良いかと存じます。東京から持ってまいりました用件も大方は片づきましたので、これからはそろそろ自分の学問にもとりかかり、せっかくのご好意を無にしないように勉強しようと存じます。

この五、六日は東京で前から知っていた佐藤という人がアメリカから当地へ参り、この人も当地ははじめてのことなので、連れ立って見物などいたしました。去る十四日は当地では一年に一度のお祭り日で、ちょうど熊本の八月十五日と同じことでございました。その賑わいは随兵[*1]を百ばかり合わせてもまだかなわないくらいでございます。人間はウジ虫のようにうやうやし、馬車は蟻のどうどうのようにどよどよし、さすがは西洋でも一二を争う都で人もずいぶん沢山ですし、また華美なことは西洋随一との評判どおりで、そのうやうやしてウジ虫のような人間を一匹ずつ見分けると、男は黒色の衣服に黒色の帽子でさっぱりと綺麗にしており、熊本などの月給五十円ももらっている官吏さんは足元へもよれぬくらいで、女性はまた、赤、青、黄、紫といろいろに着飾り、孔雀の尻尾を拡げた風で歩いておりました。ところが、これはどれも町人、百姓で、庄九郎、忠左衛門がおさよ、鶴松をつれて随兵を見物にくるのと同じことでご

穫三郎画、池辺三山の肖像

ざいます。その上の嘉十郎さんや恒八さんぐらいの人々は誰もみな馬車に乗り、偉い顔つきをしておりました。夜になるとパリ中どこもかしこもガス灯やら提灯やらで昼のような景色になり、辻々に何かおかしな音楽を奏でていますので、そのウジ虫のような人間が男と女と手をとりあって踊りました。それがまことに面白そうな表情でございましたけれども、私共が見物していると何か気違いの集まりのように感じました。そのほか、いろいろ風俗の話は十枚、二十枚書いてもとても終わりにはなりませんので、まず、これで止めることにします。旅行中の話も沢山たまっておりますが、みな二年後に帰国しましたときの土産話に箱に入れて封をしておきます。

私のこのたびの旅行は、まず中国、インドをめぐって西洋に参ったことで、いずれも一寸舟からあがって一目見物したくらいのことですから、詳細は分かりませんが、インドはまことに憐れな有り様になっており、西洋人の足の下に踏みしかれていました。その風俗は男女いずれもお釈迦様の涅槃の御像に見えるみなりとすこしも変わらず、まことにおとなしそうな人間でございますのに、何の因果か、西洋人の足の下になり、ちょうりんぼうよりも悪く取り扱われ、蓮の葉の上に何か豆腐の粕のようなものを乗せて手づかみにしていますので、そのほか、木の実や椰の実をたべている有り様を見物しましたので何となくむごたらしく感じたことでございます。同じ人間に生まれながら油断していればこのとおりになるものですから、日本人なども油断しないようにしたいものでございます。中国はずいぶん汚らしくはありますが、まずは日本と負けず劣らずの国と存じました。西洋は残念ながら日本と比べるとどうやら負けそうに思いました。よほど日本人はうんと頑張らなければまだなかなか危ないことと存じます。西洋人は良く働き、まことに気根強く、また、ずいぶんと行儀よいところもあるようです。ただただ日本できいておりましたよりもはなはだしく感じましたのは、女の威張っていることでございます。船の中では夫婦連れにも幾組も一緒になり、朝晩気をつけておりましたら、日本で男が女をあつかうのとは逆さまにして、女がいつも男をあつかっておりましたことでございます。一寸たとえて申しますと、おひろさんが元雄さんに「これこれ私は舟の上に涼みに参りますので、その敷物と枕をとってきておくれ」とお姫様が下女にものを言いつけるように申しますと、元雄さんは「ハイハイかしこまりました」と敷物と枕をもっておひろさんのあとからお供をして舟の上に参ることでございます。また、おひろさんが「咽喉が乾く」と申しますと、元雄さんは「お酒を召しあがりますか、水を召しあがりますか」と聞いて水がよいとおひろさんが云えば水を持っていき、「お酒がほしい」と云えば盃と徳利を盆の上に乗せて参り、「まあ一杯お過ごしなさいませ」とご亭主が奥さんにお酌をして飲ませます。これは舟の上で女は大方船酔いし、体が動けぬようになるため格別にこのようにして、家の中ではこのようにはしないのかもしれませんが、しかし総じてご亭主は馬鹿のように丁寧で、奥さんはまた、脇からみても腹の立つくらいに横柄な顔つきをしております。このことが一番馬鹿らしくおかしく感じました。舟の中で四十二日の間のりこんでいた男女はみな一家族のように親しんで、私も言葉は分からぬながら、やはりその中で交際しなければならないので、女には誰の奥さんでも誰の娘でも総じて丁寧に皆々いたしましたから、これには弱りました。たとえば女が隣に涼みに参りますとすぐに腰掛けをとって与え、女が物を落とすとすぐ拾って与えることとでございました。あまりおかしいので、私は何時でも女がいる所へはいかず、女が参りますと何時も逃げておりました。中にはおとなしい女もありましたが、大方はどいつもこいつも男は誰でも自分の若党かご家来のように思っていたようでございます。その横柄で高慢らしい顔つきをひとつお目にかけたいと思っておりますような状態でございます。

つまらない事ばかり長々と書いて来てまずはこれで筆をとめます。ただ一つお願い申し上げることは皆々様がご病気なさらぬようご用心していただきたいということで、くれぐれも天候のためさしさわりがありませんよう念じております。私はいつも元気で過ごしておりますのでくれぐれもご安心下さいますようお願いします。毒消丸や風邪の薬など沢山にすまから貰いましたところ、まだ一つも減っておりません。ただ鞄の中が一杯良い匂いがいたしております。めでたくかしく。

七月二十一日昼過ぎ

パリ、オデオン通りのホテルの六階で　吉太郎

熊本における

皆々様のお許へ

なお、お便りを待ち申し上げます。もう一通くらいは着きそうなものと存じますが、まだ一通も着いていません。ご書面の上書きのことは上海から申し上げておいたところですが、あれでお分かりならないかと存じます。よってこの度はなおまた書き認めて差し上げます。誰か横文字の上手な人にお頼みなさって、書いてお貰いなさるようお願い申し上げます。またまたかしく。

なお、当地ではみがん[*2]はなかなかよろしく、七月の半ば、日本では帷子を着る時でございますが、当地では綿入れでも雨が降るときなどは、冷や冷やしたほどでございます。私のような夏嫌いにはもってこいの土地でございます。またまたかしく。

*1 「随兵」は将軍出行のとき、武装し、騎馬で警護にあたる武士、熊本における祭礼の際の武者行列か。

*2 「みがん」は「蜜柑」の天草地方の方言という（日本国語大辞典）。熊本でも同様であれば、ネーブル・オレンジを指すと思われる。

樋口虎之助から妹一葉へ

樋口則義・たき夫婦には六人の子供がいた（ただし三男は早世）。長女のふじは早く嫁ぎ、次男虎之助（一八六六〜一九二五）は勉強嫌いで父と折合いが悪く、分家のうえ薩摩焼画工の修業に出された。父はおとなしい長男泉太郎に期待し、二十歳前の彼に家督を譲ったが（戸主は兵役免除、徴兵逃れのためという）、彼はまもなく肺結核で死亡した。次女のなつ（一葉）が樋口家の戸主となったのはそのためである。警視庁を退職した則義が事業に失敗し、明治二十一（一八八八）年に借財を残して没した後、母と妹・三女くにの生活は、女戸主一葉の肩にかかってきた。

この二通の葉書は、奇山と号して一人前の職人となった虎之助が、悪戦苦闘する妹を援助する姿を伝えるもの。時代は日清開戦前夜、一葉は吉原大音寺前の店を閉じ、本郷丸山福山町に移って小説に専念しようとしていた。なお一葉の小説「うもれ木」の陶器画工の生活は、この兄によるところが大きい。

（十川信介）

樋口虎之助から妹一葉へ（明治27年4月1日）

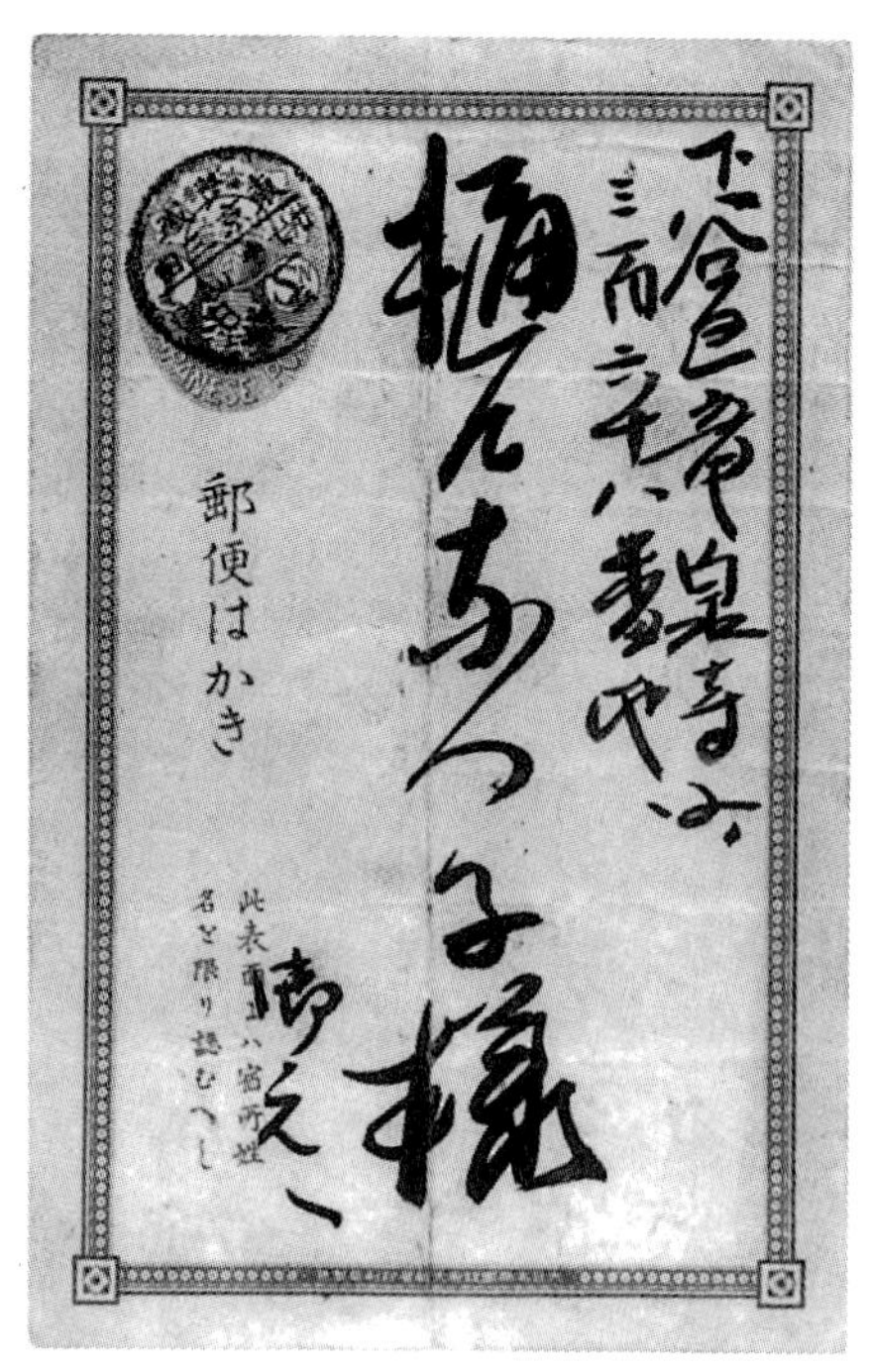

拝啓　御約定ノ金一円五十戔
今日通運便ヲ以テ差出候ニ付キ
多分明日中ニハ御手元へ相届
可申候間此段一寸御報申
上候　芝区田町六丁目二番地
四月一日　　樋口虎之助

一葉の丸山福山町の旧宅の模型

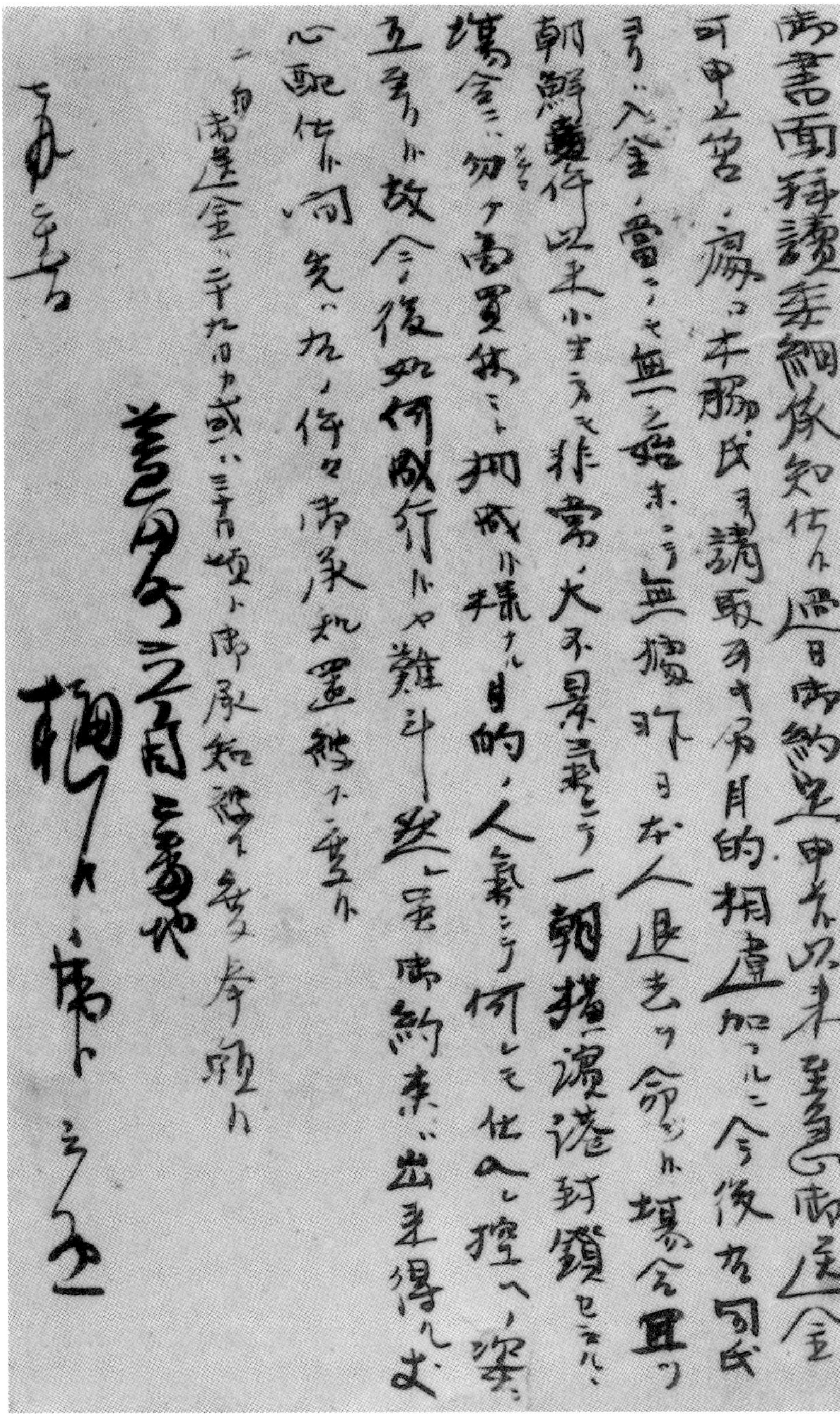

樋口虎之助から妹一葉へ（明治27年７月27日）

御書面拝読委細承知仕候　過日御約定申上候以来至急御送金可申上筈（はづ）ノ処ロ木脇氏ヨリ請取可キ分目的相違加フルニ今後右同氏ヨリハ入金ノ当テモ無之始末ニテ無拠（よんどころなく）昨日本人退去ヲ命ジ候場合且ツ朝鮮事件以来小生方モ非常ノ大不景気ニテ一朝横浜港封鎖セラル、場合ニハ忽（タチマ）チ商買休ミト相成候様ナル目的ノ人気ニテ何レモ仕入レ控ヘノ姿ニ立至リ候故今後如何成行候ヤ難斗　然レ雖御約束ハ出来得ル丈心配仕候間先（まづ）ハ右ノ件々御承知直披下度候

二白　御送金ハ二十九日カ或ハ三十日頃ト御承知枝下度奉願候

芝区田町六丁目二番地

七月二十七日　　樋口虎之助

樋口虎之助から妹一葉へ、明治27年7月27日（現代語訳）

ご書面拝読し、詳細承知いたしました。先日お約束申し上げまして以来至急にご送金申し上げるべきはずのところ、木脇氏から受け取るべき分が目算と違い、しかも、同氏から入金の当てもない始末で、やむを得ず、昨日本人に退去を命じた状況です。その上、朝鮮事件以来、私の方も非常に不景気で万一横浜港が封鎖される場合はたちまち商売が休みとなるような目算の景気で、誰も仕入れを控えるような状況になっておりますので、今後どうなるかは予測しにくいのですが、お約束はできるだけ心がけますので、さしあたり、以上のことはご承知おき下さるようお願いいたします。

ご送金は二九日か三〇日ころとご承知下さるようお願いします。

七月二七日

芝区田町六丁目二番地

樋口虎之助

本郷区丸山福山町四番地

樋口なつ子様　みもとへ

萩原朔太郎から従兄栄次へ

『月に吠える』（初版）には「従兄　萩原栄次氏に捧ぐ」との献辞がある。栄次は、朔太郎の父密蔵の兄玄碩の長男。明治二十五（一八九二）年四月から二十九年三月まで（前橋中学）と、三十三年十一月から三十五年秋まで（代診）の二回前橋の萩原家で朔太郎等と生活をともにした。三十三年四月には朔太郎は前橋中学校に入っていたので栄次はよき話相手であり、文学や、広く芸術や思想について栄次から得たものは少くなかったであろう。

朔太郎は一年浪人の後、四十年九月に第五高等学校（英文科）に入学した。手紙は四十一年四月ごろに書かれたものと推定されるが、当時の文学的趣好、実作がわかって貴重である。四十一年九月には第六高等学校（独法科）に入り直したが、ここでも学業に身が入らず、ドイツ語で落第しそうなので、やめてドイツに行きたいと五月四日から五日にかけて河内の栄次に相談に行っている。葉書はその時のものである。

（久保忠夫）

萩原朔太郎（1886—1942）

萩原栄次

前略

御玉章拝誦、只御懐かしさに繰り返し拝誦仕り候、

夏の休暇には第一に御面会いたしてつもる話をいたしたくそれのみ楽しみに致し居り候、

菫や紫雲草の咲き乱れた野路を逍遥して空想にふけるのが此頃唯一の楽しみでございます、

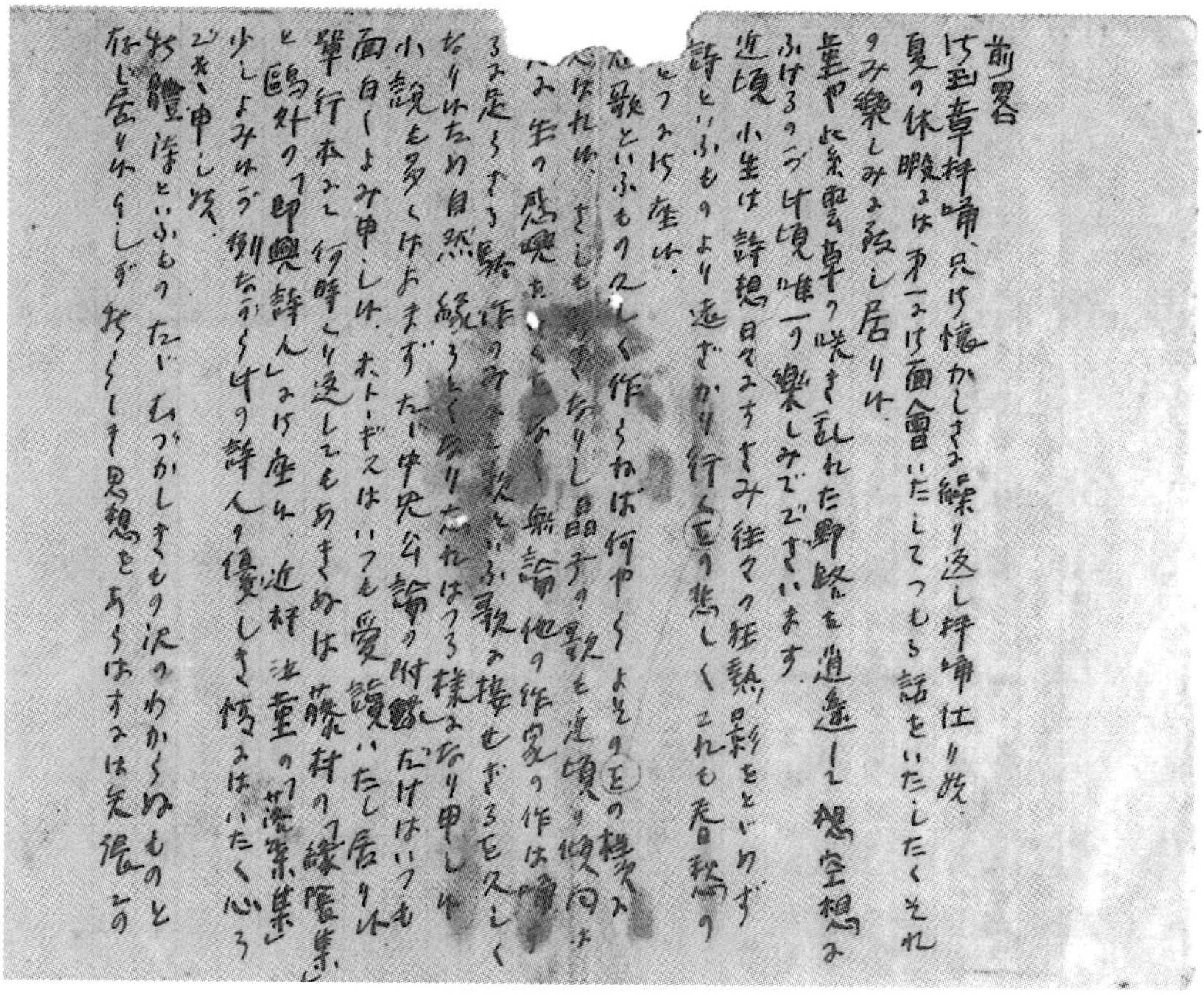

萩原朔太郎の従兄栄次宛書簡下書き（明治41年4月頃）

近頃小生は詩想日々にすさみ往々の狂熱影をとゞめず詩といふものより遠ざかり行くことの悲しくこれも春愁の□とつに御座候、

□歌といふもの久しく作らねば何やらよそのことの様に□はれ候、さしも好きなりし晶子の歌も近頃の傾向は□に生の感興を□くことなく無論他の作家の作は唾するに足らざる駄作のみにて歌といふ歌に接せざること久しくなり候ため自然縁うとくなり忘れはつる様になり申し候、

小説も多くはよまずたゞ中央公論の付録だけはいつも面白くよみ申し候、ホト、ギスはいつも愛読いたし居り候、単行本にて何時くり返してもあきぬは藤村の「縁陰集」と鷗外の「即興詩人」に御座候、近杆泣菫の「落葉集」少しよみ候が例ながら此の詩人の優しき情にはいたく心うごき申し候、

新体詩といふものたゞむづかしきもの訳のわからぬものと存じ居り候ひしが新らしき思想をあらはすには矢張この形によらねばならぬものと悟り申し候、

さりながら小生は今の長詩のあらゆる流をすかず、鉄幹、林外、有明、泡鳴、等は元より泣菫も近時「二十五弦」よりして全くきらひになり申し候、小生はあらゆる人の流より独立して自己の思想を発表する最も適当なる方法をとることの正れるを悟り申し候、

近詠二、三有之候間御高正をあほぎ申し候、但しいづれも自負

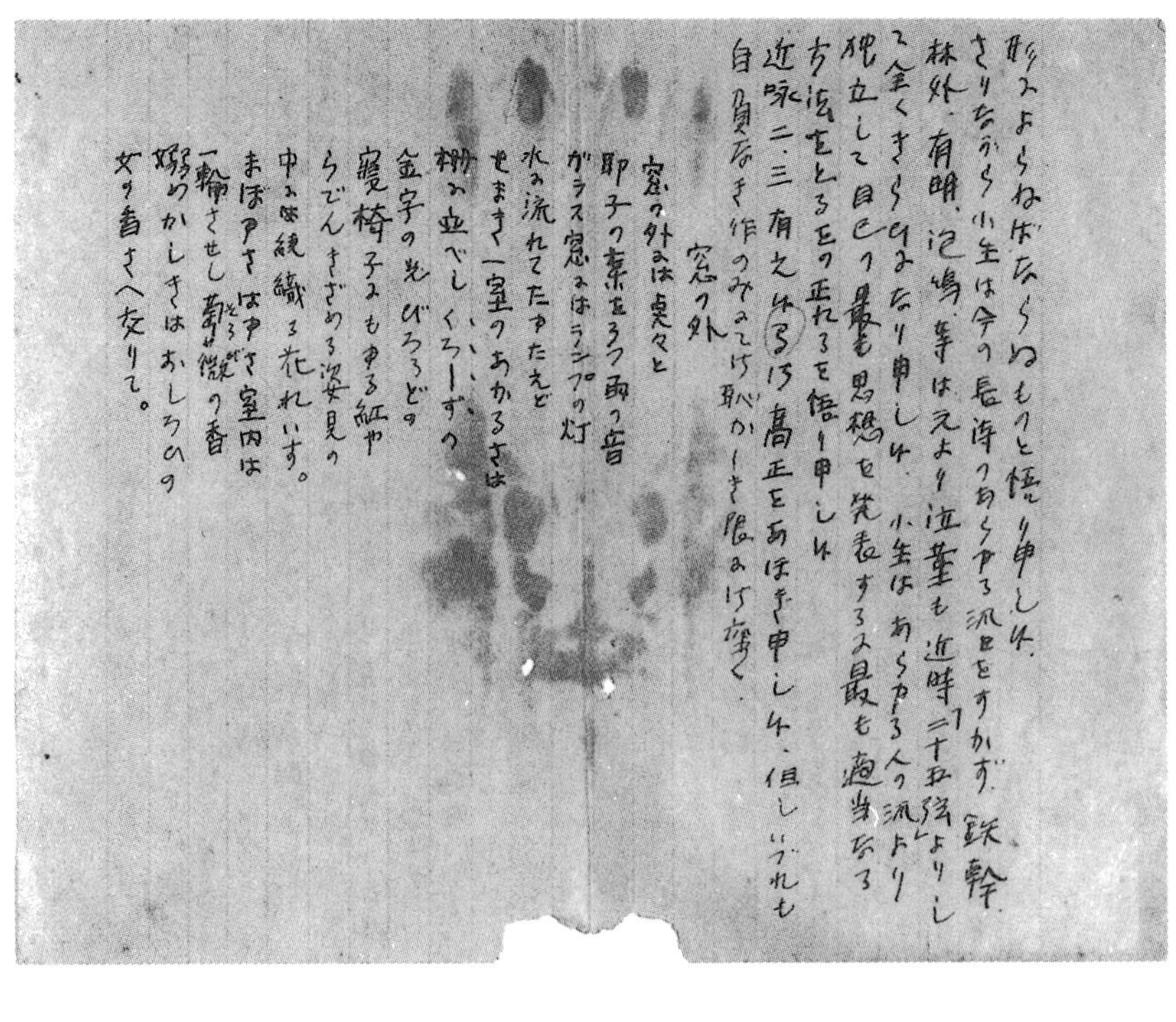

形によらねばならぬものと悟り申し候。
さりながら小生は今の長詩のあらゆる流派をすかず。鉄幹
林外、有明、泡鳴等は元より泣菫も近時二十五絃よりし
て全くきらひになり申し候。小生はあらゆる人の流より
独立して自己の最も思想を発表するに最も適当なる
方法をとる方の正れるを悟り申し候
近詠二・三有之候るば高正をあほぎ申し候。但しいづれも
自負なき作のみにて恥かしき限に御座候

窓の外

窓の外には点々と
耶子の葉をうつ雨の音
ガラス窓にはランプの灯
水に流れてたゆたえど
せまき一室のあかるさは
棚に並べしくろーずの
金字の光びろうどの
寝椅子にもゆる紅や
らでんきざめる姿見の
中に綾織る花れいす。
まぼゆさはゆさ室内は
一輪させし薔薇の香
嫋めかしきはおしろひの
女の香さへ交りて。

なき作のみにて御恥かしき限に御座候、

窓の外

窓の外には点々と
耶子の葉をうつ雨の音
ガラス窓にはランプの灯
水に流れてたゆたえど
せまき一室のあかるさは
柵に並べしくろーずの
金字の光びろうどの
寝椅子にもゆる紅や
らでんきざめる姿見の
中に綾織る花れいす。
まぼゆさはゆさ室内は
一輪させし薔薇(そうび)の香
嫋めかしきはおしろひの
女の香さへ交りて。
女は二人三人の
すとーぶかこむ物談
しめやかなるをしかすがに
罪なきものを有興(うきよう)して

破格に興ず　ぶろいどの
笑くぼは艶にきざまれぬ、
窓の外には点々と
雨のしづくのしめやかさ
耶子のしげみをすかしみる
五月の空は暗けれど
夜はふけゆきぬ音もなく。

旅に□て旅をする人
（旅よりかへりて友に送れる）

旅にいて旅をする人
夢をみて夢みるこゝろ
遠き昔のうつゝをば
したひてみけどさめやらぬ
夢にしあればさめやらぬ
さめぬに胸はふたがけて
知らぬ異国のいさごちに
きのふは泣いてかへりけり。

かゝる日こそ悲しけれ。

寄宿舎の二楷なる
とある一間に我はしも
かりそめの病を嘆く。
天井の太きうつばり
かんごくのそれにも似たれ
物おく柵には行李カバン
狼藉としてうづたかき
柵の釘にはやぶれ袴　また
柔術の稽古衣や
麦藁帽子ふちとれて
いさましきふるびよう
リボンの色の海老茶色
形のみ残れ……。
日はくれ方のうすあかり
楽書多き壁にそへ
雨は油のしと〱と
窓はくもりぬ。かゝる日こそ悲しけれ。
思ふは切(せち)に人の上
別れし人の上をば
ねぐるしき夢にみる
かゝる日こそ悲しけれ。

朔太郎拜

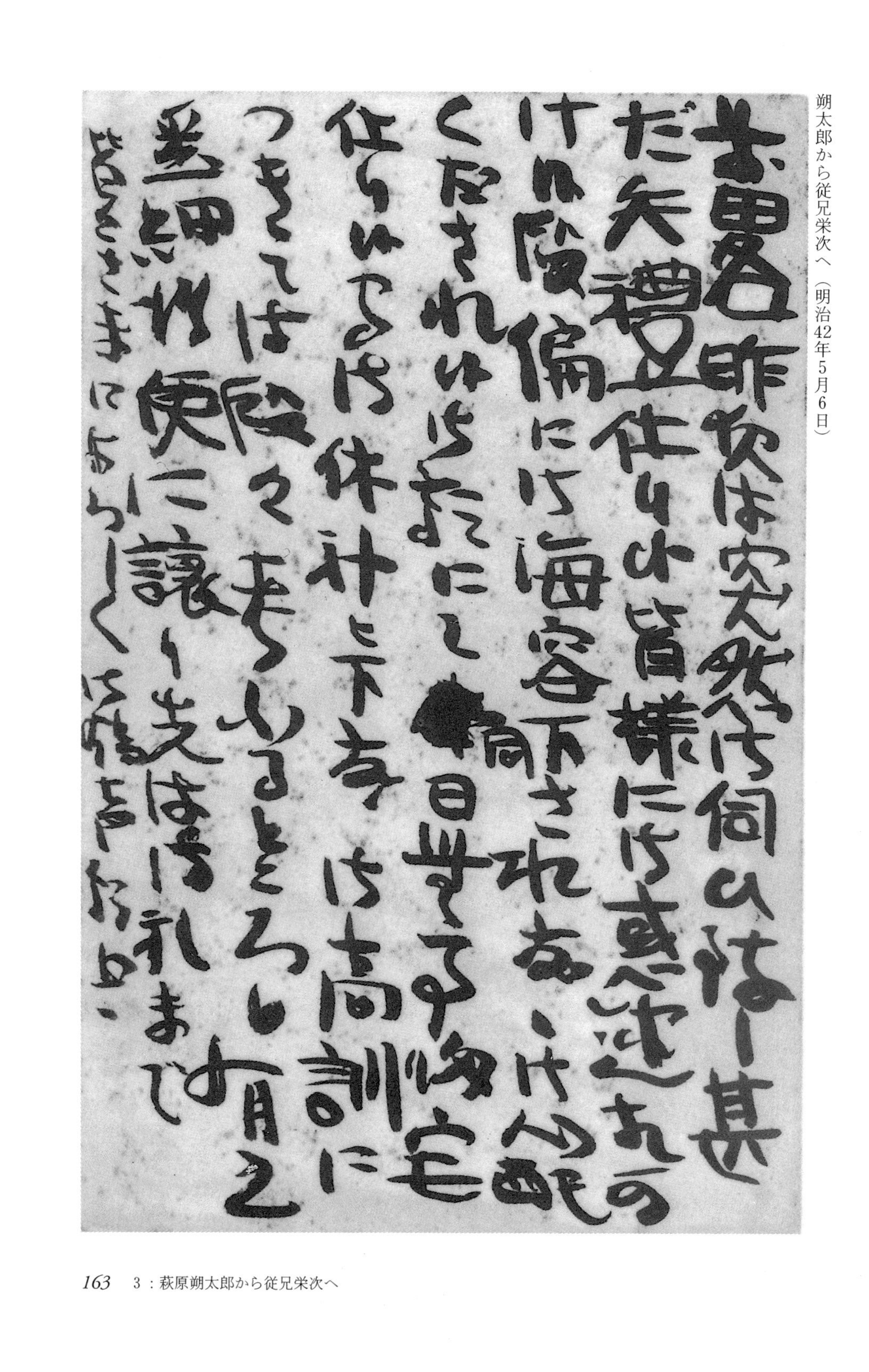

朔太郎から従兄栄次へ（明治42年5月6日）

明治40年、大阪・萩原家の人々。前列右より萩原玄碩、二人おいて広瀬ワカ、後列左端栄次

前略　昨夜は突然御伺ひ致し甚だ失礼仕り候　皆様に御惑迷相かけ候段偏に御海容下され度候　御心配くだされ候御影にて同日無事帰宅仕り候　間御休神被下度候　御高訓につきては段々考ふるところも有之悉細後便に譲り先は御礼まで
　皆々さまによろしく御鶴声願上候

萩原朔太郎から萩原栄次へ、明治42年5月6日（現代語訳）

前略
昨夜は突然お伺いし、たいへん失礼いたしました。皆様にご迷惑をおかけしましたこと、ひとえにご容赦下さい、ご心配頂いたおかげで同日無事に帰宅いたしましたのでご安心下されたく存じます、ご教訓についてはいろいろ考えるところもあり、詳細は次の手紙に譲ることとし、とりあえずお礼まで。
皆々様によろしくお声をおかけ下さるようお願いいたします。

石川啄木から妹光子へ

この書簡は啄木の最晩年、貧困と病苦のさなかで啄木から妹光子に宛てたものである。高熱を発した長女京子のためには、どんな犠牲を払ってもよい、という啄木の家族に対する愛情、また、妹の衣類を質入れしてしまって、返すのはしばらく待ってもらいたい、という生活の窮状の率直な告白にも、肉親間の血の絆の強さが窺われる。しかし、この書簡の興趣は「不愉快な事件」にキマリがついたと知らせ、しかも、「この事についてはもう決して手紙などにかいてよこしてくれるな」と書いていることにある。不愉快な事件とは啄木の多年の親友かつ義弟であり、生活上の保護者でもあった宮崎郁雨と義絶するにいたり、啄木の生活がますます追い詰められることとなった事件をさす。これは郁雨と啄木の妻である節子との間に不貞があったのではないかとの啄木の疑惑から生じた。家庭内の秘事を知らせ、しかも、もう書いてくれるな、という姿勢にも肉親の絆の微妙さが認められるであろう。

（中村　稔）

光子

石川啄木（1886―1912）

『一握の砂』（明治43年）、光子への献呈本。表紙裏に明治38年仙台で友人と撮った写真が貼られ、啄木の説明文を光子が記した。

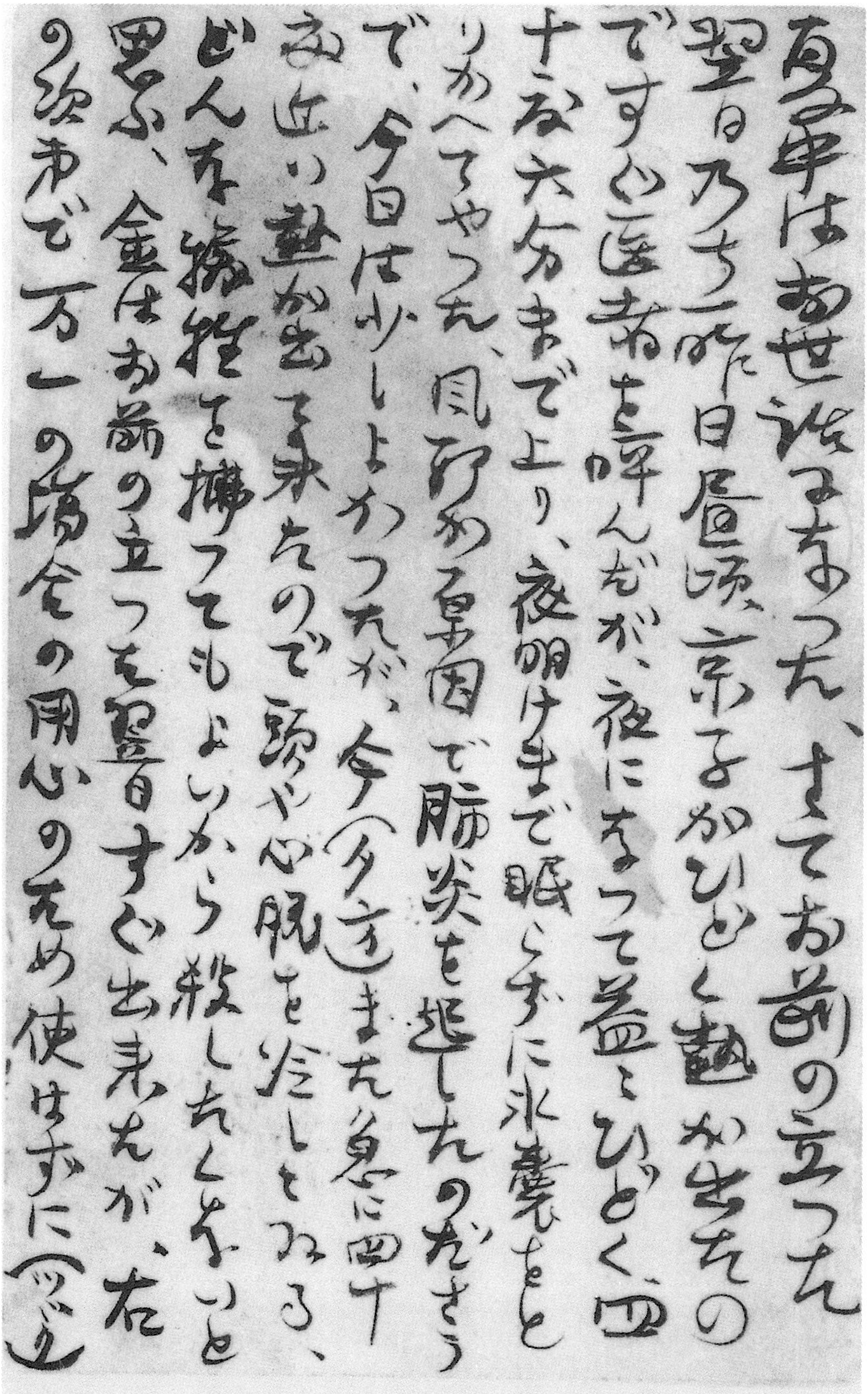

啄木から光子へ（明治44年9月16日）

貞子はお世話になつた、すてお前の立つた
翌日乃ち昨日昼頃京子がひどく熱が出たの
ですぐ医者を呼んだが、夜になつて益々ひどく四
十度六分まで上り、夜明けまで眠らずに氷嚢をと
りかへてやつた、風邪が原因で肺炎を起したのださう
で、今日は少しよかつたが、今（夕方）また急に四十
度近い熱が出て来たので頭や心臓を冷してゐる、
どんな犠牲を払つてもよいから殺したくないと
思ふ、金はお前の立つた翌日すぐ出来たが、右
の次第で万一の場合の用心のため使はずに（つゞく）

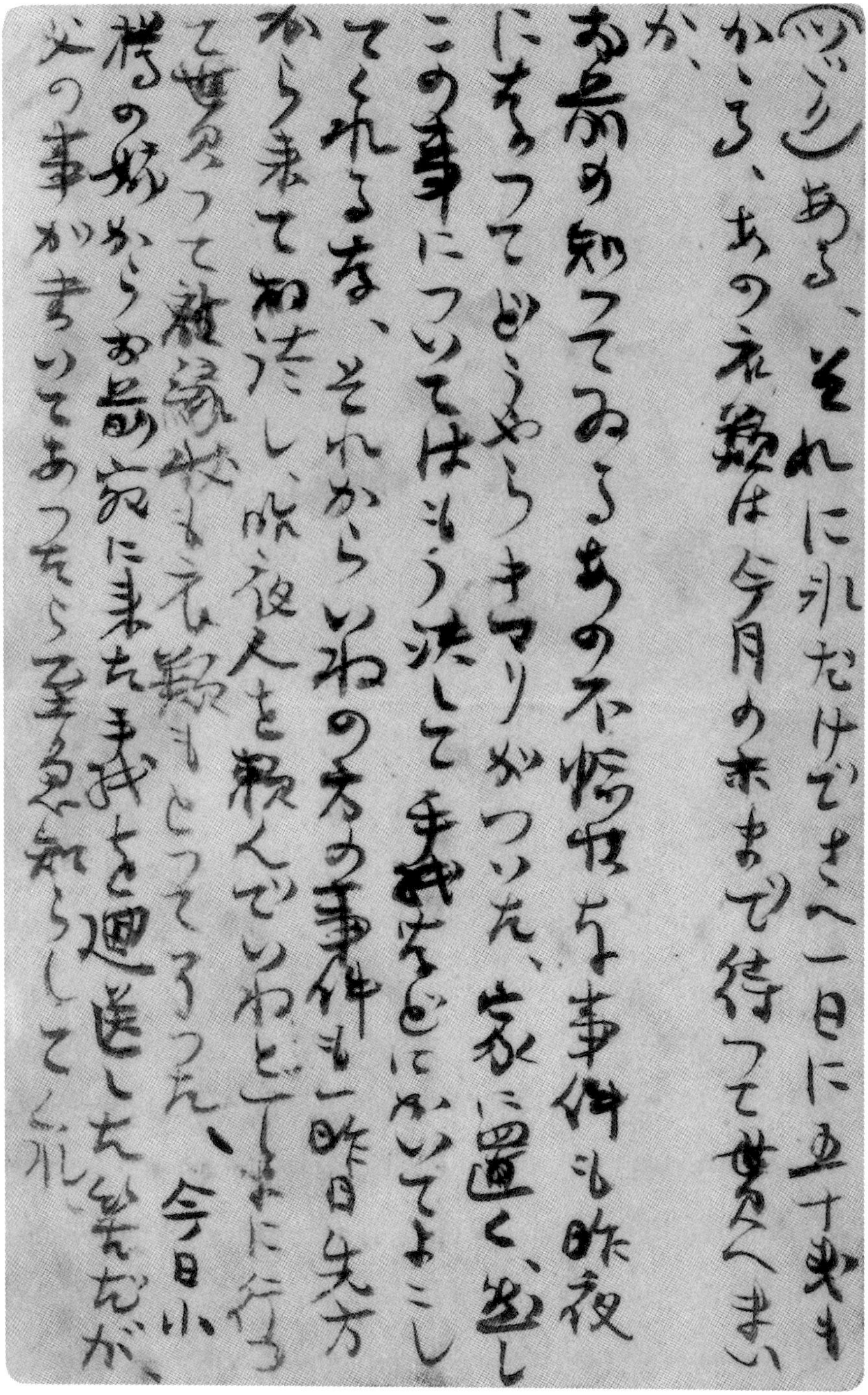

啄木から光子への明治44年9月16日のはがきの2枚目

（つゞき）ある、それに氷だけでさへ一日に五十銭も
かゝる、あの衣類は今月の末まで待つて貰へまい
か、
お前の知つてゐるあの不愉快な事件も昨夜
になつてどうやらきまりがついた、家に置く、然し
この事については決して手紙などにかいてよこし
てくれるな、それからいねの方の事件も一昨日先方
から来て相談し、昨夜人を頼んでいねと一しよに行つ
て貰つて離縁状も衣類もとつて了つた、今日小
樽の姉からお前が家に来た手紙を廻送して来たが、
父の事がかいてあつたら至急知らしてくれ

夏中はお世話になつた、さてお前の立つた翌日乃ち一昨日昼頃京子がひどく熱が出たのですぐ医者を呼んだが、夜になつて益々ひどく、四十度六分まで上り、夜明けまで眠らずに氷嚢をとりかへてやつた、風邪が原因で肺炎を起したのださうで、今日は少しよかつたが、今（夕方）また急に四十度近い熱が出て来たので頭や心臓を冷してゐる、どんな犠牲を払つてもよいから殺したくないと思ふ、金はお前の立つた翌日すぐ出来たが、右の次第で万一の場合の用心のため使はずに（ツヾク）ある、それに氷だけでさへ一日に五十銭もかゝる、あの衣類は今月の末まで待って貰へまいか、

お前の知つてゐるあの不愉快な事件も昨夜になつてどうやらキマリがついた、家に置く、然しこの事についてはもう決して手紙などにかいてよこしてくれるな、それからいねの方の事件も一昨日先方から来て相談し、昨夜人を頼んでいねと一しよに行つて貰つて離縁状も衣類もとつて了つた、今日小樽の姉からお前宛に来た手紙を廻送した筈だが、父の事が書いてあつたら至急知らしてくれ、

岡本かの子から兄大貫雪之助へ

明治四十三（一九一〇）年、二十一歳の大貫カノは東京美術学校（現在の東京芸大）西洋画科選科を卒業した岡本一平に嫁ぐ。かの子を獲得した経緯は一平の作『どぜう地獄』ほかに描かれている。翌四十四年には長男太郎が生まれた。ここに掲出したかの子の兄雪之助に宛てた手紙には「夫を愛し子を愛し」する自分だが、「どふしても世の功名を慕ふ」思いが打ち明けられている。「文学が一番」ともある。「兄さん」、「兄さん」といくども呼びかけて。

大貫雪之助（晶川）はかの子より二歳年長。東京府立一中（現、日比谷高校）、一高を経て、東大在籍中には和辻哲郎、谷崎潤一郎、後藤末雄らと第二次『新思潮』（明治四十三〜四十四年）を出している。この兄の存在とその周辺の雰囲気とが、かの子の文学への憧れに強く作用する。「二人」そろって「すぐれた者になりませふね」の願望につながる。一見甘えのようにみえて、これは訴えの一通だろうか。かの子の新生が始まろうとしていた。

（保昌正夫）

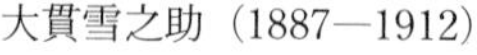

大貫雪之助（1887—1912）

岡本かの子（1889—1939）

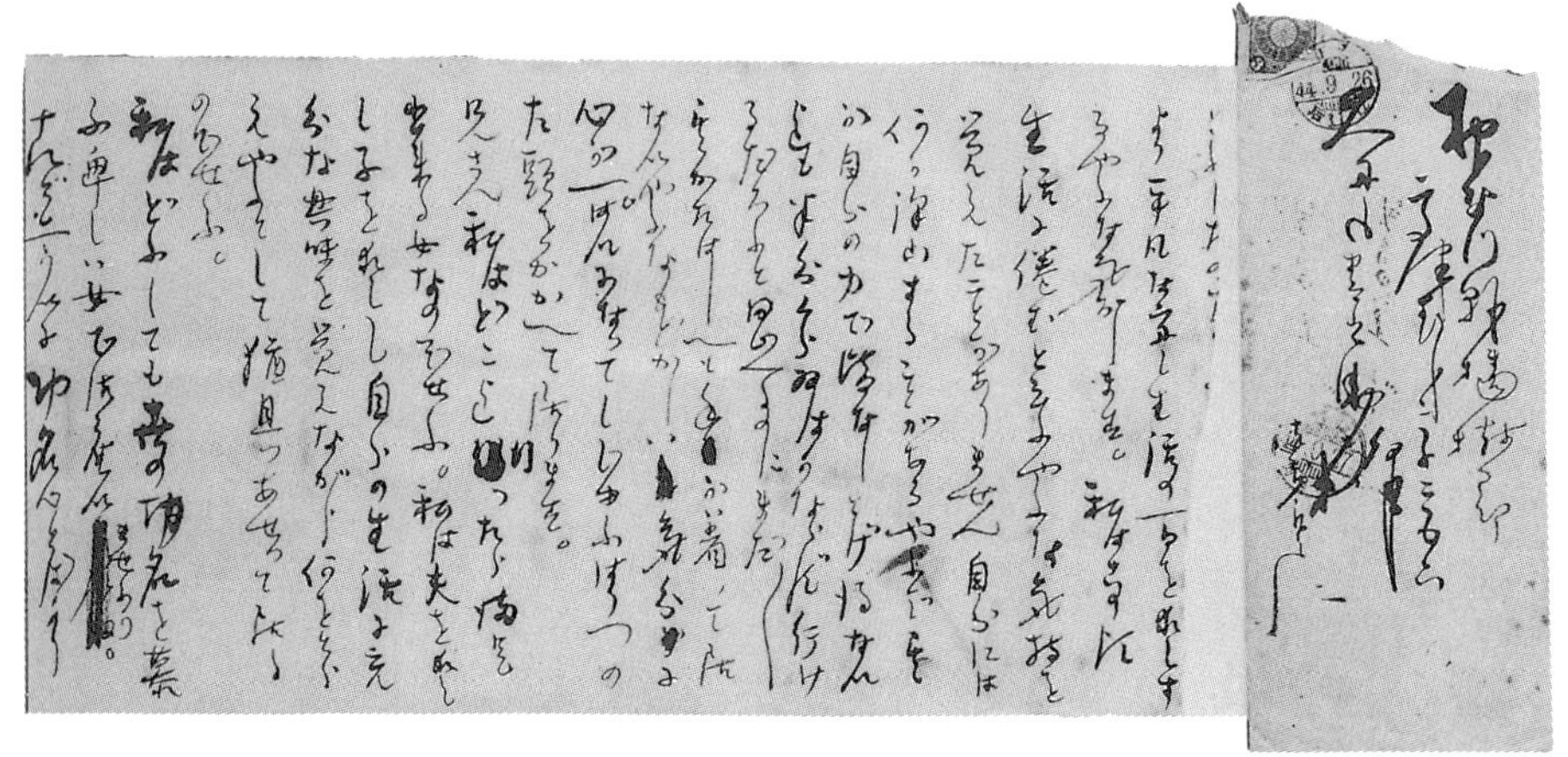

岡本かの子から兄大貫雪之助へ（明治44年9月26日）

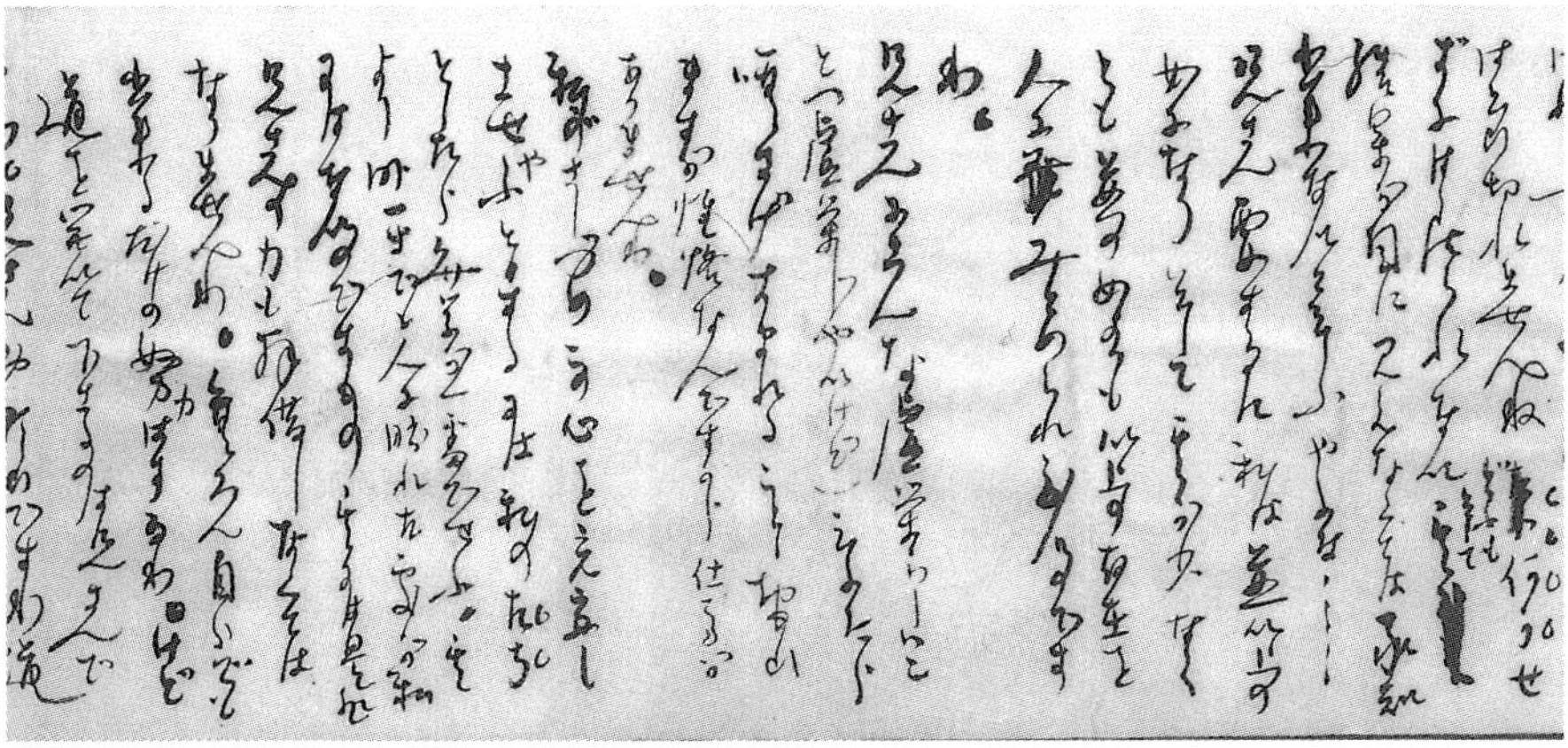

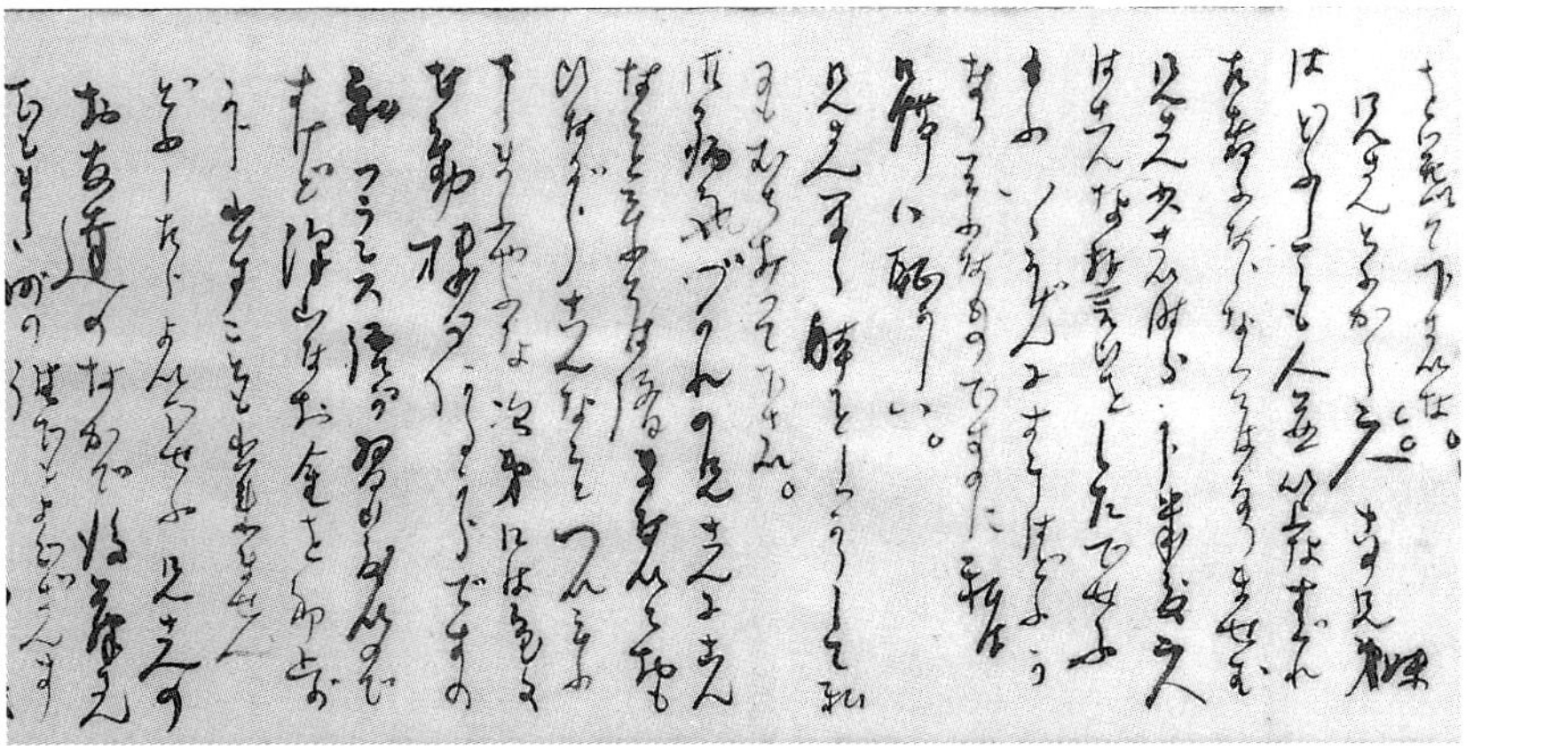

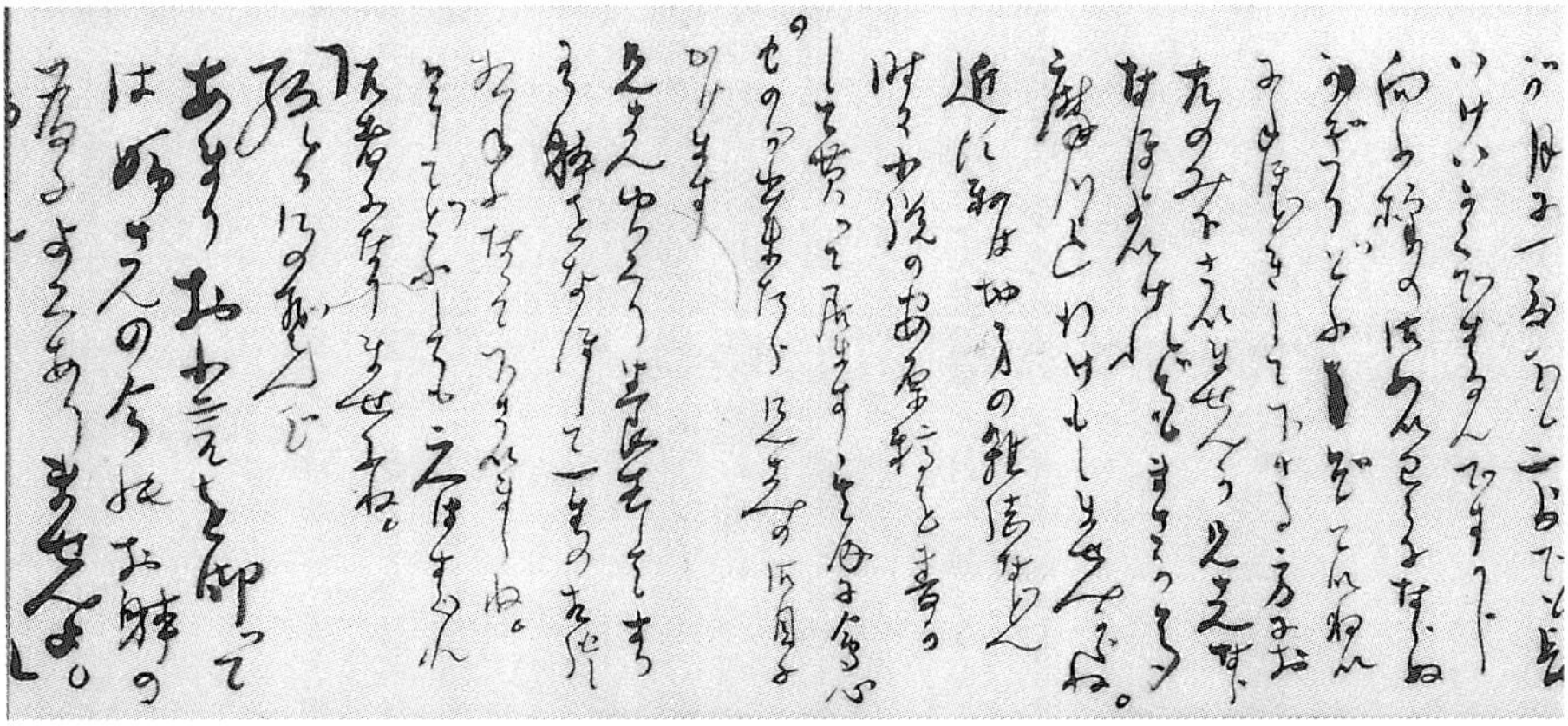

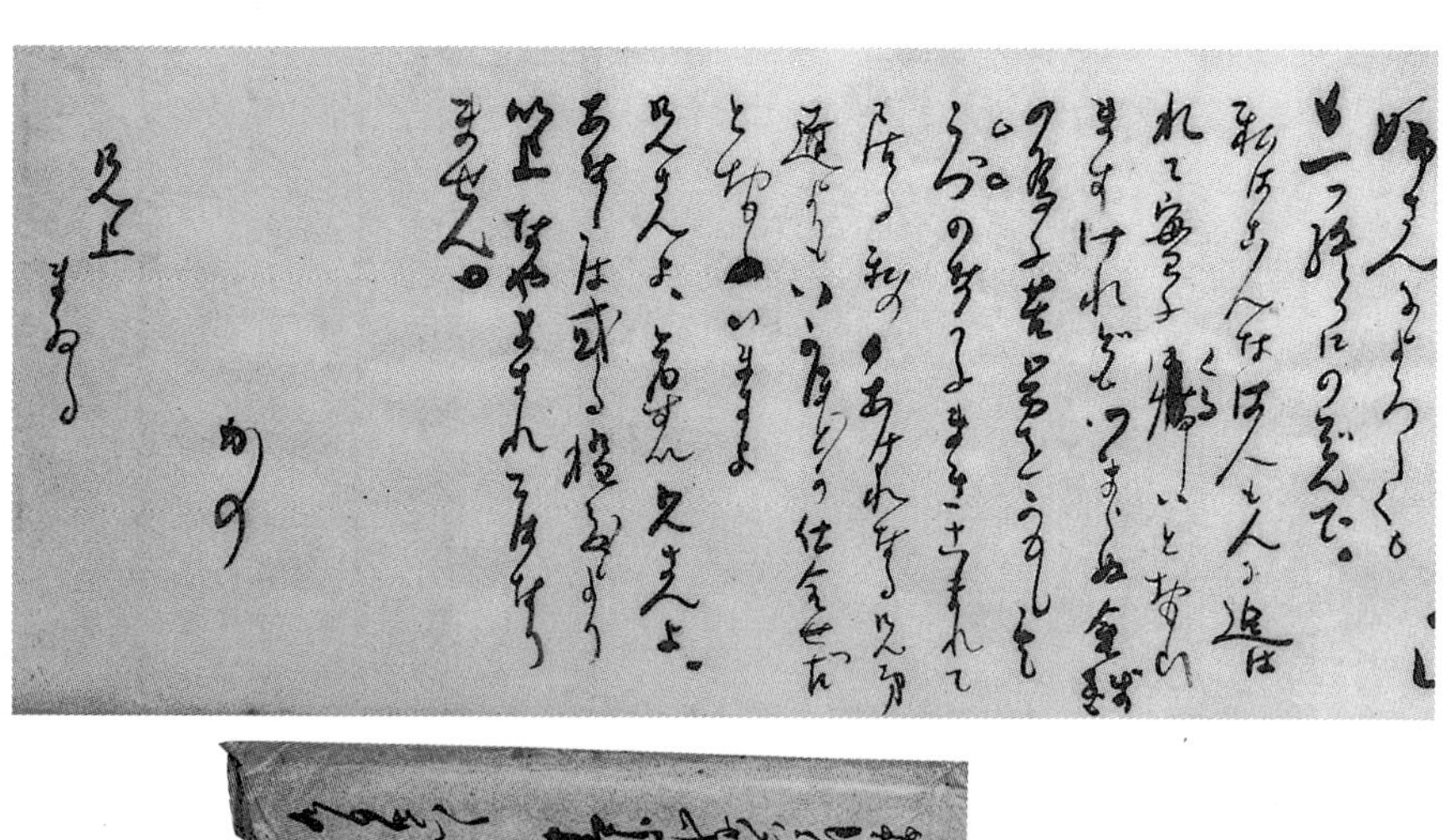

［冒頭部分欠］

より平凡な実生活の一日を愛するやふな気がします。私はこの頃生活に倦むと云ふやふな気持を覚えたことがありません　自分には何か沢山することがあるやふで　其が自分の力で皆なしとげ得ない迄も　半分くらゐはかならず行けるだろふと思へるのに　まだ〱其かたはしへも手が着いて居ないやふなもどかしい気分に心が一ぱいになつて　しじゆふはりつめた頭をかかへて居ります。

兄さん　私はどこ迄行つたら満足出来る女なのでせふ。私は夫を愛し子を愛し自分の生活に充分な興味を覚えながら　何をとらえやふとして猶且つあせつて居るのでせふ。

私はどふしても世の功名を慕ふ卑しい女で御座いませふか。けれども一かいに功名心とばかりは云ひ切れませんね。どふも何かせずには居られない　そして其結果が目に見えなくては承知出来ないと云ふやふな……兄さん要するに私は並以上の女になり　そして　其が少なくとも並の女よりも以上の存在を人にみとめられ度いのですわ。

兄さんにこんな虚栄らしいこと（虚栄じやいけど）云ふたら嘸さげすまれることゝおもひますが　性格なんですから仕方がありませんわ。

私がさしづめこの心を充実させやふとするには　私のたちとしたら文学が一番でせふ。其より外一寸でも人に勝れた処が私に

はないのですもの　其には是非兄さんの力も拝借しなくてはなりませんわ。無ろん自分でも出来るだけの努力はするわ。けど道を開いて下さるのは兄さんですわ。兄さんお願ひですわ　道を開いて下さいな。

兄さんとにかく二人この兄妹はどふしても人並以上なすぐれた者にならなくてはなりませむ　兄さん少さい時分から幾度二人はこんな誓ひをしたでせふ　もふいゝかげんにすこしはどふかなりそふなものですのに私は口惜しい恥しい。

兄さん早く体をしつかりして私にもむち打つて下さい。

御病気づかれの兄さんにこんなこと云ふとは済まないとおもひながら　こんなことつい云ふてしまふやふな次第には色々な動機があるからですの

私フランス語が習ひ度いのですけど沢山なお金を初歩から出すことも出来ません　どふしたらよいでせふ　兄さんのお友達のなかで後藤さんでもまた外の誰でもよござんすが月に一度でも二度でも　長いけいかくでするんですから向ふ様の御めいわくにならぬかぎり　どふぞていねいに手ほどきして下さる方におたのみ下さいませんか　兄さんならなほよいけれどもまさか多摩川迄行けもしませんからね。

近頃私は地方の雑誌などへ時々小説の安原稿を書かして貰つて居ます　其内に会心のものが出来たら兄さんの御目にかけます。

兄さんゆつくり養生してすつかり体をなほして一生の相談相手になつて下さいましね。そしてどふしても二人はすぐれた者になりませふね。

「終りにのぞんで

あまりお小言を仰つては姉さんの今のお体の為によくありませんよ。」姉さんによろしく。

も一つ終りにのぞんで。

私はこんなはんもんに追はれて実にくるしいとおもひますけれどもつまらぬ金銭の為に苦労をかもし其うづのなかにまきこまれて居る私のあはれなる兄弟達よりもいかほどか仕合せだとおもひますよ

兄さんよ、尊い兄さんよ、あなたは或る程度より以上なやまされてはなりません。

かの

兄上まゐる

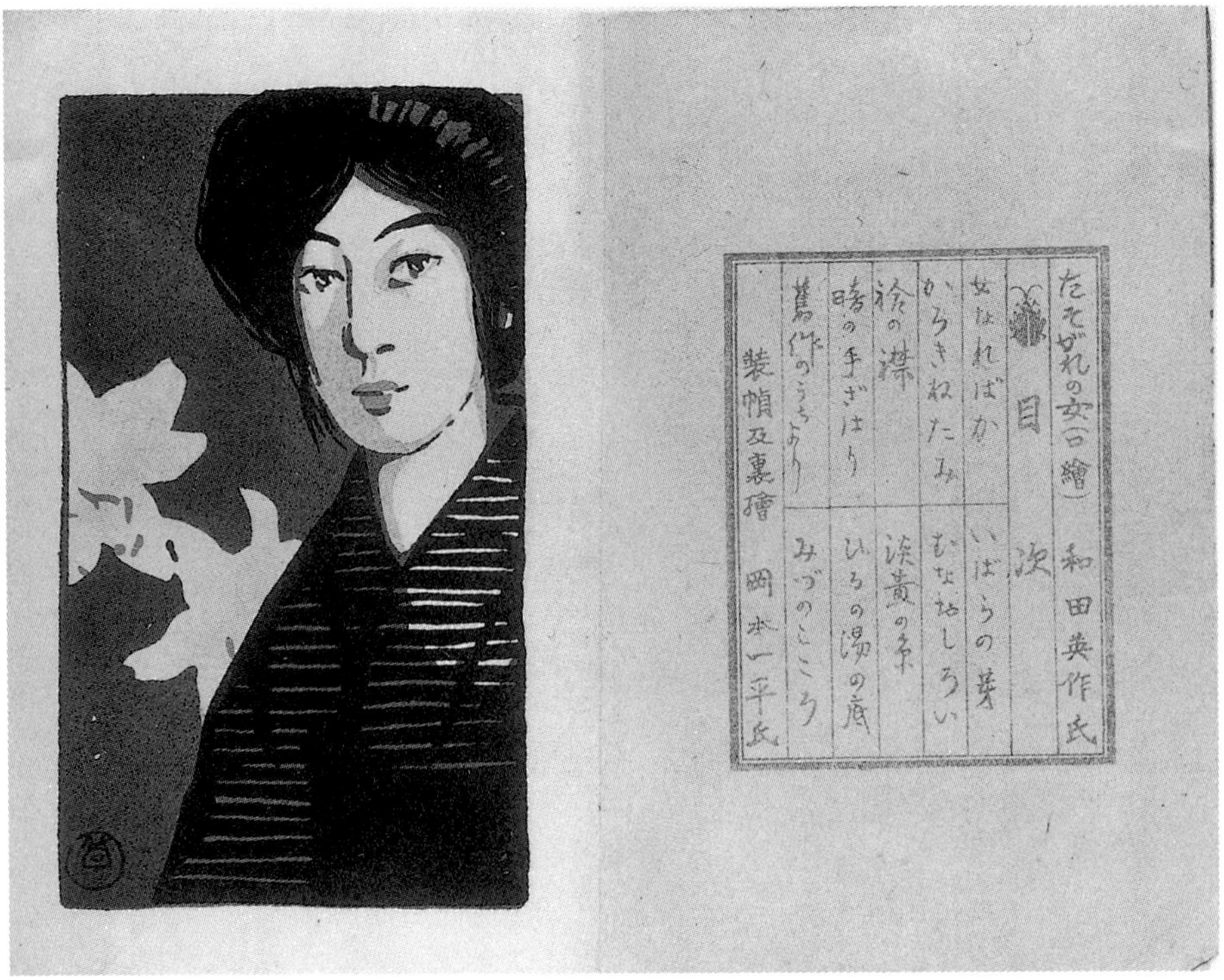

かの子『かろきねたみ』目次（右）と口絵（和田英作画）

かの子著『かろきねたみ』表紙（大正元年）

与謝野晶子から子供たちへ

「明星」廃刊後滅入っていた与謝野鉄幹（寛）は、明治四十四年十一月にヨーロッパへの旅に出発した。長男光(ひかる)、次男秀(しげる)、長女八峰(やつを)、次女七瀬らすでに七人の子を持つ晶子だが、夫の便りに自分自身も渡欧を決意、四十五年五月五日に東京を出発、夫を追いシベリア鉄道で同月十九日にパリに着いた。新しい外国の風物に接し、晶子は名作「ああ皐月(さつき)仏蘭西の野は火の色す君も雛罌粟(コクリコ)われも雛罌粟」を得た。ベルギー、オランダ、ドイツ、オーストリア、イギリスなどヨーロッパ各地を訪問するが、そうした夫との日々を過ごす中で、忘れられないのは故郷に残した子どもたちのことであろう。長男光も、この時まだ九歳である。絵葉書のどれ一つとっても、速筆ではあっても子どもへの思いや、子どもと離れながらも持前のバイタリティでヨーロッパの街を歩く晶子の姿が彷彿する。パリでロダンと会ったのも思い出で、晶子は夫より一足先に、その年の十月に帰国して子どもたちと再会する。

（中島国彦）

与謝野晶子（1878—1942）と子供たち。帰国後麴町六番町の自宅で。
右より秀、七瀬、光、佐保子、晶子、麟、八峰。

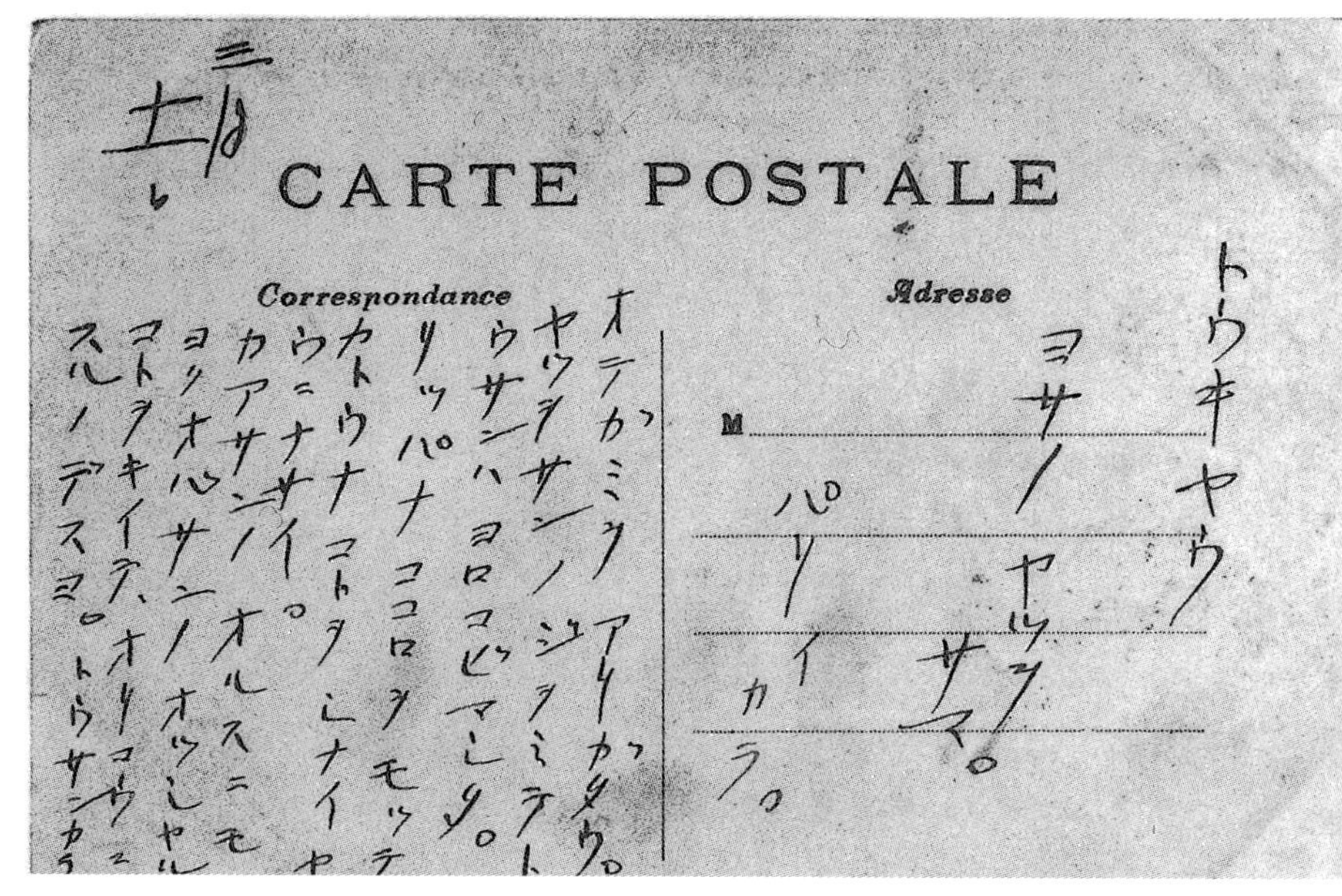

与謝野寛から長女ヤツヲへ　パリから（明治45年３月11日）

トウキヤウ
ヨサノヤツヲサマ。
パリイカラ。

オテガミヲ　アリガタウ。ヤツヲサンノジヲミテトウサンハ　ヨロコビマシタ。

リッパナココロヲモッテカトウナコトヲシナイヤウニナサイ。

カアサンノオルスニモヨクオバサンノオッシャルコトヲキイテ、オリコウニスルノデスヨ。トウサンカラ

三月十一日

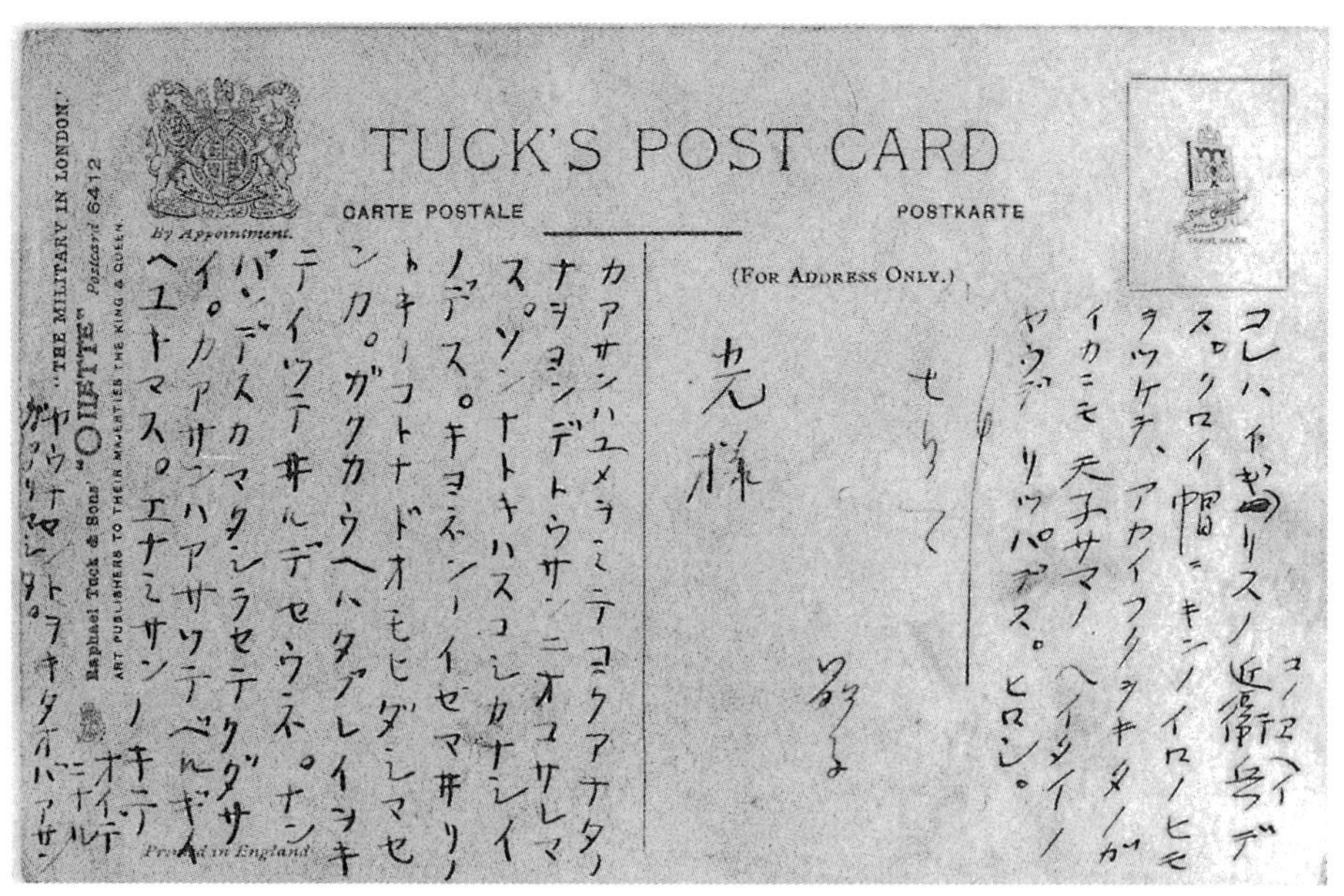

TUCK'S POST CARD

CARTE POSTALE　POSTKARTE

(FOR ADDRESS ONLY.)

コレハイギリスノ近衛騎兵デ
スワクロイ帽ニキンノイロノヒモ
ヲツケテ、アカイフクヲキタノガ
イカニモ天子サマノヘイタイノ
ヤウデリツパデス。ヒロシ。

光様

カアサンハユメヲミテヨクアナタノ
ナヲヨンデトウサンニオコサレマ
ス。ソンナトキハスコシカナシイ
ノデス。キヨネンノイセマヰリノ
トキノコトナドオモヒダシマセ
ンカ。ガクカウヘハタアレイヨキ
テイウテヰルデセウネ。ナン
バンデスカマタシラセテクダサ
イ。カアサンハアサツテベルギイ
ヘユトマス。エナミサンノキテ

"THE MILITARY IN LONDON."
Raphael Tuck & Sons' "OILETTE" Postcard 6412
By Appointment.
Printed in England

与謝野寛・晶子から長男光へ。イギリスから（明治45年７月１日）

上掲のはがきの裏

コレハイギリスノ近衛兵（コノエヘイ）デス。クロイ帽ニキンイロノヒモヲツケテ、アカイフクヲキタノガ　イカニモ　天子サマノ　ヘイタイノヤウデ　リツパデス。ヒロシ。

七月一日

晶子

光様

カアサンハユメヲミテヨクアナタノナヲヨンデトウサンニオコサレマス。ソンナトキハスコシカナシイノデス。キヨネンノイセマヰリノトキノコトナドオモヒダシマセンカ。ガクカウヘハタブレイヲキテイツテヰルデセウネ。ナンバンデスカマタシラセテクダサイ。カアサンハアサツテベルギイヘユキマス。エナミサンノキテオイデニナルヤウナマントヲキタオバアサンガアリマシタ。

与謝野晶子

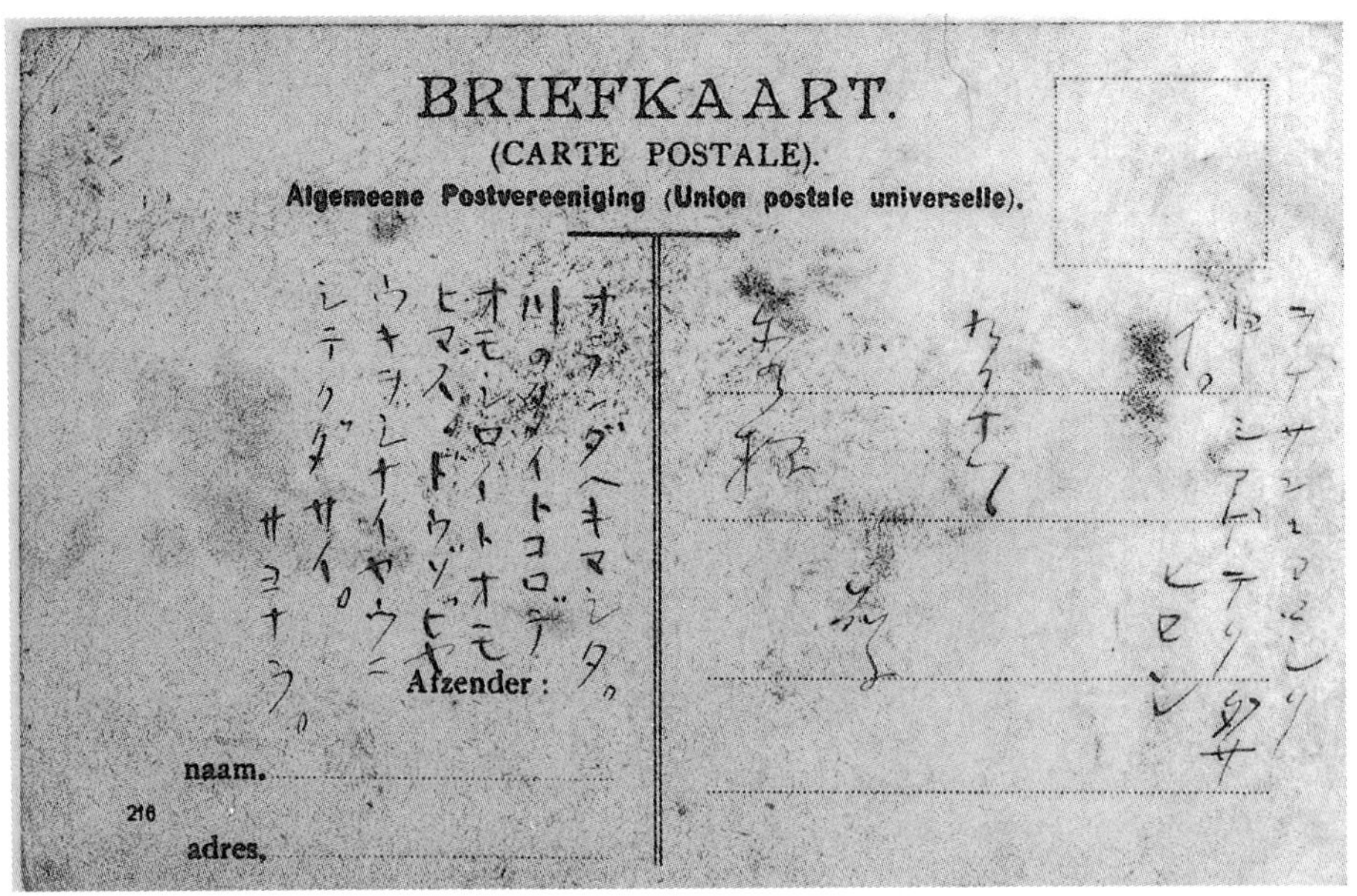

与謝野寛・晶子から次男秀へ（大正元年９月11日）

ヲヂサンニヨロシク申シアゲテクダサイ。

ヒロシ

九月十一日

晶子

秀様

オランダヘキマシタ。

川の多イトコロデオモシロイトオモヒマス。ドウゾビヤウキヲシナイヤウニシテクダサイ。

サヨナラ。

里見弴から兄有島武郎へ

有島武の末っ子英夫は、生れてすぐ母方の山内家の養子となり、のち筆名を里見弴と称した。長兄武郎は十歳年長、次兄生馬も六歳年長。この三人が有島家を代表する芸術家兄弟。英夫は五歳年長の志賀直哉とは「友達耽溺」の若き日を過した。武郎は妻安子の死去（大正五年八月二日）にともなって遺稿集『松むし』限定四百部を刊行（奥付なし）。『松むし』の名は父武がつけた。この英夫＝里見弴の書簡は、『松むし』刊行にちなんだもので、その進行プロセス、ついでみずからの仕事と心境が述べられている。武郎は「はしがき」と「終焉略記」を書き、安子の病中の文章、短歌、その写真などを挿入、有島武はじめ関係者の「弔歌悼句」も収められている。遺された男の子供は三人（そのなかの一人がのちの新劇の俳優森雅之）。書簡によれば里見がこの遺稿集作成の中心となって働いたことがわかる。さらに里見は「嫂の死」を九月に一気に書いて「新小説」に発表、彼の第一創作集『善心悪心』（大正五年十一月　春陽堂）に収めた。同年年末、父武も死去。武郎は妻と父を失ない、それが逆に次の創作活動の重要なバネとなった。里見は「善心悪心」により、影響を受けた志賀直哉よりの束縛を脱出、独立した作家として成長していった。

（紅野敏郎）

里見弴（1888—1983）

弴の短冊

あんなに喜んで行かれたのに
泣くは甘へ足りなかった心

生馬の短冊

まれ人は神も召すらんさりながら
あはれ三人の御母のゆゑ

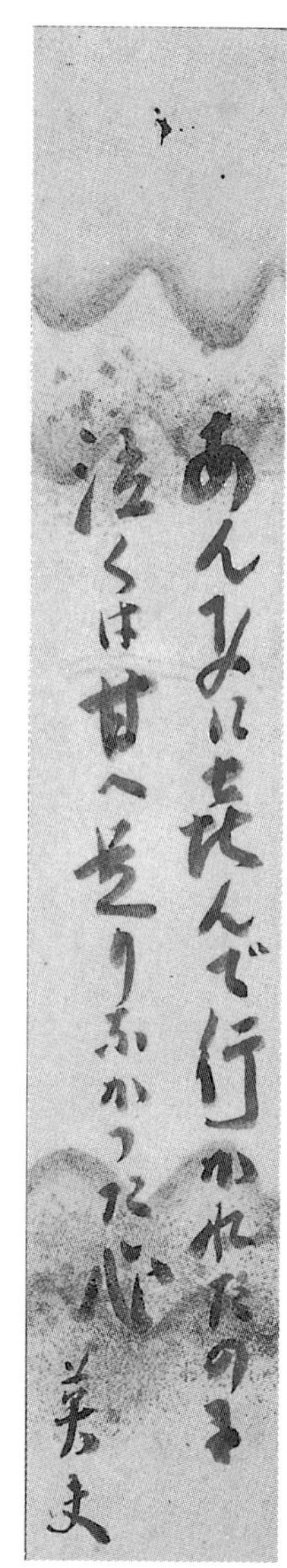

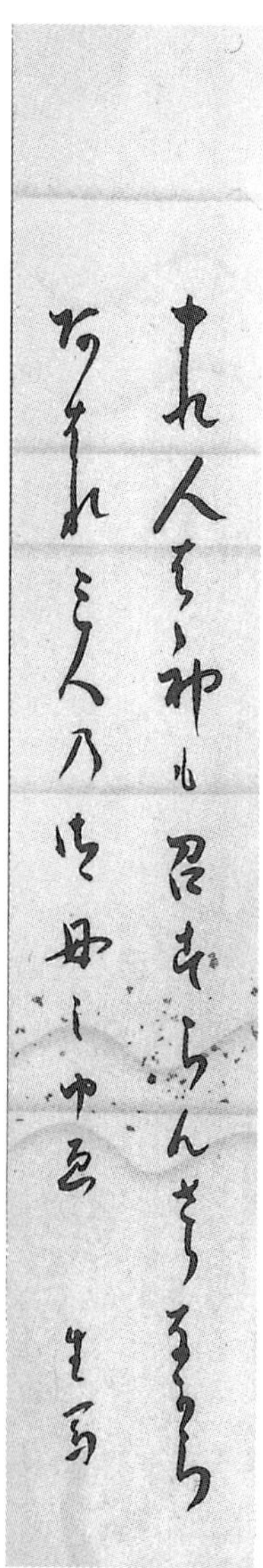

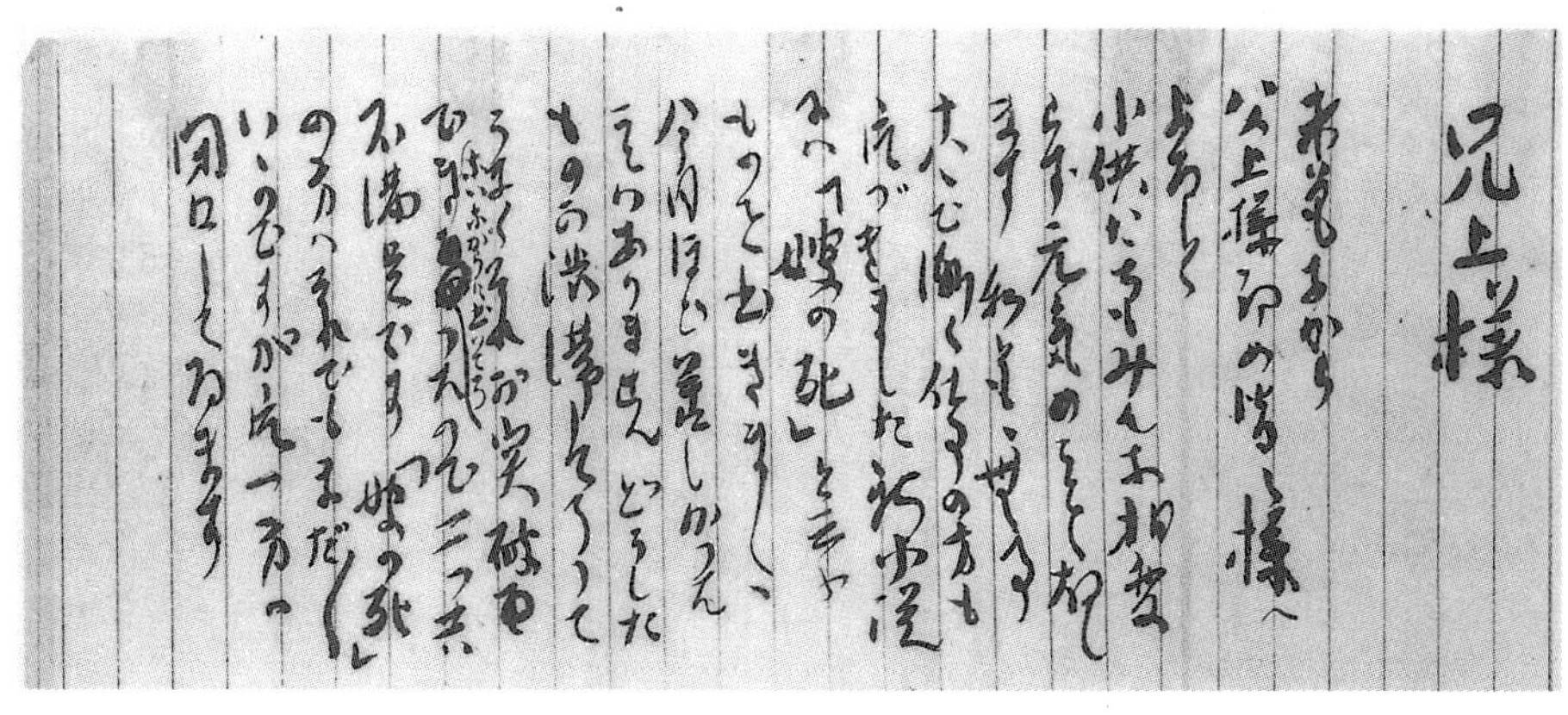

里見弴から兄有島武郎へ（大正５年９月20日）

前文御免被下いまし
「松虫」も段々遅になりまして申訳御坐いません
漸く昨日見本一冊出来致しましたが二三箇所注文と違ふ所が御坐いました故わざと御送り申上げませんでした
その二三ヶ所を至急訂正した見本は多分今日出来たことゝ存じます　それは直接御地へ向け送附申上くる様申つけて置きましたから　も早御落手被下いましたあとかとも存じます
先つ〳〵是ぞと申す欠点もなく何より結構で御坐いました
四百部納本は二十二日との約束になつて居りまするが三秀舎のことですから一日や二日は遅れますかも知れないと存じます
先づは右用件のみ
取急ぎ

九月二十日

英夫

兄上様

末筆なから
父上様初め皆々様へよろしく
小供たちもみんな相変らず元気のことと存します　私ともゝ無事十八日で漸く仕事の方も片づきました　新小説には「嫂の死」と云ふものを書きました　今月ほど苦しかつたことはありません　どうしたものか渋滞して了つてうまくそれが突破できないながらに書いて了つたので二つ共不満足です　「嫂の死」の方はそれでもまだ〳〵いゝのですが片一方は閉口してゐます

有島武郎から母幸子へ

大正五年（一九一六）年八月二日、妻安子は二十八歳の若さで永眠。有島は軽井沢にいた父武に「ヤスコケサ八ジ　シヅカニユク」という電報をうった。安子の終焉を見まもった三日間の日記も残っている。父武もその後半年も経ずに同年十二月四日に胃癌で死去。有島にとっては父と妻という大きな荷物からの解放感も獲得したといっていい。

妻安子の追悼文集『松むし』を編み、十一歳年下の安子の病床雑記、短歌の類を中軸に据えた。これも良心的に形を整えようとする有島の紳士然とした行為であった。「病気は相変らず進みこそしましたが決して決して怠りません」「年老へる御両親、さびしい親切な夫、かわいゝ大事な子供達の為めに私は生きなければなりません」といういけなげで温良な安子の文章が切なく残っている。武郎はこの妻の死を凝視し、翌年戯曲「死と其前後」を書き、「カインの末裔」や「小さき者へ」「生れ出づる悩み」など一気に創作熱を爆発、『或る女』の完成に立ち向う。妻と父の死がバネとなり、「優等生」「紳士」の仮面がとり払われ、「臆病」を脱出し、「野性」への渇望を満すべく直進した。母幸子宛の書簡は、三人の子との旅先からのもので、「小さき者へ」を書いた有島のよきパパぶりがにじみ出ている。

（紅野敏郎）

幸子

有島武郎（1878 —1923）

母幸子宛はがきの裏

有島武郎から母幸子へ（大正７年７月26日）

今日は朝より三児と共にせきを供つてこゝに来ました　太陽の光はこがすやうに射してゐますが　さすがに風は涼しう御坐います　客が割合に尠いので入浴して休むといゝ気持ちになりました　唯虻が激しいのでうつかりしては居られません　敏などはギヤア〳〵云つてゐます　行三が少し熱さにやられたと見えて今頭が痛いと云つて寝てゐます

行光　5，貫700
敏行　4，600
行三　4，400

一九一八、七月二十六日　中食後

小瀬温泉ニテ　武郎

大正 9 年 6 月、有島武郎と子供たち（右より、敏行、行光、行三）

平戸廉吉から姉岡村文子へ

平戸廉吉といえば、大正十（一九二一）年十二月、日比谷街頭において撒布した、あの「日本未来派宣言運動」のビラ、という反応がたちどころに返ってくる。詩壇の内部の関係者には、それより先の十月に配布されていた。神原泰とともにわが国における未来派運動の先駆者――それが彼に付された輝かしいレッテルである。

明治二十七（一八九四）年生れの平戸は、病気（肺病）と貧困のため、前衛詩運動に参加しつつも、大正十一（一九二二）年七月に死去。三十歳にもとどかぬ夭折の文学者であり、美術評論家であった。はじめ高井有一の祖父にあたる田口掬汀（きくてい）主宰の「中央美術」の編集記者として生計をたて、川路柳虹に師事し、「伴奏」や「炬火」の同人として活躍。生前の詩集として『螺旋階段』が予告されていたが未刊となり、没後の昭和六（一九三一）年十二月に、柳虹・萩原恭次郎・山崎泰雄・神原泰の尽力で『平戸廉吉詩集』が刊行された。一冊のみの詩人という点もきわめて印象的な存在。ここに示した書簡は、死の一年前福岡県下の岡村家に嫁した姉文子にあてた近況報告。前衛詩人めいたところはなく、おだやかな人柄を示す文章である。

（紅野敏郎）

*平戸廉吉の肖像写真は46ページ参照のこと。

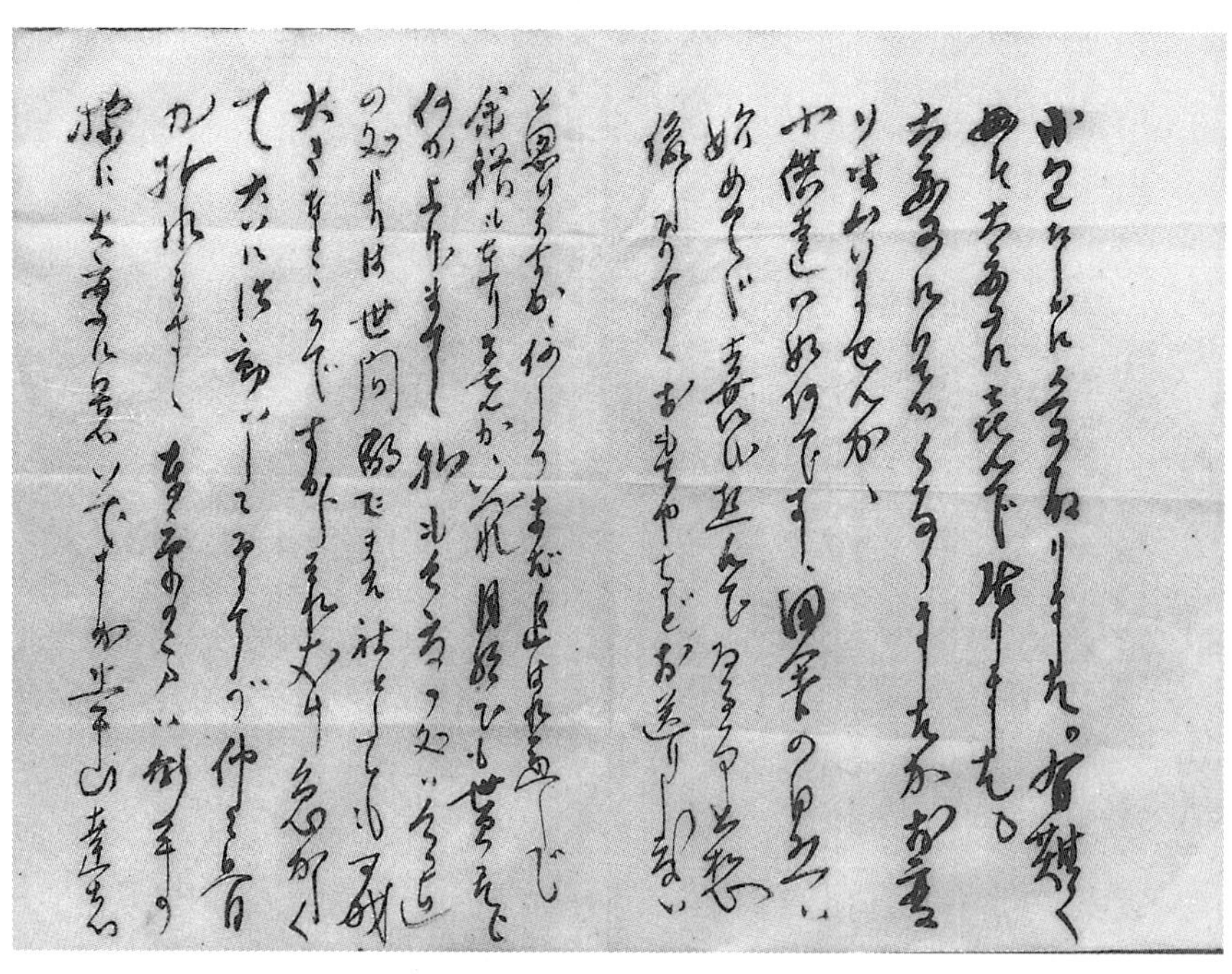

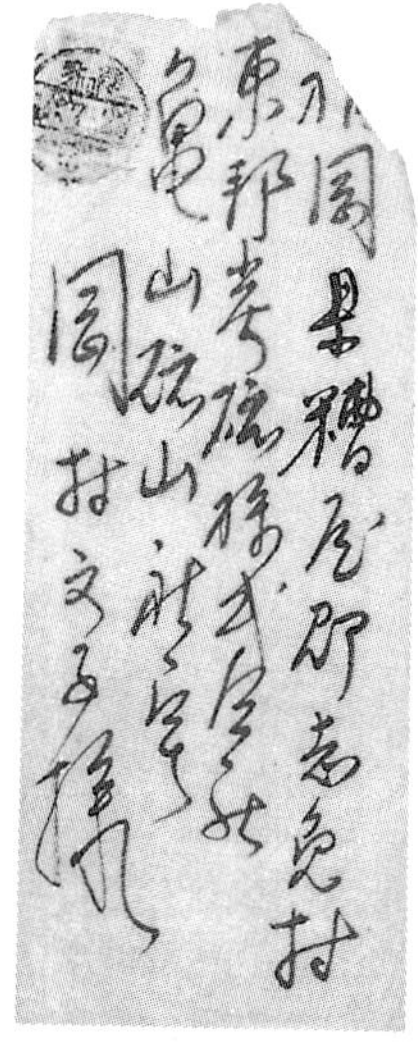

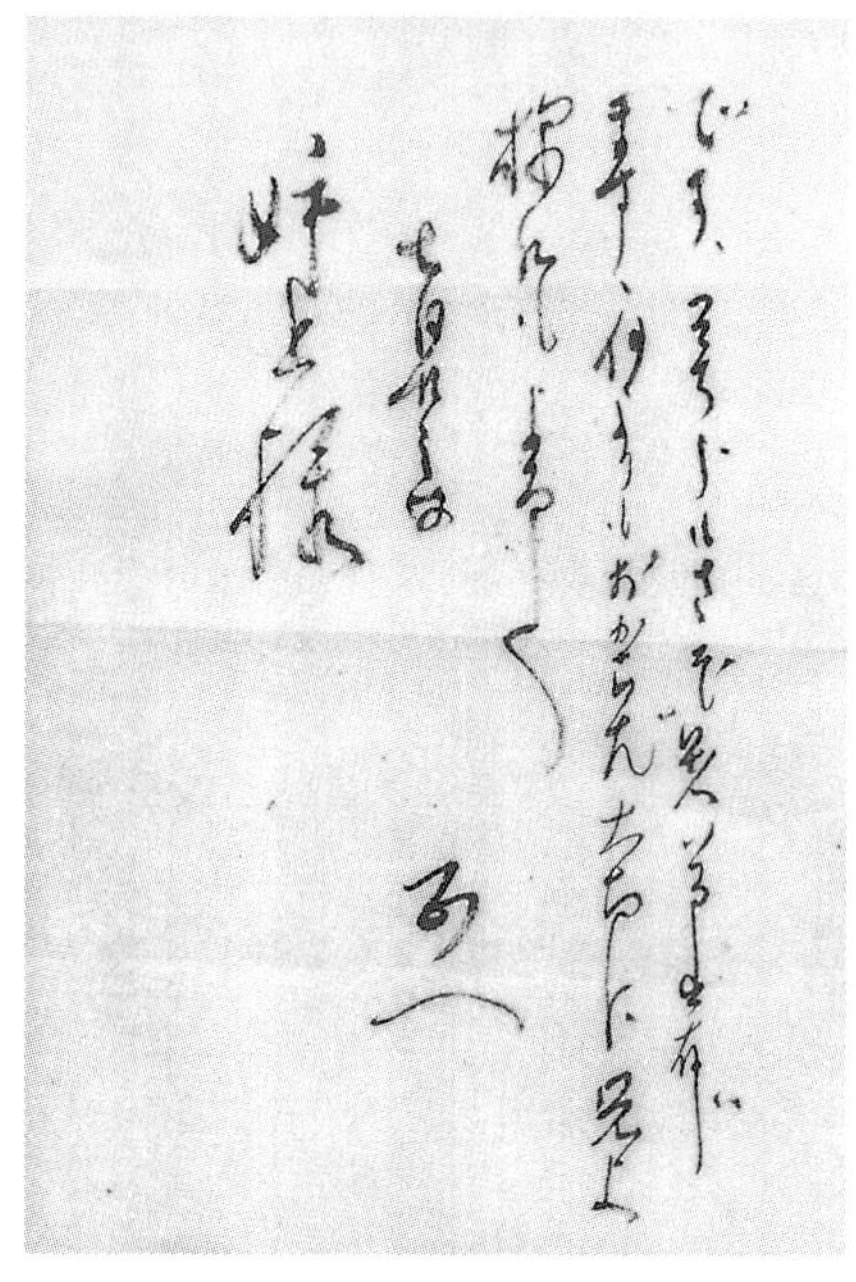

平戸廉吉から姉岡村文子へ（大正10年7月23日）

小包たしかに受取りました。有難く母も大変に喜んで居りました。

大変に暑くなりましたかお変りはございませんか、

小供達は如何です、田舎の自然は始めてゞ喜び遊んでゐる事と想像します、おもちやなどお送りし度いと思ひますか、何しろまだ追はれ通しで余裕も在りませんか、いづれ月給でも貰ったら何か上げます、私も今度の処は今迄の処よりは世間的にまた社としても可成大きなところですからそれ丈け急かしくて大いに活動はしてゐますが仲々骨か折れます、東京の方は例年の様に大変に暑いですか幸ひ達者です、そちらもさぞ暑い事と存じます、何よりもおからだ大切に　兄上様にもよろしく

七月廿三日　　正一

姉上様

第二詩集『合奏』（未刊行）の表紙下絵

芥川龍之介から子供たちへ

芥川龍之介は、理知的、厭世的、冷笑的な性格の人物として理解されている。しかし、じつはとても家族思いの温かい心の持ち主だった。長男比呂志と「僕は鼠になつて逃げらあ。」「ぢや、お父さんは猫になるから好い」（「比呂志との問答」）とふざけあったり、体の弱い次男多加志のことをいつも心配していた。旅に出れば、妻や幼い子供たちに手紙や絵葉書を出し、そこがどんなところか、どんなふうに過ごしているかなどを書いている。掲出の大正十二（一九二三）年八月の「芥川ボクチヤン」宛ての絵葉書は、鎌倉での海水浴の様子を知らせたもの。絵は親友の画家小穴隆一が描いた。勢子は谷崎潤一郎の義妹小林勢以子（女優葉山三千子）。昭和二年五月の比呂志・多加志宛ての絵葉書は、自殺の二箇月前、最後の講演旅行となった北海道から出したもので、短いながら街の様子を伝えており、死の気配を感じさせない。なお、子供への最後の言葉（「遺書」）は、「汝等の父は汝等を愛す」であった。

（池内輝雄）

龍之介の子供たち（左より、長男比呂志、三男也寸志、次男多加志）

昭和２年６月、田端の自宅庭先で。

二十五日マデニカヘリマス　二十日ニハ和田ヤ永見ト話シコミ、ステーションホテルニ　泊ラセラレタ（汽車ニ乗リオクレ）ケフ菅先生ニアッタ　勢子今朝横浜ヘカヘッタ　キノフ泳イダ
下島サンニヨロシク　龍　以上
〔以下裏面〕
ワタシハウミニハイレナイノデ　スナハマデミテイマス、オアナ、
ボクチャンノオトウサン
セイコチャンノオバサン

はがき裏。画と文は小穴隆一。

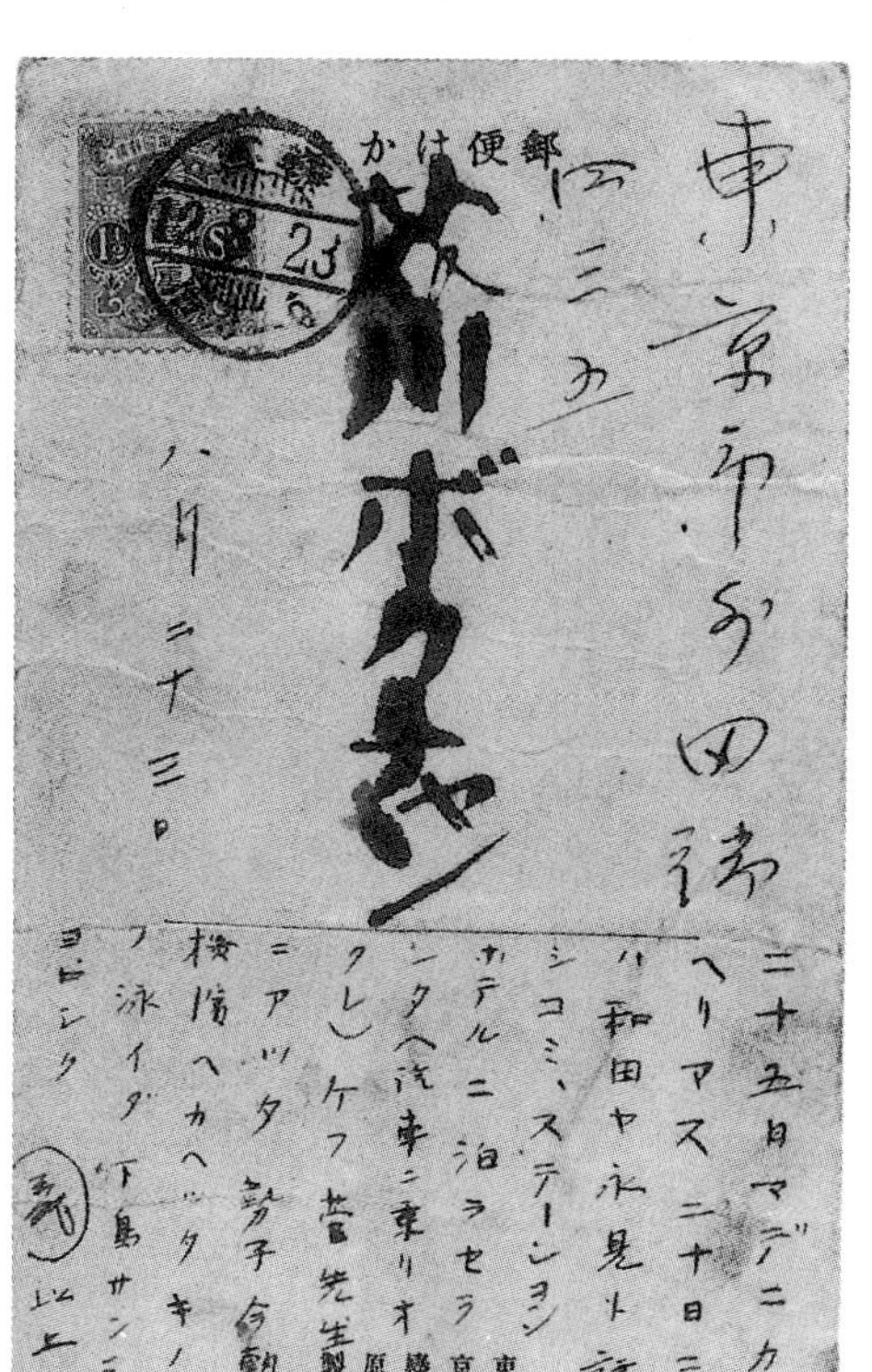

芥川ボクチャン宛（大正12年8月23日）

龍之介から比呂志、多加志へ
(昭和2年5月19日)

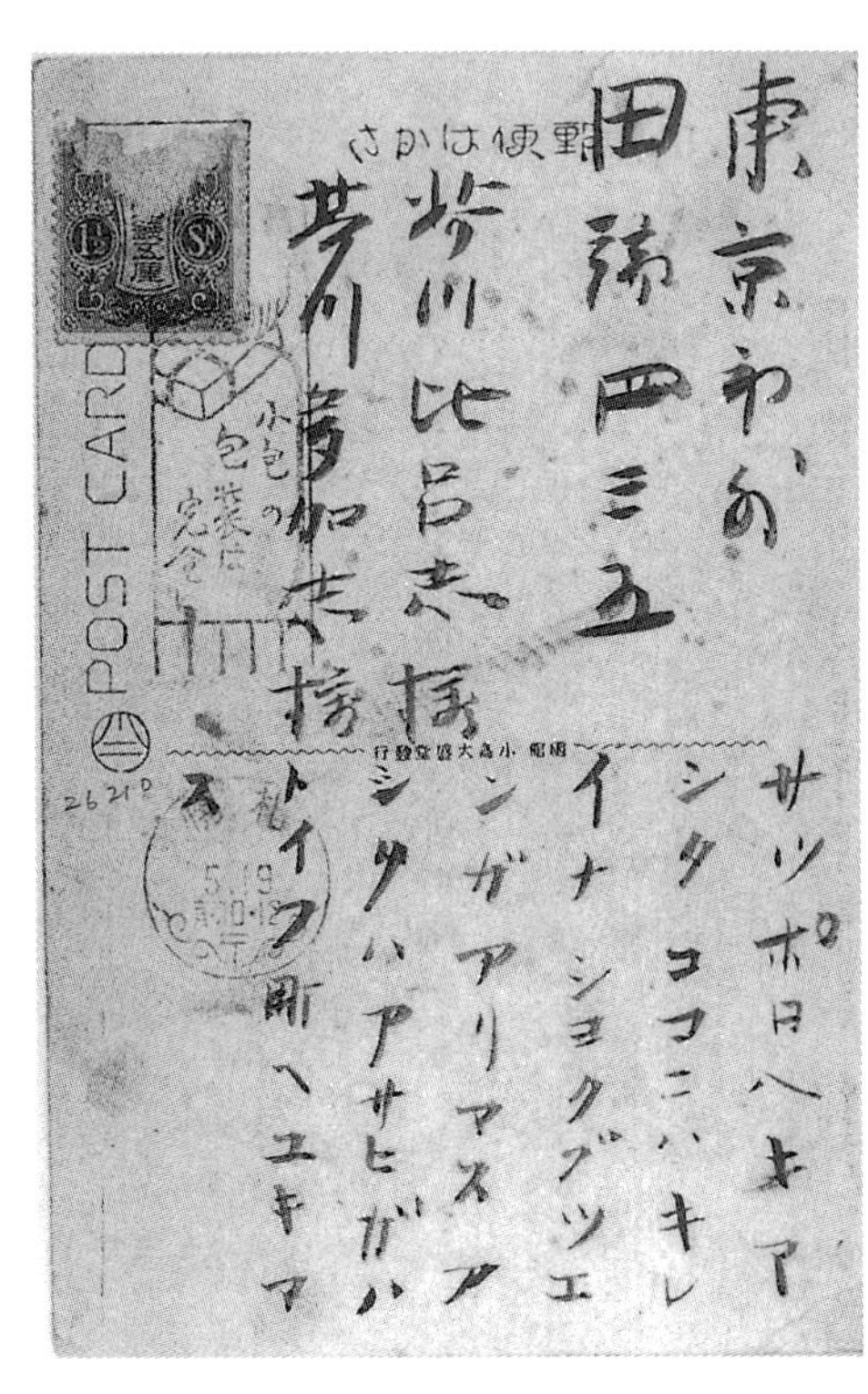

サツポロヘキマシタ　ココニハキレイナシヨクブツエンガアリマス　アシタハアサヒガハトイフ町ヘユキマス

長谷川時雨から妹春子へ

長谷川時雨は、歌舞伎界初の女性劇作家として明治末に華やかに登場し、大正期に「美人伝」の連載が作者時雨の美貌と相俟って世間の人気をあつめていた四十歳のとき、ひとまわり年下の恋人三上於菟吉と世帯を持った。当時、時雨は一家の大黒柱で母と弟妹たちを物心両面で支えていた。彼女は七人きょうだいの長姉、春子は末っ子で十六歳年が離れている。時雨は文学青年の夫三上を世に押し出すかたわら、長女の責任感ともちまえの面倒見のよさで実家を支え続けた。とりわけ末の妹春子の将来を案じて、「おまえは絵のすじが良いから」と旧知の鏑木清方に弟子入りさせた。春子の回想記によると、鏑木清方はもう女弟子をとらないと決めていたが、時雨の頼みに〈テもなく落城し〉、彼女の妹を直弟子にしたそうだ。春子はやがて洋画に転じ、これも時雨の知友である梅原龍三郎に師事した。昭和初期、時雨主宰の『女人芸術』に春子はカットを描き編集にも協力している。

（岩橋邦枝）

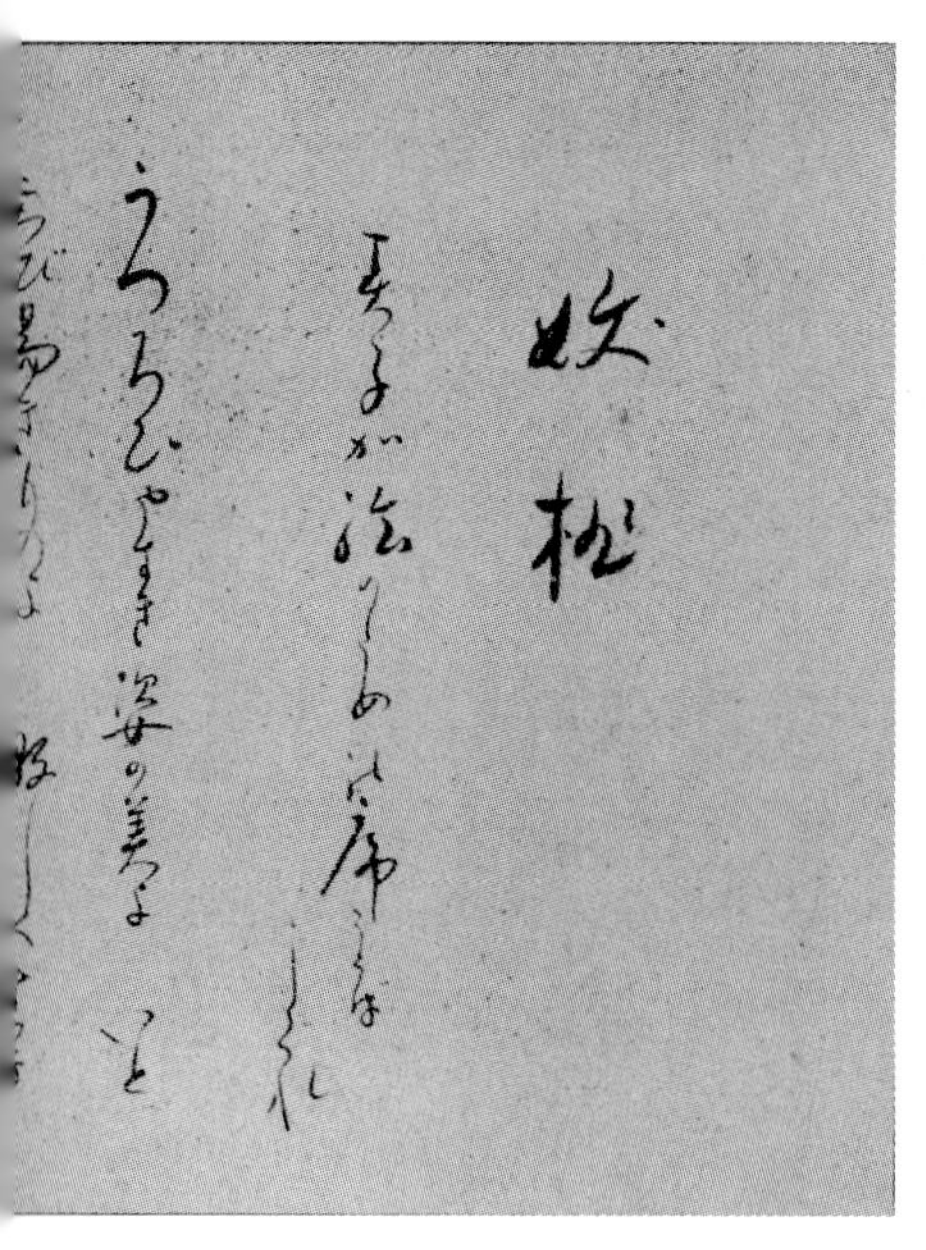

春子画「妖桃」の時雨の序

長谷川時雨（1879―1941）

長谷川春子が時雨を描いたスケッチ

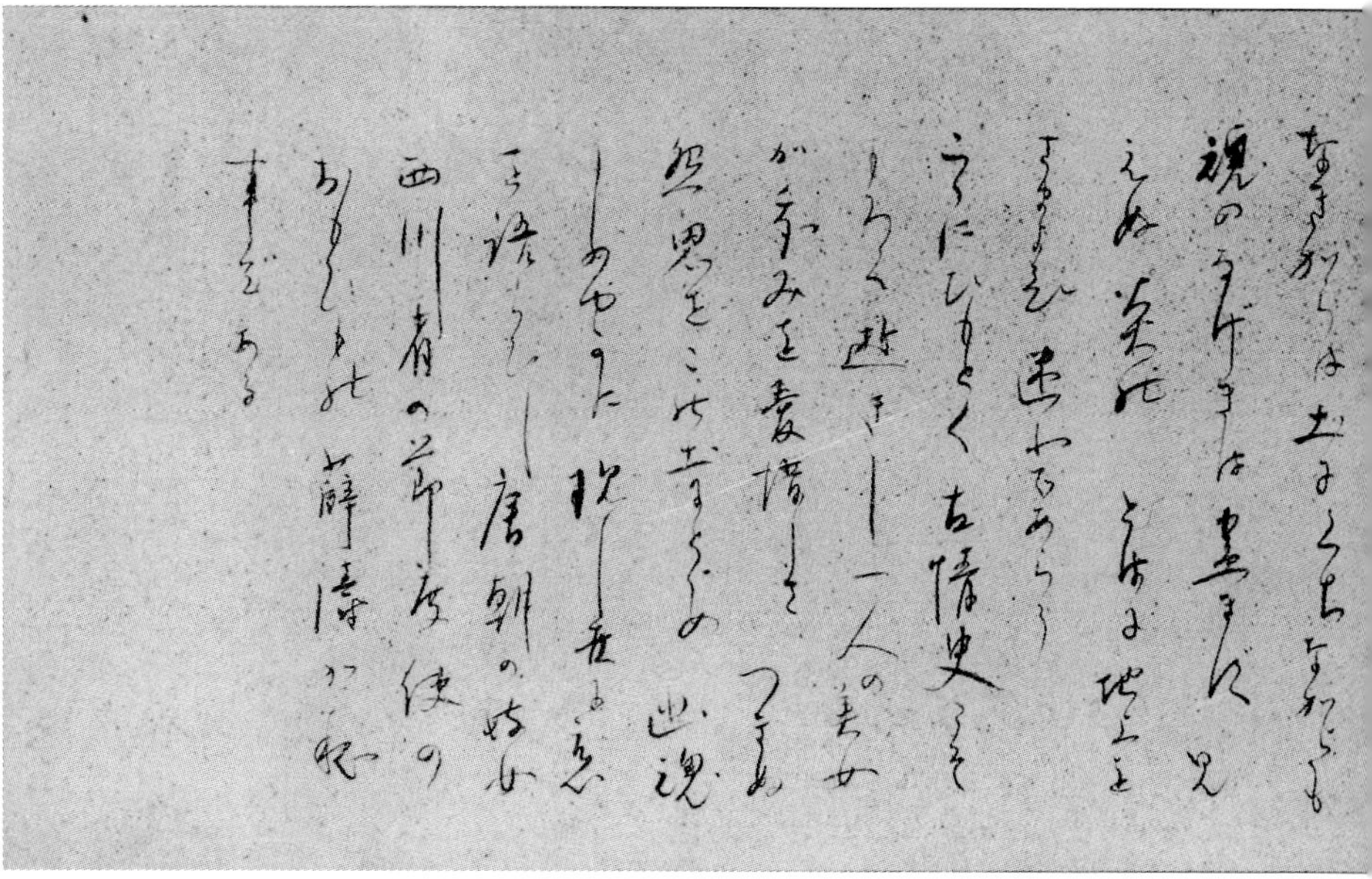
なきがらは土にくちながら
魂のなげきは尽きせぬ　見
えぬ炎の　とはに地上を
さまよひ迷ふであらう
こゝにひもとく古情史こそ
もろく逝きし一人の美女
が我みを愛惜して　つきぬ
怨思をこの土にとゞめ　幽魂
しめやかに　現し世に恋
を語らひし　唐朝の妓女
西川省の節度使の
おもひもの　薛濤が秘
事である

妖桃

春子が絵のための序ことば　しぐれ
うつろひやすき姿の美よ　いと亡び易きもの
よ　激しく生きんことをねがつて　はかなく
若くほろびしものゝすべて　なきがらは土に
くちながらも　魂のなげきは尽きす　見えぬ
炎の　とはに地上をさまよひ迷ふであらう
こゝにひもとく古情史こそ　もろく逝きし
一人の美女が我みを愛惜して　つきぬ怨思を
この土にとゞめ　幽魂しめやかに　現し世に
恋を語らひし唐朝の妓女　西川省の節度使の
おもひもの薛濤が秘事である

収録文学者・「愛の手紙」一覧

第1部　愛する人へ

北村透谷　きたむら・とうこく　明治一・一一・一六―二七・五・一六（一八六八―九四）　文芸評論家、詩人、平和主義運動家　本名門太郎
石坂ミナ宛
明治二〇・九・三　封書　和紙一枚　墨書　封筒欠

半井桃水　なからい・とうすい　万延一・一二・二―大正一五・一一・二一（一八六〇―一九二六）　小説家　本名冽
樋口一葉宛
明治二五・八・三　封書　巻紙　墨書
表　本郷区菊坂町七十番地　樋口夏子様
裏　神田区三崎町三丁目一番地　松涛軒内　半井冽
消印　東京駒込　廿五年八月十日　ハ便

田村俊子　たむら・としこ　明治一七・四・二五―昭和二〇・四・一六（一八八四―一九四五）　小説家　本名佐藤とし
岡田八千代宛
大正二・三・一八　封書　青鞜社原稿用紙五枚　ペン書
表　府下下渋谷一八三七　岡田八千代様
裏　谷中天王寺町　田村俊
大正二・一一・五　封書　伊東屋製原稿用紙二枚　ペン書
表　市外下渋谷一八三七　岡田八千代様
裏　谷中天王寺町　田村俊

萩原朔太郎　はぎわら・さくたろう　明治一九・一一・一―昭和一七・五・一一（一八八六―一九四二）　詩人
馬場ナカ宛
自筆歌集『ソライロノハナ』　大正二・四　一四六×一一七㎝　66枚二折（二六四ページ分）　ペン書

島木赤彦　しまき・あかひこ　明治九・一二・一七―大正一五・三・二七（一八七六―一九二六）　歌人　本名久保田俊彦
今井邦子宛
大正五・五・一一　封書　巻紙　墨書
表　市外代々木山谷一〇八　今井様御内　山田邦子様
裏　小石川区上富坂町廿三　アララギ発行所　五月十一日　久保田俊

彦

深尾須磨子　ふかお・すまこ　明治二一・一一・一八―昭和四九・三・三一（一八八八―一九七四）　詩人

平戸廉吉宛

大正一一・一・七　封書　洋箋一枚　ペン書

表　府下中渋谷八一九　平戸廉吉様（以下同）

裏　小石川丸山町十九　深尾須磨子　一一、一、七、

大正一一・一・一三　封書　洋箋一枚　ペン書

裏　小石川丸山町十九　深尾須磨子　一一、一、一三、

大正一一・一・二六　封書　洋箋一枚　ペン書

裏　小石川区丸山町十九　深尾須磨子　一、二六、

島崎藤村　しまざき・とうそん　明治五・二・一七―昭和一八・八・二二（一八七二―一九四三）　詩人、小説家　本名春樹

加藤静子宛

昭和三・五・二九　封書　洋箋二枚　ペン書

表　埼玉県川越市黒門町一三三一　明仁堂医院　加藤静子様

裏　五月二十九日　東京麻布区飯倉片町三十三　島崎春樹

谷崎潤一郎　たにざき・じゅんいちろう　明治一九・七・二四―昭和四〇・七・三〇（一八八六―一九六五）　小説家

根津松子宛

昭和八・九・一四　封書　倚松庵用箋二枚　墨書

表　兵庫県武庫郡本庄村西青木三二二ノ一　木津様方　根津松子様

御直披

裏　十四日　東京市本所区小梅町三ノ三　笹沼別邸内　谷崎潤一郎

斎藤茂吉　さいとう・もきち　明治一五・五・一四―昭和二八・二・二五（一八八二―一九五三）　医師、歌人

永井ふさ子宛

昭和一一・一一・二六　封書　松屋製原稿用紙五枚　墨書　使い便

表　恋き人に

裏　十一月廿四、廿五、廿六日（ペン書）

立原道造　たちはら・みちぞう　大正三・七・三〇―昭和一四・三・二九（一九一四―三九）　詩人

若林つや（杉山美都枝）宛

昭和一三・五・三一　はがき　ペン書

表　赤坂区檜町一〇　杉山美都枝様

東京市日本橋区橘町5　立原道造（ゴム印）

昭和一三・八・六　はがき　ペン書

表　赤坂区檜町一〇　杉山美都枝様

大森区馬込東三の七六三　室生るす宅　立原道造

太宰治　だざい・おさむ　明治四二・六・一九―昭和二三・六・一三（一九〇九―四八）　小説家　本名津島修治

山崎富栄宛

昭和二二・一二　封書　岩波書店原稿用紙一枚　鉛筆書

第2部　妻へ

福地桜痴　ふくち・おうち　天保一二・三・二三―明治三九・一・四（一八四一―一九〇六）　新聞記者、劇作家、小説家　本名源一郎

福地さと宛

慶応一・八・六　封書　和紙一枚　墨書　封筒欠
「福地源一郎の手紙　慶応元年パリスより妻さと子に宛たるもの」と桜痴の五男・信世の裏書きがある。

二葉亭四迷　ふたばてい・しめい　元治一・二・二八（異説あり）―明治四二・五・一〇（一八六四―一九〇九）　小説家、翻訳家　本名長谷川辰之助
長谷川柳子宛
明治四一・六・二八　絵はがき　ペン書
表　東京市本郷区西片町十番地にノ三四号　長谷川柳子殿
　六月廿八日、哈爾賓日本総領事館内　杉野方　辰之助

夏目漱石　なつめ・そうせき　慶応三・一・五―大正五・一二・九（一八六七―一九一六）　小説家　本名金之助
夏目鏡子宛
明治四三・一〇・三一　封書　巻紙　墨書
表　牛込早稲田南町七　夏目鏡子どの
裏　麹町内幸町長与胃腸病院　夏目金之助　十月三十一日

有島武郎　ありしま・たけお　明治一一・三・四―大正一二・六・九（一八七八―一九二三）　小説家、評論家
有島安子宛
大正四・二・一〇　絵はがき　墨書
表　相模国平塚　杏雲堂分院　有島安子様（以下同）
大正四・二・一二　絵はがき　墨書
大正四・三・一三　絵はがき　ペン書
大正四・三・一四　絵はがき　ペン書

大町桂月　おおまち・けいげつ　明治二・一・二四―大正一四・六・一〇（一八六九―一九二五）　詩人、随筆家、評論家　本名芳衛
大町長宛
大正七・一二・一六　絵はがき（六枚続き）　墨書
表　東京小石川雑司ヶ谷町一〇八　大町長様
　鄭家屯ホテル　大町桂月　十二月十六日（日付は六枚目のみ）

芥川龍之介　あくたがわ・りゅうのすけ　明治二五・三・一―昭和二・七・二四（一八九二―一九二七）　小説家
芥川文宛
大正一三・七・二三　絵はがき　ペン書
表　東京市外田端四三五　芥川皆々様　軽井沢　鶴屋内　龍之介　二十三日
大正一四・四・一六　封書　五枚　ペン書
表　東京市外田端四三五　芥川文子殿
裏　伊豆国修善寺　新井かた　芥川龍之介　四月十六日

室生犀星　むろう・さいせい　明治二二・八・一―昭和三七・三・二六（一八八九―一九六二）　詩人、小説家　本名照道
室生とみ子宛
昭和九・七・二〇　封書　松屋製原稿用紙一枚　ペン書
表　大森区馬込町東三ノ七六三　室生留守宅御中　軽井沢　室生
昭和二五・九・六　はがき　ペン書
表　東京大田区馬込町東三ノ七六参　ルス宅　室生とみ子様
　軽井沢　室生　六日
昭和二六・八・四　はがき　ペン書

表　東京大田区馬込町東三ノ七六三　室生とみ子様
　軽井沢　室生
昭和二六・九・二四　はがき　ペン書
表　東京大田区馬込町東三ノ六七三　室生とみ子様
　軽井沢一一三三　室生　二十四日出
昭和三二・七・一八　はがき　ペン書
表　東京大田区馬込町東三　ルス宅　室生とみ子様
　軽井沢　室生　十八日

高見順　たかみ・じゅん　明治四〇・一・三〇―昭和四〇・八・一七（一九〇七―六五）　小説家　本名高間芳雄
高間秋子宛
昭和一六　軍事郵便　自筆絵はがき　ペン書
表　東京市大森区大森町二ノ一三七　高見順方　高間秋子様
　南方派遣林一六一（セ）　高間芳雄（以下同）
昭和一六　軍事郵便　自筆絵はがき　ペン書
表　東京市大森区大森町二ノ一三七　高見順方　秋子殿
昭和一六　軍事郵便　自筆絵はがき　ペン書
表　東京市大森区大森町二ノ一三七　高見順方　秋子殿
高間こよ宛
昭和一六　軍事郵便　自筆絵はがき　ペン書
表　東京市大森区大森町二ノ一三七　高見順方　高間こよ様

加藤道夫　かとう・みちお　大正七・一〇・一七―昭和二八・一二・二二（一九一八―五三）　劇作家
加藤治子宛
昭和二八・一二・九　封書　原稿用紙一枚　ペン書
表　東京都中野区西町六　伊坂様方　加藤治子様
裏　静岡県田方郡上狩野村　嵯峨澤温泉　国鉄推薦旅館　交通公社協定　嵯峨澤館（印刷）　加藤道夫

川口松太郎　かわぐち・まつたろう　明治三二・一〇・一―昭和六〇・六・九（一八九九―一九八五）　小説家、劇作家、演出家
川口愛子宛
『ママ恋し帖』　昭和五七・一一・二八〜六〇・一・一八執筆　ノート一冊　一四・二×一〇・八cm　一四四ページ（うち二九ページ分使用）　ボールペン書

第3部　家族へ

森鷗外　もり・おうがい　文久二・一・一九―大正一一・七・九（一八六二―一九二二）　小説家、戯曲家、評論家、翻訳家、軍医　本名林太郎
森静男発
明治二一（推定）・一・二七　封書　巻紙　墨書　封筒欠

池辺三山　いけべ・さんざん　文久四・二・五―明治四五・二・二八（一八六四―一九一二）　新聞記者　本名吉太郎
池辺穫三郎宛
明治二五・七・二一　封書　マルヤ青罫紙七枚　墨書
表　大日本国熊本市内坪井町百七十一番地　池辺穫三郎殿　平信
　Monsieur K. Ikebe Kumamoto Japan
裏　従巴里府　池辺吉太郎　七月二十二日
消印　PARIS N23 JUIL 92 DEPART

NAGASAKI・JAPAN・8 IX 日本 1892 MEIJI・25
肥前長崎 廿五年九月三日 ロ便
肥後熊本 廿五年九月四日 ホ便

樋口一葉 ひぐち・いちよう 明治五・三・二五―二九・一一・二三（一八七二―九六） 小説家、歌人 本名奈津（夏子、なつ）

樋口虎之助発
明治二七・四・一 はがき 墨書
表 下谷区竜泉寺町三百六十八番地 樋口なつ子様 御元へ
明治二七・七・二七 はがき 墨書
表 本郷区丸山福山町四番地 樋口なつ子様 御元へ

萩原朔太郎

萩原栄次宛
明治四一・四頃（年月推定） ノート地一枚（4ページ） ペン書
下書き
明治四二・五・六 はがき 墨書
表 大坂府中河内郡三木本村字南木本 萩原栄次様
岡山市大字国富一〇六 小川興弥次方 萩原朔太郎

石川啄木 いしかわ・たくぼく 明治一九・二・二〇―四五・四・一三（一八八六―一九一二） 歌人、詩人 本名一（はじめ）

石川光子宛
明治四四・九・一六 はがき（二枚続き） 墨書
表 名古屋市白壁町一ノ六 ウヰン、ウヰルソン方 石川光子殿
東京小石川区久堅町七四ノ四六 石川一 十六日夕

岡本かの子 おかもと・かのこ 明治二二・三・一―昭和一四・二・一八（一八八九―一九三九） 小説家、歌人、仏教研究家 本名カノ

大貫雪之助（晶川）宛
明治四四・九・二六 封書 巻紙 墨書 冒頭欠
表 神奈川県橘樹郡高津むら二子三五六 大貫雪之助様 御身もとに
裏 九月廿六日 青山北町六丁目五五 岡本画堂かた かの

与謝野晶子 よさの・あきこ 明治一一・一二・七―昭和一七・五・二九（一八七八―一九四二） 歌人、詩人 本名しよう

与謝野八峰宛
与謝野寛 明治四五・三・一一 絵はがき ペン書
与謝野光宛
与謝野寛・晶子 明治四五・七・一 絵はがき ペン書
与謝野秀宛
与謝野寛・晶子 大正一・九・一一 絵はがき ペン書

里見弴 さとみ・とん 明治二一・七・一四―昭和五八・一・二一（一八八八―一九八三） 小説家 本名山内英夫

有島武郎宛
大正五・九・二〇 封書 朱罫巻紙 墨書 封筒欠

有島武郎

有島幸子宛
大正七・七・二六 絵はがき ペン書
表 東京市麹町区下六番町拾番地 有島幸子様

平戸廉吉 ひらと・れんきち 明治二七・一二・九―大正一一・七・

二〇（一八九四―一九二二）　詩人　本名川畑正一
岡村文子宛
大正一〇・七・二三　封書　半紙二枚　墨書
表　福岡県糟屋郡志免村　東邦炭砿株式会社　亀山砿山社宅　岡村文
　子様
裏　東京市外中渋谷八一九　川畑生　七月二十三日

芥川龍之介
子供宛
大正一二・八・二三　小穴隆一画絵はがき　ペン書　小穴と寄書
表　東京市外田端四三五　芥川ボクチヤン　八月二十三日
昭和二・五・一九　絵はがき　墨書
表　東京市外田端四三五　芥川比呂志様　芥川多加志様

長谷川時雨　はせがわ・しぐれ　明治一二・一〇・一―昭和一六・八・二二（一八七九―一九四一）　劇作家、小説家　本名ヤス
長谷川春子宛
「春子が絵のための序ことば」　墨書　二七×七二㎝　長谷川春子画「おもかげ　時雨女史」の序（昭和三六年国画会に出品）

解説執筆者

池内輝雄
岩橋邦枝
久保忠夫
紅野敏郎
曾根博義
竹盛天雄
十川信介
中島国彦
中村　稔
保昌正夫
本多　浩
*現代語訳
中村　稔

掲載資料寄贈・寄託者、協力者（敬称略）

芥川比呂志、芥川瑠璃子、有島暁子、有島生馬、池辺一郎、今井幸彦、大町芳章、岡村ふさ子、小山内徹、加藤治子、川口浩、川並せつ、五味恭子、島崎静子、高見秋子、玉井乾介、永井ふさ子、萩原葉子、長谷川仁、樋口悦、福地孝子、堀江朋子、堀越宏一、本多浩、室生朝子、朝日新聞出版局、財団法人岡本太郎記念現代芸術振興財団
青木優子、有島明朗、尾形明子、川口厚、観世恵美子、斎藤由香、田村和子、長谷川勝、藤岡武雄、堀江文、山内静夫、和田楽、財団法人高見順文学振興会

新装版のための後記

文学館の責務は文学者の遺稿、日記、書簡、愛用品等の資料を収集・保存することだけではない。収蔵資料を研究者などの閲覧に供することは勿論、文学に興味を持つ方々のために資料を展観、公開することも、文学館が開かれた施設であるための必須の責務である。

資料の一般公開は通常、特定の文学者個人に関する資料の展観として行われてきた。たとえば芥川竜之介展・太宰治展などがその例である。これらの作家の作品に親しんでいる読者は多いから、こうした個人文学者展には当然相当数の来館と、展観を見てくださることが期待できる。手間と費用をかけて展観する以上、是非相当数の方々に来館していただきたいと考えるのは当然といってよい。

私が日本近代文学館の責任者をつとめていたころ、こうした個人文学者展とは別に、テーマで分類した展観もありうるのではないか、という発想が生まれた。その最初の企画が「愛の手紙」展であった。たとえば島崎藤村が二十四歳年少の妻静子と再婚直前の書簡、夏目漱石の妻鏡子宛書簡、谷崎潤一郎の根津松子宛など、多くの文学者の愛の手紙は、それぞれ個性的で、それぞれの状況下の心情にあふれ、感興尽きないものがある。

そこで、収蔵資料中適切な書簡、葉書などを集めて分類、読みと解説を付し、展観を開催したところ、大いに好評であった。しかも青土社が出版をひきうけてくれたので、展観をじかにご覧になれなかった方々にも、日本近代文学館が収蔵している資料の興趣を知っていただくことができることとなった。

売行好調のため今回新装版が刊行されることとなったことは、私個人の喜びであるばかりでなく文学館としても有難いことであり嬉しい限りである。

二〇二〇年三月一四日

公益財団法人　日本近代文学館

名誉館長　中村　稔

愛の手紙（新装版）

文学者の様々な愛のかたち

2020 年 5 月 10 日　第 1 刷印刷
2020 年 5 月 20 日　第 1 刷発行

編者——日本近代文学館

発行人——清水一人
発行所——青土社
東京都千代田区神田神保町 1-29　市瀬ビル　〒 101-0051
電話　03-3291-9831（編集）、03-3294-7829（営業）
振替　00190-7-192955

印刷・製本——ディグ

装幀——中島かほる

ISBN978-4-7917-7278-0　　Printed in Japan